ro
ro
ro

Lilli Beck, Jahrgang 1950, wurde in Weiden/Oberpfalz geboren. Sie hat als Model, Schauspielerin und Visagistin gearbeitet. Im Rowohlt Taschenbuch Verlag erschienen bereits: «Reich heiraten! oder Wie ich mit 58 meine Hippie-Ideale über Bord warf» (rororo 24675) und «Chili und Schokolade» (rororo 25208). Lilli Beck hat eine Tochter und lebt heute in Berlin und München.

Mehr über die Autorin unter:
www.lilli-beck.de

LILLI BECK

Sie haben sich aber gut gehalten!

Roman

Rowohlt
Taschenbuch
Verlag

5. Auflage September 2013

Originalausgabe

Veröffentlicht im Rowohlt Taschenbuch Verlag,
Reinbek bei Hamburg, Juni 2011

Umschlaggestaltung any.way, Barbara Hanke/Cordula Schmidt
(Illustration: Niko Reitze de la Maza)
Satz aus der Aldus PostScript (InDesign)
bei KCS GmbH, Buchholz bei Hamburg
Druck und Bindung CPI books GmbH, Leck
Printed in Germany
ISBN 978 3 499 25620 2

Für meine Tochter Jenny
Kinder sind die Antwort auf alle Fragen!

1

«Mama! Du musst Papa stoppen. Er will unser Haus verkaufen!»

Die Stimme von Charlie, meinem sonst so gelassenen Sohn, überschlägt sich vor Entsetzen. So, als wäre er keine fünfundzwanzig, sondern drei Jahre alt, und ich würde ihn auf der Autobahn aussetzen wollen.

Bis gerade eben saß ich noch gemütlich auf der Terrasse und blätterte in aller Ruhe durch die Prospekte verschiedener Wellness-Hotels in Heiligendamm. Ich will endlich meinen langverdienten Urlaub planen und gemeinsam mit meiner besten Freundin Suse ein paar schöne Tage an der Ostsee verbringen. Aber jetzt steht mein Ältester unangemeldet auf der Matte, und da ist es mit der Ruhe vorbei.

«Ich bin doch hier aufgewachsen», jammert er weiter, lässt sich in einen Stuhl fallen und nimmt sich ein Stück Kuchen. «Meine ganze Kindheit und all meine Erinnerungen stecken in diesen Mauern. In unserer Straße habe ich Radfahren gelernt, am Apfelbaum hängt noch immer meine Schaukel und … und … und überhaupt!»

Huch, was ist denn mit dem los? Fehlen nur noch die dicken Krokodilstränen, denke ich und mustere ihn irritiert. Mit jedem Jahr ähnelt er mehr meinem Exmann. Genauso sah Volker aus, als ich ihn kennenlernte: dunkelblonde Locken, knallblaue Augen mit dichten Wimpern und ein freches Grübchen-Lachen, das Mädchenherzen sofort höherschlagen lässt. Aber seit wann redet Charlie so pathetisch daher?

«Du konntest es doch gar nicht abwarten auszuziehen», erinnere ich ihn. «Auch deine beiden Geschwister lassen sich vermutlich erst an Weihnachten wieder hier blicken. Ich lebe seit über einem Jahr allein in diesem Haus.»

Dass ich mich dabei alles andere als schlecht fühle, behalte ich lieber für mich. Endlich kann ich auch mal an mich denken und muss nicht mehr hinter allen herräumen, täglich Berge von Wäsche erledigen oder Essen für fünf hungrige Mäuler kochen.

Charlie schiebt seine schlammfarbene Strickmütze noch etwas weiter in die Stirn. «Ach, Fabian und Juliane haben eben keine Ahnung, wie wichtig ein Zuhause ist», fährt er trotzig fort. «Denen ist das vielleicht egal, ob hier fremde Leute einziehen. Aber *ich* würde es nicht überleben.»

Ich staune. Woher die plötzliche Sorge um sein Zuhause? Früher galten unser Haus und die Gegend hier als oberspießig.

«Tja, so ist das eben, wenn man erwachsen wird», erkläre ich. «Dein Vater und ich haben das ausführlich besprochen und uns zum Verkauf entschlossen, weil … weil …»

«Na, da bin ich mal gespannt», brummt Charlie und spielt mit seinem Schal, den er wie seine geliebte Mütze trotz der frühlingswarmen Mailuft nicht ablegt.

Puh! Mich vor meinem Sohn zu rechtfertigen, fällt mir doch schwerer, als ich dachte.

«Also, du weißt ja, dass Papa das Haus von seinen Großeltern geerbt hat. Mittlerweile ist es über hundert Jahre alt und stark renovierungsbedürftig. Und genau da liegt das Problem. Man müsste beträchtliche Summen reinstecken, um es zu modernisieren. Doch so eine Grundsanierung ist teuer.» Ich sehe ihn streng an. «Wie du dir sicher vorstellen kannst, sind die Kosten dafür höher als für eine Gartenparty. Wir müssten also eine Hypothek aufnehmen. Aber uns erscheint es stattdessen wichtiger, dir und deinen Geschwistern ein Studium zu ermöglichen.»

«Und?» Charlies Miene bleibt gelassen, so als würde ihn das nicht betreffen und als würde er seinen Lebensunterhalt und auch die Kosten für das Studium selbst verdienen.

«Der Haken ist mein Versorgungsausgleich», erkläre ich geduldig.

Verständnislos blickt Charlie unter seinen langen Wimpern hervor. «Was ist das denn?»

«Nun, dein Vater und ich haben vor unserer Heirat keine Gütertrennung vereinbart», beginne ich. «Alles, was ihm gehört, gehört also auch mir und umgekehrt. Das nennt man Zugewinngemeinschaft.»

«Aha.» Charlie sieht mich an, als würde ich ihm gerade die Relativitätstheorie erklären.

«Euer Vater verdiente all die Jahre über nicht schlecht. Und *mein* Job war unsere Familie, eure Erziehung und das ganze Drumherum», erkläre ich ruhig. «Und für diese jahrelange Arbeit steht mir die Hälfte des Zugewinns zu. Also alles, was Volker und ich während unserer Ehe gemeinsam erwirtschaftet haben.»

«Also auch die Hälfte des Hauses», resümiert Charlie naseweis und vergräbt die Hände in den Taschen seiner ausgewaschenen Jeans. «Da seid ihr euch wohl ausnahmsweise mal einig, was?» Er grinst frech.

Schon im Kindergarten wusste er auf diese Weise seinen Willen durchzusetzen. Nicht mit Worten. Nein, er war eher ein schweigsames Kind. Aber seinem niedlichen Lausbubengrinsen konnte ich selten widerstehen, auch nicht, wenn er vor dem Essen noch unbedingt ein Stück Schokolade wollte.

Aber heute bin ich immun dagegen. Außerdem sind Volker und ich uns tatsächlich einig. Das Haus wird verkauft, ich suche mir ein zentral gelegenes Appartement und kümmere mich ab sofort nur noch um mich selbst.

Bin ich etwa egoistisch, wenn ich jetzt an mich denke? Ich meine, ich habe drei wunderbare Kinder großgezogen, auf die ich sehr stolz bin. Doch nun sind sie erwachsen und führen ihr eigenes Leben. Volker und ich sind geschieden, und es gibt keinen vernünftigen Grund, allein in einem alten Kasten mit drei Etagen und unzähligen Zimmern zu wohnen, die nur Arbeit machen. Das Ganze sauber und in Schuss zu halten und im Winter zu heizen, nur weil die lieben Kinder Weihnachten bei Mama feiern wollen? Einen Christbaum kann man schließlich auch in jeder anderen Wohnung aufstellen.

«Das Haus selbst gehört mir natürlich nicht. Aber sobald wir es verkauft haben und es dann quasi zu einem ansehnlichen Sümmchen mutiert, bekomme ich die Hälfte davon ab. Deshalb bin ich mit deinem Vater *ausnahmsweise* einer Meinung.»

Entspannt lehne ich mich auf der alten Gartenbank zurück und freue mich über das vertraute Knarren, das sie bei jeder Bewegung von sich gibt. Die Maisonne wärmt angenehm, und es riecht schon ein bisschen nach Sommer. Mein Blick wandert über die fast verblühten Tulpen, die knospenden Pfingstrosen hin zum Fliederbusch. Zuverlässig zum Muttertag wird mir mein Lieblingsstrauch duftende Dolden schenken. Nur die Gemüsebeete bleiben dieses Jahr zum ersten Mal unbearbeitet. Unmengen gesundes Gemüse habe ich über die Jahrzehnte darauf angebaut und geerntet. Wie viele schöne Stunden ich hier im Garten verbracht habe! Obwohl mein Rücken in den letzten Jahren oft anderer Meinung war. Ein Grund mehr, besser auf mich zu achten. Schließlich bin ich neunundvierzig. Die Kinder führen ihr eigenes Leben, und ich werde frühestens als Oma wieder gebraucht. Was aber hoffentlich noch eine Weile dauert.

Charlie lebt mit seiner Freundin Marie in einem Appartement in Universitätsnähe. Fabian absolviert ein Schreiner-praktikum in Augsburg. Und Juliane, unser Nesthäkchen, hat nicht eine Träne vergossen, als sie die Zusage für das Sprachenstudium in Mailand bekam. *Arrivederci München!*, hat sie beim Kofferpacken geträllert. Tja, und mein Exmann gründet mit seiner jungen Pharmavertreterin gerade eine neue Familie. Meine junge Nachfolgerin, Ruth, ließ ausrichten, sie wolle unter keinen Umständen in einer renovierungsbedürftigen «Vorstadt-Hütte» leben. Für sie kam nur eine schicke, zentral gelegene Dachterrassenwohnung in Frage. Egal, wie weit entfernt die von Volkers Praxis am Pasinger Marienplatz liegt.

Es ist also genau der richtige Zeitpunkt, das Anwesen zu verkaufen. Ich träume schon von einer netten kleinen Wohnung mit Einbauküche und Balkon nach Süden. An schönen Tagen werde ich dort im Liegestuhl liegen, die Sonne genießen und höchstens ein paar Küchenkräuter im Balkonkasten züchten. Ansonsten sehne ich mich nach Ruhe, Frieden und einem selbstbestimmten Alltag. Als dreifache Mutter habe ich mir das verdient! Denn die Zeiten von «Mama, wo sind meine neuen Jeans? Warum gibt's keine Sahne zum Erdbeerkuchen? Wieso muss ich Fisch essen? Ich hab keine Lust, mein Zimmer aufzuräumen. Alle meine Freunde dürfen am Wochenende bis Mitternacht wegbleiben …» sind endgültig vorbei. Für mich beginnt ein neuer Lebensabschnitt! Und darauf freue ich mich schon.

Für die neue Wohnung schaffe ich mir dann eine bequeme Schlafcouch an. Und wer immer von meinen drei Kindern mich dann besuchen möchte, ist herzlich willkommen. Oder sie quartieren sich bei ihrem Vater ein. Seine 100-qm-Wohnung ist schließlich groß genug. Bei der Gelegenheit können sie sich auch gleich mit ihrer Stiefmutter in spe anfreunden.

«Aber du wirst das alles hier doch wahnsinnig vermissen, Mama», sagt Charlie plötzlich und macht eine ausladende

Handbewegung in die Runde. «Ich glaube nicht, dass du woanders glücklicher wärst.»

Nanu? Seit wann interessiert sich mein ältester Sohn denn für mein Glück? Hier stimmt was nicht. Er will doch irgendwas von mir.

Eigentlich war mir das schon klar, als er vor einer halben Stunde überraschend mit einem Blumenstrauß vor der Tür stand. (Mama ist ja immer zu Hause.) Da wusste ich irgendwie schon, dass mein Filius nicht *zufällig in der Nähe* war und *nur mal nachsehen* wollte, wie es mir geht. Nicht an einem Mittwochnachmittag, an dem weder er noch ich Geburtstag hat.

«Also?», seufze ich. «Wie viel brauchst du?»

«Mama!», entrüstet er sich.

«Reicht der Unterhalt deines Vaters nicht aus?», frage ich arglos, als wüsste ich nicht, wie hoch die Unterstützung ist. Andererseits finde ich es völlig normal, dass ein junger, lebenslustiger Student am Ende des Monats in Geldnöten ist. Daher stecke ich meinem Sohn auch immer mal wieder einen Fünfziger zu – wenn er mir schon Blumen spendiert.

Charlie runzelt die Stirn. «Es geht nicht um Geld.»

Nicht? Sofort schlägt mein Mutterinstinkt Alarm. Wenn er nicht pleite ist, muss es wirklich was Ernstes sein. «Charlie, was ist los?», frage ich besorgt.

Eine Wespe landet auf seinem Kuchenteller. Fasziniert beobachtet er, wie sich das gelb-schwarze Insekt über die Krümel hermacht. Als Kind hatte er panische Angst vor allem, was summt und stechen könnte. Und nun? Er will kein Geld, hat keine Angst mehr vor Insektenstichen, sondern sorgt sich stattdessen um seine Kindheitserinnerungen?

Sehr seltsam!

«Das Gleiche könnte ich dich auch fragen, Mama», entgegnet er. «Ich meine, du hast dich doch gut gehalten und –»

«Worauf willst du hinaus?», frage ich gereizt.

«Weißt du, was dein Problem ist, Mama?», doziert er weiter. «Du wirst bald fünfzig und bist frustriert, weil du die Wechseljahre auf dich zukommen spürst.»

«Wie bitte?» Meine Stimme überschlägt sich. Geht's noch?! Erst macht er einen auf Lieber-Sohn-kommt-mit-Blumen-vorbei, und dann wirft er mir solche Unverschämtheiten an den Kopf? Nach und nach von seinen Kindern verlassen zu werden, ist hart genug und erfordert eine Menge Kraft. Doch von seinem eigenen Sohn gesagt zu bekommen, dass man alt wird, ist schlimmer als jede neue Falte im Gesicht. Verletzt gehe ich zum Gegenangriff über. «Studierst du nebenbei vielleicht auch noch Medizin?»

«'tschuldigung», lenkt Charlie sofort ein. «Ich wollte nicht unhöflich sein. Aber Frauen in deinem Alter brauchen eine neue Aufgabe, sonst werden sie … wunderlich. Du bist zu viel allein, Mama. Vielleicht solltest du dir wieder einen Hund anschaffen oder eine Katze, anstatt mit Papa unser Zuhause zu verscherbeln.»

«Zu viel allein, so, so … Ein neues Haustier, ja? Und du glaubst, das hilft?»

«Wäre doch schön, wenn du jemanden bei dir hättest. Jemanden, für den du sorgen könntest.» Er legt den Kopf schief, als wäre er selbst ein kleines Hündchen.

Ich winke energisch ab. «Also, ich möchte weder einen Hund noch eine Katze. Das bedeutet nämlich Verpflichtungen, wie du dich vielleicht erinnerst. Wenn es ums Gassigehen mit Wuschel ging, gab es immer Stress. Vor allem bei schlechtem Wetter. Außerdem habe ich dir doch gerade erklärt, warum wir das Haus verkaufen. Anschließend will ich mit Suse erst mal Urlaub machen und mir danach einen Job suchen.»

«Du willst arbeiten?» Charlie blickt mich an, als hätte ich verkündet, allein die Wüste durchqueren zu wollen.

«Ja, mal sehen, was der Arbeitsmarkt noch so bietet», antworte ich gelassen.

Nachdenklich rührt mein Ältester in seiner Kaffeetasse. «Mmm, das dürfte schwierig werden, bei der wirtschaftlichen Lage im Moment. Und für Frauen in deinem Alter ...» Er stockt. Anscheinend ist ihm aufgefallen, dass er sich schon wieder auf sehr dünnem Eis bewegt. Im Moment frage ich mich allerdings, ob meine gesamte Erziehung für die Katz war. Obwohl ich in den letzten fünfundzwanzig Jahren «nur» Hausfrau und Mutter war, habe ich meinen drei Kindern von klein auf versucht beizubringen, dass das ein Vollzeitjob wie jeder andere ist.

«Traust du deiner alten Mutter etwa keinen Aushilfsjob zu?», frage ich provozierend. «Oder was hat es mit deiner plötzlichen Sorge um mein Glück auf sich?»

Vielleicht erfahre ich nun endlich, warum Charlie tatsächlich hier aufgetaucht ist und so gegen den Hausverkauf stänkert. Die Sorge um mein Wohlergehen hat ihn jedenfalls bestimmt nicht aus dem quirligen Uni-Viertel in die «Rentner-Pampa» getrieben, wie er unsere Gegend gerne bezeichnet.

Noch bevor er antworten kann, unterbricht die Türklingel unser Gespräch. Charlie sieht mich fragend an.

«Erwartest du Besuch?»

Ich werfe einen Blick auf meine Armbanduhr. «Das wird der Immobilienmakler sein, den dein Vater vorbeischicken wollte.»

«Ihr könnt es wohl gar nicht abwarten, das Haus endlich loszuwerden, was?», zischt er wütend.

Wortlos erhebe ich mich und gehe zur Tür.

Durch die Milchglasscheibe im oberen Teil der Haustür erahne ich einen männlichen Kopf. Wie war noch gleich der Name des Maklers?, versuche ich mich zu erinnern. Zu dumm, da habe ich Volker wohl mal wieder nicht richtig zugehört, als er mir letzte Woche den Namen und den Termin für die Hausbesichtigung durchgab. Ich weiß nur noch, dass der Mann ein Patient von Volker ist.

Beim Öffnen der Tür stutze ich einen Moment. Dann entfährt mir ein spitzer Schrei. «Johann Ansbach!»

Ist das zu fassen? Johann Ansbach, genannt John, der Schwarm aller Mädchen am Gymnasium – und meine große Liebe im letzten Schuljahr.

Damals trug er allerdings ausgewaschene, zerschlissene Jeans, Lederjacke, lange Haare und eine verspiegelte Pilotenbrille. Er gehörte eben zu den «bösen Buben», die Mädchen wie Zigaretten konsumierten und vor denen Väter ihre Töchter warnten – meiner ganz besonders vehement.

«Rosy? Rosy Wittgenstein?» John scheint nicht weniger überrascht zu sein. Wortlos starren wir uns an.

Heute reicht Johns Haar nicht mehr bis in den Nacken, sondern ist stoppelkurz geschnitten und schon recht grau. Mit der randlosen Brille, dem hellgrauen Anzug und der schwarzen Collegetasche aus Leder sieht er geradezu seriös aus. Nur seine grünbraunen Augen in dem markanten Gesicht mit der schiefen Nase strahlen genauso intensiv, wie ich sie in Erinnerung habe. Damals genügte ein Blick von John, und ich schmolz dahin.

«Was für ein Zufall!», sagt er dann erfreut. «Ich wusste gar nicht, dass du mit meinem Zahnarzt verheiratet bist.»

Und ich hätte niemals gedacht, dass John Karriere im Immobiliengeschäft machen und eines Tages im feinen Zwirn an meiner Tür klingeln würde.

Verlegen zupfe ich meine Stirnfransen zurecht. Heute Morgen war ich zu faul zum Haarewaschen und habe mein kinnlanges Gestrüpp einfach mit einem Stoffgummi im Nacken zusammengebunden. Aber wenn ich geahnt hätte, dass ich heute John Ansbach begegnen würde …

Vermutlich sehe ich in der ausgeleierten Hose und dem alten Shirt wie das wandelnde Klischee einer Vorstadtmami aus, die ihr Aussehen vernachlässigt, weil sich ohnehin keiner mehr dafür interessiert. Die überflüssigen Pfunde registrieren höchstens noch die Freundinnen.

«Äh, ich heiße tatsächlich wieder Wittgenstein», stammle ich und strecke ihm die Hand entgegen. «Ich bin seit gut einem Jahr geschieden.»

John drückt meine Hand länger, als es die Umgangsformen vorschreiben.

«Komm doch rein», bitte ich verlegen. «Volker hat dich ja angekündigt.»

«Tja, wenn ich geahnt hätte, dass ich *dich* hier treffe …», erklärt er und folgt mir durch den Flur ins Wohnzimmer.

«… dann wärst du lieber nicht gekommen», vollende ich den Satz. Dass er sich damals nach einem halben Jahr romantischer Liebesschwüre einfach nicht mehr gemeldet hat, scheint ihm offensichtlich entfallen zu sein.

Aber trotz dieser unschönen Erinnerung freue ich mich aufrichtig, John wiederzusehen. Auch wenn mir klar ist, dass ordentliche Kleidung und eine seriöse Brille aus einem Herzensbrecher noch lange keinen Biedermann machen.

«Oh, du hast Besuch», stellt John fest, als wir aus dem Wohnzimmer die Terrasse betreten.

«Das ist Charlie, mein ältester Sohn», entgegne ich und will die beiden gerade einander vorstellen, als Charlie plötzlich aufspringt.

«Ich muss jetzt weg. Hab einen Termin vergessen. Und du bist ja beschäftigt …»

Ohne weitere Erklärungen rauscht er ins Haus. Meine konsternierte Miene ignoriert er genauso wie Johns ausgestreckte Hand.

Was ist bloß in ihn gefahren?, frage ich mich zum wiederholten Mal und sehe ihm verwundert nach – um im nächsten Moment nervös zu werden. Das unverbesserliche Muttertier in mir ist erwacht.

«Mach es dir doch schon mal bequem», fordere ich John auf und sause dann meinem Sohn hinterher.

Ich nehme die Abkürzung durch den Garten und bin gerade am Gartentor angelangt, als Charlie seinen alten verbeulten Panda aufschließt.

Kopflos wie ein aufgescheuchtes Huhn überquere ich die Straße und kann in letzter Sekunde einem herankommenden Wagen ausweichen. Der Fahrer muss auf die Bremsen steigen und hupt wie verrückt. Wäre ich jung und knackig, würde der Mann jetzt besorgt aussteigen und sich erkundigen, ob es mir auch gutgeht. Doch alles, was ich noch zu sehen bekomme, ist sein Stinkefinger.

«Charlie, warte», rufe ich über die Straße, da ich sehe, dass er bereits in den Wagen steigt.

Als ich bei ihm bin und ans Fenster der Fahrerseite klopfe, kurbelt er mit mürrischer Miene die Scheibe runter.

«Was ist?»

«Das frage ich dich», entgegne ich keuchend. «Warum bist du so überstürzt aufgebrochen? Was ist los? Du wolltest mir doch sicher keinen Höflichkeitsbesuch abstatten, oder?»

Trotzig blickt er mich von unten an. «Nein, ich wollte dir erzählen, dass Marie schwanger ist und ich Vater werde! Aber deine Familie interessiert dich ja nicht mehr.»

Ehe ich die ganze Tragweite von Charlies Worten kapiere, startet er den Motor und braust davon. Fassungslos starre ich dem Panda hinter, bis er an der nächsten Kreuzung verschwunden ist.

2

Kopfschüttelnd schlurfe ich ins Haus zurück. In der Gästetoilette lege ich einen kurzen Stopp ein.

Irgendwie kann ich nicht glauben, was mein Sohn mir da eben verkündet hat.

Ich werde Oma?

Am Waschbecken versuche ich mit kaltem Wasser meinen Puls zu kühlen. Die Neuigkeit hat meinen Blutdruck kräftig in die Höhe getrieben, mein Herz rast, und die Ohren dröhnen, als würde ein Staubsauger durch meine Gehörgänge sausen.

Großmutter wird man doch frühestens mit siebzig oder so. Und ich bin noch nicht mal fünfzig!

Geschockt betrachte ich mich im Spiegel. Mein Haar hat zwar nicht wie durch Zauberhand die alte Fülle behalten, aber wenn es frisch gewaschen ist, sieht es trotz der vereinzelten Silberfäden noch ganz passabel aus. Bisher brauche ich auch weder zum Lesen noch zum Autofahren eine Brille, und mich als alte Oma zu bezeichnen, wäre echt gemein.

Wieso überhaupt die Eile? Charlie und Marie kennen sich gerade mal ein Jahr. Sie wohnen in einem winzigen Appartement mit puppenstubengroßer Snack-Küche im Flur. (So nennt man das heute wohl.) Und beide studieren noch. Wo und wie passt da bitteschön ein Baby in ihr Leben? In der Wohnung ist ja kaum Platz für das Notwendigste, geschweige denn für ein Babybett, eine Wickelkommode und was man sonst noch alles für ein Neugeborenes braucht. Und wenn sie zur Uni müssen, wohin dann mit …

Schlagartig wird mir klar, warum Charlie heute scheinbar grundlos bei mir aufgetaucht ist. Jetzt durchschaue ich auch das Gerede um seine ach so wertvollen Kindheitserinnerungen, die Abwehr gegen den Hausverkauf und den Versuch, mir einzureden, *ich* bräuchte unbedingt eine neue Aufgabe.

Pah! Das hat er sich ja fein ausgedacht. Jetzt, wo Mutti wieder Zeit hat und sich um niemanden mehr kümmern muss, kann sie ja die Betreuung des Enkels übernehmen.

Aber nicht mit mir! Ich starte neu durch und …

Plötzlich meldet sich mein Mama-Gewissen. Der arme Junge ist sicher vollkommen verzweifelt. Und in seiner Not wendet er sich nicht zuerst an seinen Vater, sondern er kommt zu mir. Das zeugt doch von unserem sehr guten Verhältnis, oder?

Ach, ich hätte meinem Sohn besser zuhören sollen und ihm meine Hilfe anbieten müssen.

Halt! Nein! Charlie ist erwachsen, ermahne ich mich. Also hör auf, dich wie eine Superglucke zu benehmen, Rosemarie Wittgenstein.

Das kalte Wasser scheint zu wirken. Allmählich beruhige ich mich mit dem Gedanken, dass die Geburt meines ersten Enkelkinds ja wohl kaum in der nächsten Stunde losgehen wird. Sobald John das Haus besichtigt und sich verabschiedet hat, werde ich Charlie auf dem Handy anrufen. Wir finden schon eine Lösung.

Aber jetzt muss ich mich erst mal um den Besuch kümmern.

«Kummer mit den Kindern?», fragt John, als ich auf die Terrasse zurückkehre. Er hat sich inzwischen das Jackett ausgezogen und die Ärmel des schilfgrünen Shirts hochgeschoben. Seine Collegetasche lehnt an dem Stuhl neben ihm, und auf dem Tisch liegt ein silberner Fotoapparat.

Liebend gerne würde ich jetzt mit jemandem über den Schock sprechen. Aber es handelt sich doch um ein sehr familiäres Ereignis, und ich bezweifle, dass John dafür der Richtige ist. Zum einen ist er ja quasi ein Fremder, und zum anderen weiß ich nichts über seine familiäre Situation. Vielleicht hat er auch Kinder und sogar schon Enkel und versteht das Problem am Ende gar nicht.

«Hast du Kinder?», antworte ich mit einer Gegenfrage.

«Leider nein.» Seine Stimme drückt ernsthaftes Bedauern aus. «Im Moment lebe ich auch allein. Ich habe mich gerade von meiner Freundin getrennt. Sie wollte Karriere und keine Kinder. Sie sei zu gut ausgebildet, um Windeln zu wechseln oder sich in die Küche zu stellen und Fläschchen zu kochen.»

Huch! Eine Menge Information steckte in diesen drei Sätzen. Dennoch kann ich mir John einfach nicht als treuen Ehemann und fürsorglichen Vater vorstellen. Ein Verführer verwandelt sich doch nicht einfach so zum Familienvater.

Als ich damals vor der Entscheidung stand, Kinder oder Karriere, habe ich mir nicht zugetraut, beides unter einen Hut zu bringen. Ich habe mein Lehramtsstudium für Gymnasien nicht beendet und die Entscheidung eigentlich auch nie bereut. Trotzdem ist von diesem Dilemma ein winziger Rest Traurigkeit geblieben, der sich manchmal wie Novembernebel über mich legt und mich melancholisch werden lässt.

«Entschuldige, John, ich hab dir noch gar nichts zu trinken angeboten», besinne ich mich auf meinen Gastgeberstatus. «Soll ich uns einen frischen Kaffee kochen?»

«Danke, Rosy, später vielleicht. Jetzt setz dich erst mal zu mir.» Er zieht den Stuhl heran. «Du hast dich übrigens kein bisschen verändert. Gut gehalten, würde ich sagen.» Johns umwerfendes Lächeln jagt mir einen Schauer über den Rücken.

Verrückt! Anscheinend bleiben uns die Menschen so in Erinnerung, wie wir sie kennengelernt haben. Auch wenn man sich nach Jahrzehnten wiedertrifft, sieht man unter den Falten immer nur das junge Gesicht von damals.

Aber ich weiß sehr wohl, dass fünfundzwanzig Jahre auch an mir nicht spurlos vorbeigegangen sind. Damals war ich wahrscheinlich zu naiv und zu verliebt, um zu merken, dass hinter seinem Süßholzraspeln nichts als heiße Luft steckte. Heute kann ich mich über das durchsichtige Kompliment freuen. Ich meine, bei einer geschiedenen Frau Ende vierzig stehen die Verehrer ja nicht gerade Schlange.

«Wollen wir dann gleich mit der Tour beginnen?», lenke ich seine Aufmerksamkeit zurück zum Grund seines Besuchs.

John nickt, schnappt sich seine Kamera und steht auf. «Ich hoffe, es ist in Ordnung, wenn ich ein paar Aufnahmen machen. Für das Exposé und vor allem fürs Internet brauchen wir ein paar aussagekräftige Fotos.»

Als wir das Wohnzimmer betreten, registriere ich aus den Augenwinkeln, wie John sich genau umsieht. Nur gut, dass ich heute Morgen besonders gründlich aufgeräumt habe, denke ich erleichtert.

«Das Haus ist natürlich nicht mehr im allerbesten Zustand», erkläre ich schnell. «Volker hat dir sicher erzählt, was den neuen Eigentümer an Renovierungsarbeiten erwartet, oder?»

«Äh … nein, eigentlich nicht», antwortet John zögernd und blickt sich misstrauisch um, als könnten gleich die Wände einsturzen.

Typisch mein Exmann. Er nutzt es gerne aus, dass wir wegen der Kinder einen freundschaftlichen Umgang pflegen, aber das Unangenehme überlässt er mal wieder mir.

«Na gut, worüber weißt du denn Bescheid, damit ich dich nicht mit Wiederholungen langweile?», frage ich und überlege gleichzeitig, welche Macken unserer alten Villa ich vorerst verschweigen kann, ohne John arglistig zu täuschen. Ohnehin würden mir wahrscheinlich nicht alle Problemzonen auf Anhieb einfallen. (Im Gegensatz zu meinen eigenen …)

«Tja, also dein Mann …»

«Exmann», korrigiere ich.

«Richtig, dein Exmann … Nun, er hat mir die Pläne ausgehändigt, mich über die Größe des Grundstücks informiert und die Gegend beschrieben.»

«Gut, dann beginnen wir doch gleich hier im Wohnzimmer», starte ich die Besichtigungstour. Ich wende mich nach rechts und deute auf die Durchreiche vom Esszimmer zur Küche. «Hier, das ist eines der vielen praktischen Details des Hauses.»

«Wie ich auf dem Plan gesehen habe, ist das keine tragende Wand», bemerkt John, als er die ersten Fotos von der Durchreiche schießt. «Man könnte diese Mauer also einreißen und den Kochbereich mit dem Esszimmer verbinden, richtig? So würde man einen großzügigen Wohn-Ess-Bereich erhalten, wie es jetzt allgemein Trend ist.»

«Genau das hatten wir vor, aber …» Ich stocke, weil ich dran denken muss, wie ich noch vor drei Jahren glaubte, hier mit Volker gemeinsam alt zu werden. Damals dachte ich noch, *unsere* Ehe würde zu den dreiunddreißig Prozent gehören, die erst vom Tod geschieden werden.

John scheint zu verstehen und vollendet den Satz: «… aber dann wurde aus dem Umbau eine Scheidung.»

Ich lasse den Kommentar unbeantwortet, zeige stattdessen mit einer ausladenden Handbewegung ins Wohnzimmer und fahre möglichst professionell fort. «Hier bist du ja vorhin bereits durchgelaufen. Zusammen mit dem angrenzenden Esszimmer stehen wir auf fünfundsechzig Quadratmeter massivem Eichenstabparkett. Auch in den oberen Etagen wurde überall Parkett verlegt. Und ich denke, der wertvolle Bodenbelag sowie der reichverzierte Marmorkamin, der übrigens aus Frankreich stammt, sind die Highlights der Villa.»

«Hmm, scheint alles sehr gepflegt.» Wohlwollend sieht sich John um.

Dann bitte ich ihn in das angrenzende Arbeitszimmer und zeige ihm noch das Gäste-WC sowie die eingebauten Garderobenschränke im Flur.

«Deutsche Wertarbeit, erdbebensicher», erkläre ich und präsentiere die von einem Schreiner maßgefertigten Einbauten aus Eichenholz, die trotz ihrer Jahre noch ganz passabel aussehen.

«Scheint ebenfalls sehr solide zu sein», entgegnet John. Mit ausgestreckter Hand befühlt er das Holz, das in der hereinfallenden Sonne wie Honig glänzt.

Doch als ich die mittlere Schranktür schwungvoll aufreißen will, fällt sie unvermittelt aus den Scharnieren und landet nur wenige Zentimeter neben meinem rechten Fuß.

Geistesgegenwärtig greift John mit einer Hand zu und hilft mir, die Tür wieder einzuheben und zu schließen.

«Da ist wohl eine Schraube locker», bemerke ich achselzuckend.

John lacht befreit. «Entschuldige, Rosy», sagt er, als er wieder bei Atem ist. «Aber ich lache nicht über dich, ehrlich. Mir fiel nur der Streber aus unserer Klasse ein. Die Streber-Schraube ... Wie hieß er nochmal?»

«Ewald», helfe ich ihm auf die Sprünge, verschließe die lockere Tür und ziehe zur Sicherheit den Schrankschlüssel ab, damit das Unglück nicht nochmal passiert. «Ewald Schraube, der Primus der Abiturklasse.»

«Und der Typ hieß nicht nur so, bei dem waren doch auch sämtliche Schrauben locker», fügt John lachend hinzu. «Was wohl aus dem geworden ist?»

«Ein sehr erfolgreicher Physiker, der am Max-Planck-Institut forscht und vielleicht mal einen Nobelpreis bekommen wird.» Und dann kann ich mir eine kleine Spitze nicht verkneifen. «Wenn du nur ein Mal zu einem unserer Klassentreffen gekommen wärst, dann …»

«… dann bestimmt nicht wegen Schraube», deutet er mit frechem Augenzwinkern an. «Also, wo steht der Werkzeugkasten?»

Überrascht mustere ich ihn. Will er etwa die Schranktür reparieren? Meine Jugendliebe als Handwerker? Mit Hammer und Nagel kann ich ihn mir eigentlich nicht vorstellen.

«Danke, das ist sehr nett von dir, aber nicht nötig», wehre ich sein Angebot ab. «Mein Vater wäre beleidigt, wenn ich ihn seiner Lieblingsbeschäftigung berauben würde. Seitdem er in Rente ist, ist er nämlich ganz wild auf Reparaturen aller Art.»

John nickt und wirkt beinahe ein wenig erleichtert.

«Außerdem ist Fabian, mein zweiter Sohn, Schreiner», füge ich noch hinzu. «Du siehst also, an fleißigen Helfern mangelt es mir nicht. Aber genug davon. Ich würde dir jetzt gern die erste Etage zeigen.»

Die in sanftem Schwung nach oben führende Treppe knarrt an einigen Stellen, als wir nebeneinander die Stufen hochsteigen. Es sind vertraute Geräusche, an die ich mich über all die Jahre gewöhnt habe. Sie gehören einfach zu diesem Haus wie die Ziegeln auf dem Dach.

«Fabian war schon immer praktisch veranlagt und ist sehr geschickt», erkläre ich voller Mutterstolz, unterschlage aber, dass mein Zweitgeborener derzeit nur ein Praktikum bei einem Schreiner absolviert. «Schon als Kind schnitzte er liebend gern an einem Stück Holz herum und hat …» Ich stoppe abrupt. Meine Güte, ich klinge ja wie eine dieser ehrgeizigen Mütter, die ihre Kinder mit Erfolgsansprüchen drangsalieren.

«Ja, Familie ist was Wunderbares», bestätigt John, und zu meiner Überraschung höre ich keinen spöttischen Unterton raus. Im Gegenteil. Habe ich da nicht sogar einen leisen Stoßseufzer vernommen? Beneidet er mich etwa? Würde John Ansbach, der umwerfende Herzensbrecher, auf seine alten Tage etwa gerne sesshaft werden? Eine Familie gründen? Kinder zeugen? Nein! Da könnte man genauso gut behaupten, Casanova wäre monogam gewesen. Lächerlich!

«Nicht immer ist Familie was Wunderbares», schnaufe ich, als wir im ersten Stock ankommen. «Es gab Zeiten, da habe ich meine Sippe als Blutsauger empfunden und sie oft verflucht.»

Der Flur ist etwas kleiner als im Erdgeschoss. Von hier gehen das Schlafzimmer und die Kinderzimmer ab, das große Bad sowie eine extra Toilette.

«Und du bewohnst dieses riesige Haus jetzt also ganz allein.» Johns Frage klingt eher wie eine Feststellung, als er sich in meinem Schlafzimmer umsieht und eifrig Fotos schießt.

«Genau deshalb haben wir uns zum Verkauf entschlossen», beantworte ich die Frage indirekt.

Mein Singledasein verstecken zu wollen, wäre ohnehin ziemlich schwierig. Im Bad zeugen eine einsame Zahnbürste, wenige Handtücher und ein einziger Bademantel überdeutlich von einem Ein-Personen-Haushalt. Auch die drei aufgeräumten Kinderzimmer lassen unschwer erkennen, dass der Nachwuchs längst ausgeflogen ist. Es gibt keine herumliegenden Spielsachen, keine lieblos in die Ecke gepfefferten Klamotten, keine angebissenen Äpfel, leeren Joghurtbecher oder zerknüllten Bonbonpapiere auf dem Boden.

Das Nest ist verwaist.

Charlie möchte das Haus wegen der Erinnerungen behalten, ich möchte es genau deswegen loswerden – bevor ich zur schrulligen Alten mutiere, die ihre Umgebung mit Gerede von *früher* und *damals* nervt. Am Ende führe ich noch Selbstgespräche!

Seit Juliane vor etwas über einem Jahr nach Süden ausgewandert ist, benutze ich außer der Küche und dem Bad nur noch das ehemalige Eltern-Schlafzimmer. Der Raum wurde natürlich längst umgestaltet. Ich habe mir ein neues Bett angeschafft, den monströsen Kleiderschrank in den Keller verbannt und meine Klamotten im Flurschrank verstaut. Mit einem pastellfarbenen Anstrich, den geblümten Vorhängen und den gerahmten Fotos meiner Kinder wurde daraus eine gemütliche Wohlfühloase. Dass ich am Abend abwechselnd das Licht in den Kinderzimmern einschalte, damit das Haus bewohnt wirkt, würde ich allerdings vor niemandem zugeben.

John schießt wieder eifrig Fotos. Dabei geht er zwei Schritte zurück und steht unvermittelt dicht neben mir. Er riecht nach einer herb-frischen Seife oder vielleicht einem Aftershave. Ein sehr männlicher Duft, schießt es mir durch den Sinn, und im selben Moment wird mir bewusst, wie lange mir kein Mann mehr so nahe gekommen ist – noch dazu in meinem Schlafzimmer!

Verlegen dränge ich ihn aus dem Raum mit der Begründung, dass wir uns das Dachgeschoss und auch den Keller mit den Wirtschaftsräumen noch ansehen müssten.

Den Räumen im Kellergeschoss ist die dringend notwendige Renovierung am deutlichsten anzusehen. Der Putz hält zwar noch an den Wänden, aber der Anstrich ist längst verschmutzt. Am saubersten wirkt noch der Heizungsraum, in dem seit zwanzig Jahren unsere Waschmaschine ihre Dienste versieht.

«Hier unten gäbe es Möglichkeiten für einen Hobbyraum oder Partykeller. Die Wände sind trocken, und du wirst nirgendwo Hausschwamm oder sonstige unliebsame Bewohner entdecken. Na ja, vielleicht hier und da mal eine Spinne», verbessere ich mich eilig, als mir ein besonders dickes Exemplar dieser Gattung am Fenster des Waschraums auffällt. «Aber Spinnen behüten ein Haus, wie der Volksmund sagt.»

Während wir die Treppe wieder hochsteigen, versuche ich nochmal richtig Werbung für das alte Gebäude zu machen.

«Die Strindbergstraße ist ruhig, liegt nah am Pasinger Marienplatz und damit sehr zentral», doziere ich. «Die Nähe des Elsa-Brandström-Gymnasiums macht das Objekt zusätzlich interessant für junge Familien. Und trotz des unrenovierten Zustandes kann man es, ohne zu mogeln, als Anwesen mit historischem Charme bezeichnen. Es dürfte also keine Probleme geben, einen Käufer zu finden. Der uneinsehbare Garten ist ein weiterer Pluspunkt und –»

«Ist das dein erster Hausverkauf?» John sieht mich unverwandt an.

Irritiert von dieser ungewöhnlichen Frage, bleibe ich auf der obersten Treppenstufe stehen. «Volker meint, unser Anwesen wäre ein Spitzenobjekt, und der richtige Makler würde es in null Komma nichts verkaufen.»

«*Du* wärst eine klasse Immobilienmaklerin, Rosy», stellt John fest, als wollte ich mich um einen Job in dieser Branche bewerben. «Deine Führung war richtig professionell. Und deine charmanten Erklärungen, was die kleinen und größeren Schwachstellen des Hauses angehen – sehr überzeugend. Ich glaube, du könntest jede noch so baufällige Hütte verkaufen.»

Ich starre ihn an wie einen Außerirdischen. Welch eine Schnapsidee. Wieso sollte ich baufällige Hütten verkaufen wollen?

«Also, falls du jemals mit einem Job in dieser Branche liebäugelst», fährt er unbeirrt fort, «ich würde dich sofort als Maklerin einstellen!»

Was für ein verrückter Tag! Mein Erstgeborener macht mich zur Großmutter, und ich begegne meiner ersten großen

Liebe wieder. Niemals hätte ich mir träumen lassen, John eines Tages wiederzusehen. Geschweige denn, dass ich ihn noch immer attraktiv finden könnte. Aber noch viel weniger hätte ich erwartet, ausgerechnet von ihm einen Job angeboten zu bekommen.

3

Ich überlege noch, ob Johns Angebot tatsächlich ernst gemeint oder nur eines seiner Verführer-Komplimente war, als uns das Schrillen der Türklingel zusammenzucken lässt.

«Setz dich doch schon mal auf die Terrasse», schlage ich vor und schiebe John in Richtung Wohnzimmer. «Wer auch immer der Störenfried ist, ich wimmle ihn ab und hole uns dann etwas zu trinken.»

Der *Störenfried* entpuppt sich als mein Vater.

Mit Sonnenbrille auf der Knubbelnase, einer lässigen Leinenhose, rotem Polohemd und dunkelblauen Laufschuhen wirkt er wie ein Paradebeispiel für die Best-Ager-Generation. Seine Enkel nennen ihn gerne den rasenden Rentner, seit er jedes Jahr die kleine Distanz beim Stadtmarathon mitläuft – und es auch jedes Mal ins Ziel schafft. Die dreiundsiebzig Jahre sieht man ihm jedenfalls nicht an.

«Hallo, Papa!» Ich begrüße ihn mit einem Küsschen auf seine frischrasierte Wange. «Waren wir verabredet?»

Ich verstehe mich gut mit meinem Vater. Er ist kein bisschen leise und manchmal sehr weise, aber natürlich nervt er mich gelegentlich auch schon mal. So wie jetzt, wenn er einfach so hereinplatzt und mehr als ungelegen kommt.

«Du bist doch eh immer zu Hause, Rosemarie!» Entrüstet sieht er mich mit seinen blitzblauen Augen an. «Sag bloß, du hast es vergessen!»

Kann sein, dass mir über die Aufregung mit John entfallen ist, dass ich mit meinem Vater verabredet war. Aber es nervt mich, für meine Familie immer die Verfügbare zu sein. Ganz offensichtlich glaubt jeder, man könne mich jederzeit behelligen oder mir irgendwelche Erledigungen aufs Auge drücken. Allen voran mein Exmann. Ursprünglich wollte Volker sich nämlich um die Besichtigungen des Hauses kümmern. Deshalb hatte er den Termin auf seinen freien Mittwochnachmittag gelegt. Aber wie so oft ist ihm dann ein Notfallpatient dazwischengerutscht. Und bei einem Halbgott in Weiß muss man natürlich immer Rücksicht nehmen. Auch wenn ich nicht überprüfen kann, ob er mich nicht vielleicht angeschwindelt und stattdessen seine junge Freundin auf eine Shoppingtour begleitet hat.

«Was gibt es denn so Wichtiges, Papa?», frage ich vorsichtig und bleibe im Flur stehen. Vielleicht kann ich ihn unauffällig hinauskomplimentieren.

«Das hier.» Er hält mir zwei Plastiktüten vor die Nase: eine mit schmutziger Wäsche und eine mit Einkäufen aus dem Baumarkt.

Mein Vater hat ein merkwürdiges Hobby. Er bummelt durch Baumärkte wie Frauen durch Schuhläden. Betrachtet er in den Regalen die neuesten Bohr- oder Schleifmaschinen, glänzen seine blauen Augen wie die einer Schuhsüchtigen beim Anblick von Manolos. Natürlich gehören auch umfassendes Preisevergleichen oder Rabatteaushandeln zu seiner Passion. Mittlerweile wird er von einigen Filialleitern sogar schon mit Handschlag begrüßt.

Dass hier im Haus so einiges ausgebessert werden muss, rechtfertigt in seinen Augen nicht nur seine Marotte, sondern auch die Anschaffung sämtlicher Spezialwerkzeuge. Seine Wäsche kann er bei der Gelegenheit auch gleich loswerden. Seit dem Tod meiner Mutter vor ein paar Jahren habe ich wie selbstverständlich das Waschen, Bügeln und Ausbessern seiner Kleidung übernommen. Es gibt aber auch noch einen anderen Grund für seine zahlreichen Handwerksbesuche bei mir: seine Kontaktfreudigkeit. Als Journalist im Ruhestand ist mein Vater neugierig geblieben. So ein Talent versiegt nicht, nur weil man den Job an den Nagel gehängt hat. Und wenn sich beim Materialeinkauf im Baumarkt auch noch ein kleiner Flirt mit einer netten Verkäuferin ergibt, fühlt er sich gleich doppelt jung und lebendig.

«Du weißt, ich mache das jederzeit gerne. Aber im Moment passt es mir nicht so gut. Ich hab nämlich –»

«Was?», fällt er mir unwirsch ins Wort und mustert mich mit seinem kritischen Röntgenblick, dem selten etwas verborgen bleibt. «Die Schranktür im Flur und den Geschirrspüler hast du wohl kaum selbst repariert! Aber ich habe heute Morgen extra die Dichtung besorgt und … Moment! Du hast doch nicht etwa Geheimnisse vor deinem alten Vater? Vielleicht Männerbesuch?» Er schüttelt amüsiert den Kopf, als sei das völlig unmöglich, drückt mir die beiden Tüten in die Hand und stürmt an mir vorbei ins Wohnzimmer.

Eilig stolpere ich hinterher und stottere: «Nein, nein, es ist nur …»

«Da sitzt ja tatsächlich ein *Mann*!» Er hält abrupt an, als er durch das Fenster sieht und John auf der Terrasse erblickt.

«Das ist kein Männerbesuch, sondern der Immobilienmakler», erkläre ich bemüht gelassen. «Volker hat ihn engagiert, um einen Käufer für das Haus zu finden. Zufälligerweise ist er ein Bekannter aus der Schulzeit, John Ansbach.»

«Ansbach?» Papas Augen verengen sich. Gebannt sieht er aus dem Fenster, dann zu mir und wieder zu John. Sein Kopf geht hin und her wie bei einem Tennismatch. Schließlich dämmert es ihm.

«Etwa *der* Ansbach?» Mein Vater klingt so entsetzt, als hätte er uns beide nackt in meinem Bett überrascht.

«Du erinnerst dich an John?», frage ich im Plauderton. «Er war mit mir in der Abiturklasse.»

«Natürlich», schnappt er mürrisch zurück. «Ich leide ja

nicht an Alzheimer. Das ist doch dieser … dieser Tunichtgut, der zum Film wollte. Dieser Mädchenverführer. Hab ich dir den Umgang mit ihm nicht verboten?»

«Also bitte, Papa, das soll wohl ein Scherz sein. Das ist fast dreißig Jahre her!» Mit einem Mal packt er mich am Arm und zieht mich in die Küche, wo uns John weder sehen noch hören kann. Dann stemmt er die Hände in die Hüften und holt zu einer Gardinenpredigt aus. «Diese Filmheinis sind doch alle drogenabhängig. Und sie treiben es mit fünf Frauen gleichzeitig. Ich kenn mich aus in der Branche.»

«Nun mach mal halblang. Wie ich bereits gesagt habe: John ist der Makler, den Volker geschickt hat.» Um keinen Streit zu provozieren, bemühe ich mich um einen ruhigen Tonfall. «Dein Exschwiegersohn weiß nicht mal, dass ich John aus der Schulzeit kenne. Und John wiederum wusste nicht, dass ich mit seinem Zahnarzt verheiratet war. Dergleichen Zufälle gibt es nun mal, auch wenn dir das nicht passt. Im Übrigen war ich vorhin genauso überrascht wie du jetzt, als John vor der Tür stand.»

Meinem Vater scheinen alle Erklärungen gleichgültig zu sein. «Zufall oder nicht. Der Mann ist ein gefährliches, hinterhältiges Schlitzohr, Rosemarie! Ein selbstgefälliger Aufschneider! Mit dem ist nicht gut Kirschen essen.»

Genau diese Worte hat er auch schon damals benutzt, als John mir das Herz brach. Aber das ist, wie gesagt, fast dreißig Jahre her!

«Wieso regst du dich eigentlich so auf?» Herausfordernd hebe ich den Kopf. «Ich will ihn ja nicht heiraten. Er soll nur das Anwesen verkaufen. Wo liegt denn da das Problem?»

Nachdenklich verzieht mein Vater den Mund, wie er es immer tut, wenn ihm etwas nicht passt.

«Also», sage ich versöhnlich und schiebe ihn aus der Küche. «Ich mache uns jetzt etwas zu trinken, und du wirst dich benehmen und John als den Makler begrüßen, der unser Haus an den Käufer bringen wird.»

Eine unschöne Szene zwischen John und meinem Vater hat mir gerade noch gefehlt. Für heute ist mein Bedarf an Aufregung bereits gedeckt.

Mit einem unwirschen Schnaufen marschiert mein Vater los.

Ich stelle die Plastiktüte mit der Schmutzwäsche ab, lege die Spülmaschinendichtung auf die Arbeitsplatte und atme einige Male tief durch. Ich spüre die nervliche Anspannung und brauche dringend was Starkes zur Beruhigung.

Doch das Stärkste, was ich im Kühlschrank finde, ist eine Flasche Prosecco. Das geht zur Not auch.

Zusammen mit dem Saft von drei Orangen und einem Rest Kirschsaft mixe ich drei harmlose Cocktails, stelle die Gläser auf ein Tablett und begebe mich an die «Front».

Bereits durch das Wohnzimmerfenster sehe ich, wie sich John und Papa am Tisch gegenübersitzen, aneinander vorbei ins Leere starren und sich anschweigen. Na, das kann ja heiter werden.

«Ah, da bist du ja endlich», empfängt mich mein Vater mürrisch, als ich die Terrasse betrete.

Was heißt hier *endlich*? Ich bin doch keine Biergarten-Bedienung! Doch um des Friedens willen unterlasse ich jeglichen Kommentar, lächele verbindlich und verteile stattdessen die Getränke. «Fruchtsaft mit einem Schuss Prosecco.»

John greift beherzt zu. «Danke, Rosy, das schmeckt bestimmt lecker.»

«Also, auf einen schnellen und lukrativen Verkauf», brummt mein Vater, nachdem ich ihn mahnend angesehen habe, und erhebt sein Glas. Es klingt aber beinahe ein wenig drohend. «Wie kamen Sie eigentlich zu dieser Immobiliensache, Herr Ansbach?»

Auch wenn ich genau weiß, dass mein Vater ihn jetzt ins Kreuzverhör nimmt, ist das eine gute Frage. Auf die Antwort bin ich nämlich selbst sehr gespannt.

John nippt erst an seinem Glas, bevor er meinen Vater direkt ansieht. «Geerbt», gibt er dann Auskunft. «Mein Großvater hat die Firma gegründet und sie später an meinen Vater übergeben. Und als der vor fünf Jahren starb –»

«Aha, ein Familienunternehmen», fällt mein Vater ihm unhöflich ins Wort.

Vernehme ich da etwa ein wenig Bewunderung? Das wäre ja zu schön. Hoffentlich revidiert er dann auch seine negative Meinung über John. Die feindselige Stimmung zwischen den beiden schlägt mir auf den Magen.

«Davon hast du mir nie etwas erzählt, Rosemarie», sagt er und sieht mich vorwurfsvoll an.

«Ich wusste doch selbst nichts davon», verteidige ich mich.

«Na ja, ich glaube, wir hatten damals andere Themen als die Arbeit unserer Väter oder deren Firmen.» John zwinkert mir unauffällig zu.

In dem Moment schrillt aus dem Wohnzimmer das Telefon. Heilfroh, der unangenehmen Situation entkommen zu können, stehe ich auf und eile an den Apparat.

Es ist Volker.

Das hätte ich mir eigentlich denken können. Vermutlich möchte er sich über den Stand der Dinge informieren. Ich kenne ihn doch: Volker behält gerne den Überblick, wie er immer behauptet. Ich nenne das Kontrollwahn.

In meinem neuen Appartement schaffe ich mir einen dieser Apparate mit Rufnummernanzeige an, dann kann er mich mal gernhaben.

«Hallo, Rosy», flötet er.

Wenn Volker mich so scheinheilig ansäuselt, handelt es

sich meist um etwas Unangenehmes. Er glaubt nämlich immer noch, dass er mit allen Sorgen zu mir kommen kann.

«Was ist los?», raunze ich ihn an.

«Ich wollte mich nur erkundigen, wie es mit dem Makler läuft.»

Also doch! Aber ein Plausch mit meinem geschiedenen Mann ist genau der fehlende Stein zu einem Magengeschwür.

«Bestens», antworte ich knapp, um ihn abzuwimmeln.

«Sehr schön ... sehr schön ...»

«Komm auf den Punkt, Volker», drängle ich. «Ich bin im Stress. Der Makler ist noch da, und mein Vater kam überraschend zu Besuch. Und ich möchte die beiden nicht zu lange alleine lassen.»

«Ja, natürlich ... Also, du weißt ja, dass ich heute wegen dieses Notfalls leider nicht bei der Besichtigung dabei sein konnte. Es war eine äußerst komplizierte Wurzelbehandlung, sonst wäre ich –»

«Volker! Worum geht es?»

«Verzeihung ... Um ehrlich zu sein, es handelt sich um meine Mutter.»

«Aha», murmle ich desinteressiert.

Was hat Lotte wohl jetzt wieder für eine verrückte Idee? Meine Exschwiegermutter ist nämlich vor zwei Jahren nach Ibiza ausgewandert, um dort ihren Lebensabend mit einem neuen Lover zu verbringen. Vielleicht war es auch eine alte, wiederentdeckte Liebe. So genau kann man das bei ihr nie sagen.

«Braucht sie eine Packung ihrer unsäglichen Haarfarben, die es auf der Insel angeblich nicht gibt und die ich ihr mal wieder schicken muss?», frage ich gereizt. Ich bin es nämlich leid, von ihr als Versandhandel missbraucht zu werden.

Volker seufzt laut, ehe er weiterspricht. «Anscheinend gab es Streit mit Gerhard. Mir war der Typ ja von Anfang an suspekt, aber sie wollte am Telefon keine Einzelheiten verraten. Sie nuschelte nur was von irgendwelchen Vorfällen …»

«Interessant», sage ich ohne echte Anteilnahme. Mit meiner ausgeflippten Schwiegermutter habe ich mich noch nie besonders gut verstanden, und es ist mir heute mehr denn je schnuppe, was diese Frau so treibt.

«Wie dem auch sei.» Volker räuspert sich vernehmlich. «Sie weiß jetzt nicht, wohin und … Na ja, es handelt sich nur um ein paar Tage, bis sie eine passende Bleibe gefunden hat. Und du weißt ja, dass meine Wohnung nur ein Schlafzimmer und ein Badezimmer hat. Und deshalb dachte ich, dass …»

Ich schlucke schwer, denn mir schwant Übles.

«Also, ich wollte dich fragen», stottert Volker weiter, «also … respektive bitten, ob du Lotte vielleicht … Bitte, Rosy, würdest du kooperieren?»

Kooperieren!? Nur ein Idiot würde nicht kapieren, worum es hier geht. Mein Ex will mir seine Mutter aufs Auge drücken!

Wieso meint in diesen Tagen eigentlich jeder, meine berühmte und von allen gern in Anspruch genommene Hilfsbereitschaft dermaßen überstrapazieren zu müssen? Meine Familie weiß doch, dass ich jetzt endlich mal Urlaub mit meiner Freundin Suse machen will.

«Wie stellst du dir das vor?» So einfach werde ich es meinem Ex diesmal nicht machen. «Und wie genau sähe die *Kooperation* denn aus?»

«Wenn du Lotte für zwei, drei Tage aufnehmen könntest, würdest du mir damit einen riesigen Gefallen tun», raunt er mit klebrig-süßer Stimme, als ginge es lediglich um frischen Schinken fürs Abendbrot.

«Zwei, drei Tage?», wiederhole ich entsetzt, in der stillen Hoffnung, mich verhört zu haben. Wenn sich meine Exschwiegermutter hier auch nur für eine Stunde breitmacht, bin ich hinterher reif für die Nervenheilanstalt. Die Frau ist dermaßen chaotisch, dass man eine Putzkolonne engagieren muss, wenn sie nur mal eben heißes Wasser über einen Teebeutel gießen will. Sie würde hier ein derartiges Durcheinander veranstalten, das jeden potenziellen Käufer schneller vertreibt als flächendeckender Schwarzschimmel an den Wänden. Und meine Pläne von einem Wellness-Urlaub könnte ich dann in die Tonne treten, noch ehe sie richtig Gestalt angenommen haben.

«Ich halte das für keine gute Idee, Volker», antworte ich wenig kooperativ. «Der Makler ist mit der Besichtigung noch nicht durch und –»

«Herr Ansbach bleibt ja wohl kaum über Nacht, oder?» Volker schnauft hörbar ungeduldig.

«Nein, natürlich nicht», entgegne ich knapp. «Aber wieso zieht deine Mutter nicht einfach in ein Hotel? Oder, noch logischer: zu dir und deiner … deiner Pharmavertreterin. Bei der Gelegenheit könnten sich die Damen auch gleich beschnuppern. Die beiden kennen sich doch noch nicht, oder?»

Bei der Vorstellung, wie Chaos-Lotte Volkers komplett in hellbeige eingerichtetes Liebesnest verwüstet, sehe ich die junge Geliebte nach kürzester Zeit durchdrehen. Den *Spaß* würde ich ihr gönnen. Ich presse die Lippen aufeinander, um ein Lachen zu unterdrücken.

«Du weißt, dass meine Mutter die gestärkte Bettwäsche in Hotels nicht mag. Und Ruth ist auf Geschäftsreise und deshalb leider zurzeit nicht in München», antwortet er lakonisch, als käme Lotte ihretwegen zu Besuch.

Ich will ihn gerade anfahren, dass er dann ja wohl erst recht genug Platz für seine Mutter hat, als schon wieder die Türklingel ertönt und meinen Wutausbruch ausbremst.

«Moment mal», seufze ich genervt und lege den Hörer weg.

In wenigen Schritten bin ich an der Haustür. Als ich sehe, wer geklingelt hat, bleibt mir vor Staunen der Mund offen stehen. Draußen steht eine mollige ältere Frau mit struppigen pinkfarbenen Haaren, orangegeschminktem Mund und tiefbraunen Falten im Gesicht.

Es ist Lotte, meine Exschwiegermutter.

4

Juhuuu, Rooosy!»

Übermütig reißt sie sich die Sonnenbrille von der gebräunten Nase und grinst mich breit an. Passend zur schrägen Frisur trägt sie ein wallendes, bodenlanges Kleid mit kunterbuntem Dschungelmuster. Ihre Schultern bedeckt ein lilafarbenes Häkeltuch, und über dem ausladenden Busen baumeln unzählige Ketten in schillernden Farben. Die Armgelenke sind so üppig geschmückt, dass es mühsam sein muss, auch nur eine Tasse anzuheben. Und es würde mich nicht wundern, wenn Lotte unser Verwandtschaftsverhältnis abstreiten und mir stattdessen ihre Dienste als Wahrsagerin anbieten würde.

Ich bin so baff über ihr unvermutetes Erscheinen, dass mir die Kinnlade runterfällt und ich kein Wort rausbringe.

Aber sie ist es, keine Zweifel. Es ist zwar eine Ewigkeit her, dass wir uns gesehen haben – das letzte Mal bei Charlies Abiturfeier, und damals schimmerten ihre Haare noch leicht bläulich –, aber ich erkenne sie.

«Wie schön, du bist zu Hause», plappert Lotte vergnügt drauflos und umarmt mich, als hätte ich ihren Besuch sehnlichst erwartet. Dann schreitet sie wie eine Königin an mir vorbei ins Haus.

Mich und ihre zwei monströsen Louis-Vuitton-Gepäckstücke lässt sie einfach stehen. Aber dies ist nicht das Hotel «Bayerischer Hof»! Und ich bin auch nicht ihr Dienstmädchen!

Lotte entstammt nämlich einer sehr wohlhabenden Familie und ist seit frühester Kindheit an Personal gewöhnt. Ihr wurde quasi gleich ein Zwölfersatz goldener Löffel in die Wiege gelegt. Sich um Banalitäten wie Gepäck oder Rechnungen zu kümmern, hat sie nicht nötig. Aber da ist sie bei mir an der falschen Adresse.

«Du hast was vergessen!», rufe ich ihr hinterher.

Wendig wie ein junges Mädchen dreht sie sich so schnell um die eigene Achse, dass der Rock fliegt. «Ach», lacht sie. «Dafür findet sich schon ein Kavalier.»

Unfassbar! Als wüsste sie, dass im Moment tatsächlich zwei Männer im Haus sind. Mir fehlen erneut die Worte, und ich fühle meinen Blutdruck steigen. Lottes unbekümmerte Art hat mich schon immer auf die Palme gebracht. Und zum zweiten Mal an diesem Tag saust jetzt der Staubsauger durch meine Gehörgänge.

Das noble Gepäck einfach vor der Tür stehen zu lassen, bringe ich aber auch nicht übers Herz. Fluchend zerre ich die Koffer zumindest in die Diele und eile dann meinem Schwiegermonster hinterher. Im Wohnzimmer fällt mein Blick aufs Telefon. Da ist Volker ja noch dran, erinnere mich.

Den hätte ich beinahe vergessen!

«Ob du es glaubst oder nicht», schimpfe ich in den Hörer, «die gnädige Frau ist soeben wohlbehalten hier eingetroffen.» Den sarkastischen Unterton kann ich mir nicht verkneifen. «Von Liebeskummer ist jedoch nichts zu spüren. Ganz im Gegenteil: Deine Mutter scheint mopsfidel und überschäumender Laune.»

«Oh! Ich wusste nicht, dass sie schon heute kommen würde, ehrlich. Und du weißt doch, wie sie ist», startet Volker einen halbherzigen Versuch, mich milde zu stimmen. «Aber sie hat ein gutes Herz.»

«Genau wie eine Artischocke», kommentiere ich und ergebe mich meinem Schicksal. «Na gut, da sie nun schon mal hier ist, kann sie meinetwegen auch eine Nacht bleiben. Eine Nacht!», wiederhole ich mit Nachdruck. «Verstanden?»

«Versprochen. Gleich morgen früh, noch vor der Praxis,

komme ich vorbei und kümmere mich um sie», versichert er aufatmend. «Danke, Rosy, das ist sehr anständig von dir. Du hast was gut bei mir.»

Vielleicht eine professionelle Zahnreinigung?, denke ich böse. «Kümmere dich lieber um Charlie. Deinen Sohn beschäftigt nämlich ein viel größeres Problem als eine vorübergehende Wohnungsnot.»

Mit dieser geheimnisvollen Andeutung lege ich einfach auf. Schließlich muss ich in meinen eigenen vier Wänden jetzt retten, was noch zu retten ist.

Durchs große Wohnzimmerfenster sehe ich, dass Lotte sich bereits auf einem Stuhl zwischen John und meinem Vater niedergelassen hat. Wie an ihrem Gelächter unschwer zu hören ist, fühlt sie sich sehr wohl in ihrer urlaubsbraunen Haut. Laut und fröhlich schallt es durch den Garten, als fände hier eine Willkommensparty für sie statt.

«Liebchen», empfängt sie mich, als ich auf die Terrasse trete. «Das Kofferproblem ist gelöst. Dein Vater ist so nett und kümmert sich darum!» Sie blinzelt meinen Vater frech an. «Nicht wahr, Herbert?»

Ich hasse es, wenn sie mit meinem Vater flirtet. Das hat sie auch schon getan, als meine Mutter noch lebte.

Aber noch mehr hasse ich es, wenn sie mich *Liebchen* nennt. Erstens war ich noch nie besonders *lieb* zu ihr, und zweitens klingt es so gönnerhaft. Doch es hat wenig Sinn, sich darüber aufzuregen. Lotte kümmert sich nicht um die Wünsche anderer, sondern macht immer das, was sie will. Sie nimmt kein Blatt vor den Mund, hat nur ihren eigenen Vorteil im Auge und flirtet hemmungslos mit allen Männern. Frei nach dem Motto: Man kann nie wissen, wann einem das starke Geschlecht mal nützlich sein wird. Ihrer Meinung nach hört die Emanzipation automatisch bei schweren oder unangenehmen Arbeiten auf.

«Na logisch, das ist doch eine Kleinigkeit», versichert mein Vater, ganz Kavalier der alten Schule, und springt freudestrahlend auf. «Ist mir ein Vergnügen, liebe Lotte.»

Na, wenigstens einer in dieser Runde scheint restlos begeistert von Lottes überraschendem Auftauchen zu sein.

Zu meinem Erstaunen bleibt die *liebe* Lotte aber nicht faul sitzen, sondern erhebt sich ebenfalls. «Wo darf ich meine Siebensachen denn verteilen, Liebchen?»

«Du hast die freie Auswahl unter den Kinderzimmern, und wo die sind, weißt du ja», antworte ich und lasse mich erschöpft auf die Gartenbank fallen. Das vertraute Knarren der Rückenlehne vermittelt mir für einen Moment das Gefühl, als wäre alles halb so wild. Um mich zu entspannen, kippe ich den Rest meines Proseccos runter. Doch der Frust scheint mir ins Gesicht geschrieben, so mitfühlend wie John mich mustert.

«Ihr seid wohl nicht gerade beste Freundinnen, oder?», fragt er.

«*Freundinnen* ist definitiv die falsche Bezeichnung», entgegne ich gequält. «Aber ich will nicht ungerecht sein, den Kindern war sie immer eine liebevolle Oma. Sie hat ihnen oft stundenlang vorgelesen oder mit ihnen gespielt. Und –» Ich stocke. John ist schließlich nicht wegen der flippigen Lotte hier. «Entschuldige bitte, ich will dich nicht mit meinen Familienproblemen langweilen. Zum Glück ist meine Schwiegermutter nicht –»

«Deine Ex», unterbricht mich John.

«Wie bitte?»

«Deine *Ex*schwiegermutter», berichtigt er schmunzelnd. «Falls du es nicht als zu indiskret empfindest, würde ich gerne erfahren, wie dein durch und durch konservativer Exmann zu so einer …» Er bricht ab. Offensichtlich sucht er nach einer höflichen Bezeichnung für die vermutlich schrillste Frau der

Stadt. «Na, sagen wir mal, zu so einer unkonventionellen Mutter kommt.»

«Nette Umschreibung für Lotte», entgegne ich.

Wie zur Bestätigung ertönt aus dem ersten Stock ein schrilles Lachen.

Keine Ahnung, wie ich die nächsten vierundzwanzig Stunden überstehen soll. Vor meinen Augen tanzen plötzlich schwarze Punkte. Mir wird schwindelig, und mein Kopf schmerzt.

«Ich war ehrlich überrascht, als dein Vater sie vorhin als Volkers Mutter vorstellte», fährt John fort. «Wäre sie mir irgendwo auf der Straße begegnet, hätte ich sie für ein Relikt der Flower-Power-Jahre gehalten», stellt John fest.

«Treffer», erwidere ich matt. «Lotte hält die zerschlissene Hippie-Fahne bis heute hoch. *Alles easy. Love and Peace. Entspannt im Hier und Jetzt*, oder so ähnlich. Würde mich nicht wundern, wenn sie da oben mit meinem Vater einen Joint raucht. Im Grunde ist mir das zwar egal, aber manchmal habe ich einfach nicht den Nerv für ihre Extravaganzen», bekenne ich. «Besonders wenn sie eine ihrer esoterischen Phasen hat. Das Leben ist doch kein Trip auf der Milchstraße!»

Ich kann mich noch gut erinnern, als ich ihr zum ersten Mal gegenüberstand. Volker hatte mir zwar angekündigt, seine Mutter sei etwas *unorthodox*, aber das erwies sich als maßlose Untertreibung. Hüftlange, ungezähmte Haare in einem schreienden Purpurrot, dazu kunterbunte Klamotten und mit den Gedanken immer im Nirgendwo. Dabei war die Flower-Power-Ära Mitte der Achtziger doch längst vorbei. Anscheinend hatte Lotte aber den Zug in die Neuzeit verpasst. Unser Verhältnis blieb in all den Jahren eher lauwarm. Mein Vater war dagegen von Anfang an begeistert von der flippigen Verwandtschaft. Das ging so weit, dass er auch nicht mehr Papa, sondern wie Lotte von den eigenen Kindern beim

Vornamen gerufen werden wollte. Erst als die Enkelkinder kamen und Lotte sich als liebevolle Oma entpuppte, versöhnte mich das etwas.

«War Volkers Vater eigentlich auch ein Hippie?», fragt John und blickt mich neugierig an.

«Ja, ein kalifornischer Beach Boy, um genau zu sein.» Ich dämpfe meine Stimme, damit Lotte uns nicht hören kann. «Ich bin mir da aber nicht so sicher. Lotte bemerkte die Schwangerschaft nämlich erst, nachdem sie aus San Francisco zurück war. Und da man in diesen glorreichen Zeiten nie zweimal mit demselben Mann gepennt hat ...»

«Hat Volker seinen Vater denn jemals kennengelernt?»

«Leider kam er bei einem Surfwettbewerb ums Leben. Aber Lotte betont immer, dass Volker ja auch ohne Vater ein wunderbarer Mann geworden ist. Ihr Verdienst ist das allerdings nicht. Wer weiß, was aus Volker geworden wäre, wenn seine Großeltern sich nicht um ihn gekümmert hätten. Lotte düste ja ständig durch die Weltgeschichte, auf der Suche nach Erleuchtung. Mal nach Holland, und sicher nicht der Tulpenzwiebeln wegen, dann zu einem indischen Guru und später zu einem indianischen Schamanen. Soweit ich mich erinnere, hat sie es auch mit Buddha, Shiva und anderen asiatischen Göttern versucht. Bin gespannt, vor welchen Heiligen sie im Moment ihre Räucherstäbchen anzündet.»

Mein kleiner Vortrag wird erneut von einem Lacher aus dem Kinderzimmer gekrönt.

«Sie hat anscheinend nichts ausgelassen», stellt John lakonisch fest.

«Hmm», murmle ich zustimmend. «Jedenfalls hat sie meist gute Laune. Ich hab sie eigentlich noch nie mürrisch erlebt.»

«Und du?», wechselt John unvermittelt das Thema und sieht mir tief in die Augen. «Wie ist es dir ergangen? Bist du glücklich?»

Sein Blick geht mir durch und durch. Bilde ich mir das nur ein, oder flirtet er mit mir? Klingt seine Stimme nicht wie damals, als er mir zuflüsterte, dass wir für immer zusammengehören?

«Juhuuu, ihr beiden», tönt es plötzlich über uns. Als ich hochschaue, sehe ich, wie Lotte sich samt ihren unzähligen Ketten aus dem Fenster lehnt. «Herbert und ich gehen essen. Hast du vielleicht einen Hausschlüssel für mich? Falls es spät wird …», fügt sie kichernd hinzu.

Falls es spät wird?!

Was hat sie vor? Will sie etwa meinen Vater verführen? Den Gedanken ertrage ich nicht. Das wird mir jetzt alles zu viel.

Wie konnte es nur so weit kommen? Heute Vormittag war es doch noch ein ganz normaler Mittwoch. Ich stand in den Startlöchern für eine erholsame Auszeit mit Suse, und wenige Stunden später zerbröseln meine Urlaubspläne wie staubtrockene Kekse.

Nein! So einfach lasse ich mein Leben von niemandem durcheinanderbringen. Ich habe nicht die schmerzhafte Scheidung durchgezogen, um mich kurz vor dem Ziel von meiner Exschwiegermutter ausbremsen zu lassen. Ich muss verhindern, dass sie länger als eine Nacht hierbleibt – wenn nötig, stärke ich die Bettwäsche, bis sie bretthart wird. Aber vor allem muss ich sie davon abhalten, meinen Vater um den Verstand zu bringen.

«Tja, ich muss dann auch mal los», erklärt John und steht auf.

«Ja, äh … Und ich muss mich jetzt um meinen Hausgast kümmern», stottere ich und frage mich, was der übereilte Aufbruch wohl zu bedeuten hat.

John schnappt sich Jackett und Tasche und begleitet mich in den Flur. «Wir sehen uns morgen!»

Diese Worte lösen ein schmerzhaftes Déjà-vu bei mir aus. Genau das hat er damals bei unserem letzten Treffen auch zu mir gesagt. Danach habe ich nie wieder etwas von ihm gehört.

Warum hast du dich eigentlich nicht mehr gemeldet?, will ich gerade fragen, als Lotte Arm in Arm mit meinem Vater die Treppe herunterspaziert. Wie ein frischverliebtes Pärchen. Ihre Ketten hat sie abgelegt und das Dschungel-Gewand gegen einen weiten, buntgestreiften Rock und eine Rüschenbluse mit blasslila Rosenmuster ausgetauscht. Doch mit der schrägen Frisur in Telekom-Pink wirkt sie nur unwesentlich braver. Papa scheint das nicht zu stören. Er sieht irgendwie glücklich aus, und seine Augen glitzern noch intensiver als sonst.

Er wird sich doch nicht in diese Frau verlieben?, fährt es mir panisch durch den Sinn. Von der Schwiegermutter zur Stiefmutter – das wäre ein einziger Albtraum!

«Sie wollen uns schon verlassen, John?», erkundigt sich Lotte, als wäre sie die Hausherrin.

Es ist ja nur für eine Nacht. Eine einzige Nacht!, beruhige ich mich in Gedanken. *Das schaffe ich.*

Morgen früh trinke ich noch eine Tasse Kaffee mit ihr, das gebieten die Umgangsformen. Danach wird sie von ihrem Sohn abgeholt, und ich bin das Schwiegermonster los.

«Ich würde ja gerne noch bleiben», beteuert John. «Aber leider werde ich im Büro erwartet.» Zum Abschied küsst er mich sanft auf die Wangen und sagt: «Ich melde mich, sobald ich das Angebot für die Villa online gestellt habe. Spätestens morgen Vormittag.»

«Bis später, Liebchen», verabschiedet sich auch Lotte und zieht meinen Vater wie eine Trophäe mit sich.

Bis später? Glaubt sie etwa, ich bleibe wach, bis sie wohlbehalten zurückkehrt und mir von ihren Abenteuern berichtet?

Zu dritt verlassen sie das Haus. Mein Vater winkt mir auf der Einfahrt noch einmal kurz zu.

Und was ist mit der Spülmaschine, der Schranktür und all den anderen Reparaturen?, möchte ich ihm nachrufen. Aber er hat offensichtlich Besseres zu tun – nämlich der Hippie-Oma beim Einsteigen zu helfen.

John dreht sich an der Straße noch einmal um und kommt zurück. «Das hätte ich jetzt beinahe vergessen», sagt er, kramt aus seiner Jacketttasche eine weiße Visitenkarte und überreicht sie mir. «Meine Handynummer habe ich auf der Rückseite notiert», sagt er. Nach einer winzigen Pause fügt er noch hinzu: «Du kannst mich also jederzeit erreichen.»

«Äh … Ja, danke. Werde ich ausprobieren.» Verlegen fahre ich mit meinem Finger über die Karte. Die schnörkellosen, schwarzen Prägedruck-Lettern über der geprägten Silhouette eines schlossähnlichen Anwesens lassen keinen Zweifel aufkommen: John Ansbach makelt mit Luxus-Immobilien.

John sieht mir direkt in die Augen. «Versprochen?»

Plötzlich ertönt das laute Hupen eines Autos und bewahrt mich vor weiterem peinlichen Gestammel.

Mit quietschenden Bremsen hält ein knallroter Mini direkt vor dem Gartentor. Er gehört meiner Freundin Suse, die sich kurz darauf mit geschmeidigen Bewegungen aus dem kleinen Flitzer schält. «Hier geht's ja zu wie im Taubenschlag», wundert sich John.

«Das ist Suse Mandel, meine allerbeste Freundin», stelle ich ihm kurz darauf die attraktive dunkelhaarige Frau im hellbeigen Trenchcoat vor. Ich umarme sie und erkläre dann: «Suse, das ist John Ansbach, mein Immobilienmakler.»

«Sehr erfreut», erwidert sie strahlend, wirft mir einen fragenden Blick aus ihren dunkelgrünen Augen zu und wendet sich dann wieder an John. «Wie lange wird es dauern, bis Rosy die olle Hütte endlich los ist?»

«Sind vierundzwanzig Stunden schnell genug?», scherzt John und zwinkert mir zum Abschied zu.

«Ich nehme Sie beim Wort!», ruft Suse ihm lachend hinterher.

Freundschaftlich knuffe ich sie in die Seite. «Ich kann es kaum erwarten, das Haus auszuräumen!»

5

Gestehe!», fordert Suse, als wir in die Küche schlendern. «Dieser umwerfend attraktive Mann ist dein neuer Lover und *nicht* dein Makler.» Sie lässt ihre knallrote Wildledertasche fallen und mustert mich neugierig. Anscheinend erwartet sie sensationelle Neuigkeiten. «Erzähl mir sofort, wann und wo du ihn kennengelernt hast. Etwa bei einer Online-Partnerbörse?»

Seit meiner Scheidung drängt sie mich einmal wöchentlich, mich wieder zu verlieben oder mir wenigstens mal eine kleine Affäre zu gönnen. Doch ich habe mit dem Thema Männer längst abgeschlossen. Frauen in meinem Alter finden nur in Ausnahmefällen nochmal eine neue Liebe. Ich gehöre ganz sicher nicht zu diesen Ausnahmen. Suse dagegen ist der festen Überzeugung, man sei nie zu alt für Liebe, Triebe und alles, was dazugehört. Selbst wenn dabei nur Sex rausspringen würde, sei doch zumindest der Verjüngungseffekt unbezahlbar. *Natürliches Botox,* nennt sie das. Zusätzlich könne man auch noch auf höchst lustvolle Weise ein paar Pfunde verlieren. Und das seien genug Gründe, sich der Liebe mit allem *Drum und Dran* hinzugeben.

«Möchtest du was trinken?», frage ich zur Ablenkung und öffne den Kühlschrank, um nachzusehen, was ich ihr anbieten kann. «Apfelschorle vielleicht?»

«Na gut, Apfelschorle», nimmt sie mein Angebot mit einer ungeduldigen Handbewegung an. «Ich geh schon mal raus auf die Terrasse und fröne meinem Laster.»

Seit ich Suse kenne, ist sie Kettenraucherin. Volker ist natürlich strikt gegen das Rauchen, da es bekanntlich die Zähne vergilben lässt. Deshalb hat er sie auch im tiefsten Winter immer zum Rauchen auf die Terrasse abgeschoben.

Nachdem ich zwei Gläser mit Saft und Sprudel gefüllt habe, folge ich ihr. Ganz nebenbei, beim Gläserabstellen, bekenne ich dann: «John und ich waren in der Schule ein Paar.»

«Ha!» Triumphierend klatscht Suse in die Hände. «Wusste ich's doch. Ich hab sofort gespürt, dass da was zwischen euch ist. Meine Güte, Rosy, das muss ja die ganz große Leidenschaft gewesen sein, wenn man nach so langer Zeit noch was knistern hört.» Ihre Wangen glühen vor Begeisterung, während sie aus ihrer Tasche eine Schachtel Zigaretten hervorkramt. «Und weiter? Warum dann dieses alberne Makler-Getue? Wegen deines Vaters und dieser seltsamen Frau, mit der ich ihn habe wegfahren sehen?»

«Die *seltsame* Frau war Lotte, meine Exschwiegermutter», erkläre ich und berichte Suse von meinem unerwarteten Schlafgast.

Mit weitaufgerissenen Augen hört sie mir zu und vergisst darüber sogar ihre Zigarette anzuzünden. «Das ist Volkers Mutter!? Da wäre ich nie im Leben draufgekommen. Die sieht eher aus wie die Darstellerin eines ABBA-Musicals.»

Ich muss unwillkürlich grinsen. Suse hat Humor, mit ihr wird es nie langweilig. Deshalb freue ich mich auch so sehr auf unseren gemeinsamen Urlaub.

«Gar nicht mal so verkehrt, dein Vergleich», bestätige ich. «Ich kann sogar noch eins obendrauf setzen: Der *Musicalstar* wird Uroma.»

Suse zündet ihre Zigarette an, reagiert aber nicht auf die Mitteilung. Anscheinend hat sie nicht zugehört.

«Hast du es mitbekommen? Ich werde Großmutter!»

«Glückwunsch!» Suse scheint unbeeindruckt, als habe sie seit langem damit gerechnet, bemerkt dann aber meine wenig begeisterte Miene. «Oder freust du dich nicht?»

Nachdenklich beobachte ich eine Amsel, die im Gras emsig nach Futter sucht. Vermutlich hat sie Junge im Nest. «Ja, doch … schon irgendwie», antworte ich dann zögernd.

«Ja, und?», hakt Suse nach.

«Ich bin doch noch nicht mal fünfzig», jammere ich. «Ich kann mich mit der Vorstellung, Oma zu werden, einfach noch nicht anfreunden.»

Suse wedelt mit ihrer Zigarette in der Luft rum. «Ach, das kommt sicher noch. Wenn der Schreihals erst mal da ist, wirst du wie alle Großmütter dieser Welt in die Babysprache verfallen, mit verklärtem Gesichtsausdruck Fotos rumzeigen und jeden, ob er es hören möchte oder nicht, mit den ach so niedlichen Fortschritten deines ersten Enkelkinds nerven.»

«Hmm, vielleicht», gestehe ich. Babys sind ja wirklich süß.

Suse pustet eine dicke Rauchwolke in die Luft, der sie dann verträumt nachschaut. «Also zurück zu deinem Lover …»

«Er ist nicht mein Lover», unterbreche ich sie protestierend. «Außerdem hat er mir schon einmal das Herz gebrochen. Damals, als er von einem Tag auf den anderen verschwunden ist, wie ein Krimineller.»

«Und du hast nie erfahren, warum?», fragt Suse.

«Nein, ich habe ihn heute das erste Mal wiedergesehen. Ich habe ihn aber nicht auf sein Verschwinden angesprochen. Es ist doch alles Lichtjahre her», antworte ich und nehme einen Schluck aus meinem Glas. Ich fühle noch genau, wie traurig und verzweifelt ich war, als sei es erst gestern passiert. Damals glaubte ich, mich nie wieder davon zu erholen. «Irgendwann hieß es, er sei mit seinen Eltern auf einer Segeltour. Das war natürlich gelogen, John hat nie gesegelt und seine Eltern auch nicht. Die waren übrigens nicht verreist. Damit war klar, dass er gelogen hat. Und selbst wenn er mit irgendwelchen Freunden auf Tour war, warum hätte er mir das verschweigen sollen?»

«Mistkerl», flucht Suse und nimmt mit zusammengekniffenen Augen einen tiefen Zug von ihrer Zigarette. «Sind doch alle gleich. Erst versprechen sie dir einen Rosengarten, und wenn sie haben, was sie wollten, ziehen sie den Schwanz ein.» Sie seufzt aus tiefstem Herzen.

«Na ja, ich war zu jener Zeit vielleicht einfach zu naiv», wende ich ein. «Mit achtzehn will man einem Mann doch nur zu gerne glauben, wenn er ewige Liebe schwört. Ich hätte auf meinen Vater hören sollen. Der war von Anfang an gegen die Beziehung.»

«So weit kommt's noch, dass du dir die Schuld gibst», tadelt sie mich mit vorwurfsvollem Blick. «Schließlich ist er der Schuft. Es sind doch immer die Männer, die nichts anbrennen lassen, aber immer unschuldig sind. Selbst wenn man sie auf frischer Tat erwischt, behaupten sie, die Frauen wären schuld, weil sie zu tiefe Ausschnitte, zu hohe Schuhe oder zu kurze Röcke trügen.»

In Wahrheit regt Suse sich nicht nur meinetwegen so auf. Noch vor zwei Jahren war sie in einer ähnlichen Situation. Ihr Mann hat sie jahrelang mit einer gemeinsamen Freundin betrogen. Alle, die davon wussten, haben hinter vorgehaltener Hand getuschelt, aber ihr gegenüber dichtgehalten. Inzwischen ist sie, genau wie ich, glücklich geschieden. Und steht vor einem Neuanfang. Das verbindet.

«Danke für dein Mitgefühl, Suse, aber ich versichere dir, dass ich gut mit der Situation zurechtkomme und absolut nichts mehr für ihn empfinde. John ist der Makler, der das Haus verkaufen soll», behaupte ich mit fester Stimme. «Und in der Eigenschaft war er heute hier, hat das Objekt besichtigt und Fotos gemacht.»

«Na, hoffentlich denkt er über euer Wiedersehen genauso und setzt sich nicht plötzlich wieder ab, sondern benimmt sich professionell und konzentriert sich auf seinen Job.»

«Und was gibt es bei dir Neues?», frage ich, um das Thema zu wechseln. «Was macht der Laden?»

«Da läuft alles super, Rosy.» Sie holt tief Luft. «Und stell dir vor, ich kann viel früher eröffnen als geplant!»

«Nein!»

«Doch! Die Ladeneinrichtung wird Anfang nächster Woche geliefert, und der Schreiner hat mir einen preisgünstigen Maler empfohlen.» Ihre Stimme überschlägt sich vor Aufregung.

«Wahnsinn! Das ging ja irre schnell.» Ich bin ehrlich beeindruckt. Suse rechnete nämlich mit monatelangen Vorbereitungen, bis sich ihre Träume erfüllen würden.

«Und für einen Namen habe ich mich inzwischen auch entschieden: Le Bagage! Wie findest du das?»

«Le Bagage», wiederhole ich andächtig. «Klingt nach allerfeinsten Lederwaren. Edel, chic und teuer. Ich wünsche dir wirklich ganz viel Glück und jede Mende Kunden mit prallgefüllten Geldbörsen oder Kreditkarten ohne Limit.»

Zufrieden zündet Suse sich einen weiteren Glimmstängel an und pustet dicke Rauchwolken in die Luft. «Weißt du noch, was ich dir bei unserer ersten Begegnung erzählt habe?»

In Erinnerung an die absurde Situation vor knapp zehn Jahren muss ich laut lachen. «Du meinst, als wir um dieselbe Tasche *gekämpft* haben?»

Ich hatte mich in eine dieser sündhaft teuren Boutiquen in der Innenstadt gewagt. Normalerweise gehörten die nicht zu meinen Stammläden, aber im Schlussverkauf traute selbst ich mich auf dieses exklusive Terrain. Und ich fand tatsächlich ein rotes Modell, das mir auf Anhieb gefiel. Als ich danach griff, fauchte mich jemand von der Seite an. «Die gehört mir!» Suse stand plötzlich direkt neben mir, griff ebenfalls nach der Tasche und funkelte mich mit ihren grünen Augen giftig an. Im ersten Impuls wollte ich drauf bestehen, dass sie sich irrte, die Tasche war wirklich sehr schön. Doch dann kam es mir plötzlich ziemlich albern vor, mich mit einer wildfremden Frau wegen eines Modeaccessoires zu streiten. «Schon gut», sagte ich und reichte ihr das gute Stück. «Anscheinend hängt Ihr Leben davon ab.» Sie starrte mich einen Moment lang ungläubig an, schüttelte dann den Kopf und gab mir das Streitobjekt zurück. «Sie haben recht. Bitte entschuldigen Sie. Es ist Ihre.» Schlussendlich wollte keine von uns das edle Teil mehr erwerben. Stattdessen lud Suse mich zu einem Kaffee ein, und das war der Beginn unserer Freundschaft.

«Ich hoffe, du wirst meine erste Kundin sein.» Suses rauchige Stimme holt mich zurück auf die Terrasse.

«Nur wenn du auch rote Handtaschen führst», scherze ich.

«Und was für welche! Ich bekomme sogar die Kate-Moss-Collection. Todschick, sag ich dir. Die schönsten Taschen reserviere ich selbstverständlich für dich. Erst wenn du deine Wahl getroffen hast, dürfen sich andere Kunden darum prügeln», verspricht sie feierlich.

«Sehr anständig von dir. Und wann ist die Eröffnung nun genau?»

Suse lehnt sich entspannt zurück und schlägt ihre schlanken Beine übereinander. «Am Freitag, den 13. Mai!»

«Puh», schnaufe ich erstaunt. «Also in zwei Wochen. Du hast ja ein rasantes Tempo drauf.»

«Ach, Rosy, seit meiner Scheidung freue ich mich auf einen Neuanfang. Du weißt, wie lange ich mir vorgeworfen habe, schuld an meiner verpfuschten Ehe zu sein, und welche Mühe ich hatte, das Desaster zu verarbeiten. Wie sehr ich bereut habe, meinen gutbezahlten Job als Einkäuferin eines Modekonzerns für einen Mann aufgegeben zu haben. Ich habe nur noch *sein* Leben geführt – um am Ende völlig frustriert vor den Trümmern *meines* Lebens zu stehen.»

«Du hast sogar einen Kickboxkurs besucht, um deine aufgestauten Aggressionen loszuwerden», erinnere ich mich.

Suse nickt aufatmend. «Es war ziemlich befreiend, mal auf jemanden einzudreschen. Aber nun endlich eine neue Perspektive gefunden zu haben, ist so wundervoll motivierend. Solltest du auch versuchen, Rosy.» Ihre Augen glitzern, als sei sie frisch verliebt. «Nach unserem Urlaub wirst du auch neu durchstarten, da bin ich sicher.»

Mir fällt Johns Angebot ein. Doch das verschweige ich vorerst lieber. «Von einem Job, egal in welcher Branche, kann ich im Moment nur träumen. Du kennst ja meine Familie, die macht mir doch meistens einen Strich durch die Rechnung.»

«Die sollen dich mal schön in Ruhe lassen. Du kümmerst dich jetzt mal um dich, deine Bedürfnisse und auch ein bisschen um mich.» Sie sieht mich ernst an. «Ich will nämlich mit dem Rauchen aufhören. Und dabei musst du mich unterstützen! Bis zur Eröffnung meines Ladens will ich es unbedingt geschafft haben. Denn ich möchte auf keinen Fall die Kunden vertreiben, wenn ich rauchend vor dem Laden stehe.»

Diesen Tag werde ich im Kalender rot anstreichen! Suse will endlich rauchfrei werden?!

«Jedenfalls sind wir beide überreif für eine Wellness-Kur», seufze ich. «Ich hol uns schnell die Kataloge.»

«Ach, es wird himmlisch sein, sich einfach nur verwöhnen zu lassen und die gute Seeluft zu genießen», malt Suse weiter am perfekten Urlaubsbild und fährt sich mit beiden Händen durchs glänzende Haar.

«Und für dich tatsächlich die perfekte Gelegenheit, mit dem Rauchen aufzuhören», erkläre ich und stehe auf.

«Dann sind wir uns also einig?», fragt sie und packt Zigaretten und Feuerzeug in ihre Tasche. «Ich buche dieses traumhafte Fünf-Sterne-Hotel direkt am Meer. Wir aalen uns im Whirlpool, schwitzen in der Dampfsauna, und danach lassen wir von der Kosmetikerin unsere Falten wegmassieren.» Sie verdreht schwärmerisch die Augen. «Ich war schon mal da. Das Personal ist erste Sahne – nicht nur fachlich gesehen.»

«Äh … Fünf-Sterne-Hotel? Davon wusste ich ja noch gar nichts», antworte ich irritiert und lasse mich wieder auf die Bank fallen. «Kann ich mir das überhaupt leisten?»

«Warum denn nicht? Falls du im Moment nicht flüssig bist, kann ich die Kosten übernehmen. Du zahlst sie mir nach dem Hausverkauf zurück, dann bist du doch reich. Ich buche dann von Donnerstag, also morgen, bis Montag. Dienstag muss ich zurück sein, denn da will der Maler im Laden anfangen.»

«Aber wie soll John einen Käufer finden, während ich verreist bin?», frage ich besorgt. «Ich würde lieber erst nach dem Hausverkauf wegfahren. Das wäre für dich doch auch günstiger, oder?»

«Nein, das geht leider nicht, denn anfangs schmeiße ich den Laden doch ganz allein. Eine Aushilfe kann ich mir erst leisten, wenn der Umsatz stimmt. Aber du könntest deiner Jugendliebe doch einfach den Schlüssel hierlassen, und den Rest erledigt er. Als professioneller Makler wird er wohl schon öfter ein Objekt ohne Anwesenheit des Besitzers verkauft haben. Vielleicht hast du sogar Glück, und der Verkauf ist bei deiner Rückkehr erledigt.» Sie blickt mich aufmunternd an.

«Ich würde ja liebend gern die ganze Verantwortung abgeben und mich mit dir an der Ostsee erholen», seufze ich. «Aber ich fürchte, unser Urlaub muss trotzdem bis nach dem Hausverkauf warten.»

«Etwa wegen Volkers Mutter?» Suse drückt ihre zu Ende gerauchte Zigarette aus. «Die Gute hat sich ja den perfekten Zeitpunkt für einen Besuch ausgesucht.»

«Ja, sie hatte schon immer ein untrügliches Gespür für unpassende Situationen», seufze ich.

«Wusste sie denn nichts von dem Hausverkauf?» Suse lehnt sich mit dem Ellbogen auf den Tisch und sieht mich prüfend an. «Was ist, wenn sie den Verkauf boykottieren will? Wenn sie die Villa bei potenziellen Käufern mies macht, ganz bewusst auf die vielen renovierungsbedürftigen Stellen deutet und damit jeden Interessenten vergrault?»

«Da besteht keine Gefahr. Ab morgen bin ich sie nämlich los. Dann will Volker sich um sie kümmern.» Die Aussicht lässt mich lächeln.

«Ha!», faucht Suse. «Und wie das aussieht, wenn sich dein fauler Exmann um etwas kümmert, das wissen wir ja bereits.»

«In dem Fall tust du ihm unrecht. Angeblich wusste er nichts von ihrem Kommen.»

«*Angeblich* …», wiederholt Suse bedeutungsschwanger. «Ich meine, überleg doch mal, Rosy: Warum taucht deine Exschwiegermutter ausgerechnet in dem Moment auf, wo ihr das Anwesen verkaufen wollt?»

«Ja, darüber habe mich auch gewundert. Und ich frage mich, warum sie unbedingt hier schlafen möchte …», sage ich nachdenklich, «wo sie während meiner Ehe mit Volker nicht eine einzige Nacht hier verbracht hat.»

«Das ist alles höchst seltsam. Das riecht ja förmlich nach Sabotage!» Vor lauter Aufregung holt Suse ihre Zigaretten wieder aus der Tasche. «Wem gehört das Haus eigentlich?»

«Volkers Großeltern haben es auf ihn überschrieben. Es war also mal Lottes Zuhause und –»

«O-oh …»

«Ja, und zwar ein ganz großes O-OH!» Ich sinke zusammen.

«Vielleicht steckt dein Ex mit seiner Mutter unter einer Decke», mutmaßt Suse.

«Nein, so gut kenne ich ihn nach fast fünfundzwanzig

Jahren Ehe. Seine Stimme zittert, wenn er lügt. Davon mal abgesehen: Was sollte er davon haben? Er will mindestens genauso dringend verkaufen wie ich. Schließlich muss er seine Geliebte finanzieren.»

«Aber findest du es nicht auch verdächtig», bohrt Suse weiter nach, «dass deine Exschwiegermutter nicht im Hotel logiert und lieber zu ihrer Exschwiegertochter zieht, mit der sie sich offensichtlich gar nicht so gut versteht?»

«Angeblich verträgt sie die gestärkte Hotelbettwäsche nicht, und hier wäre doch genug Platz», antworte ich.

«Gestärkte Hotelbettwäsche!», wiederholt Suse und kriegt einen Lachanfall. «Das hab ich ja noch nie gehört. Sieh bloß zu, dass sie sich hier nicht einnistet wie 'ne Bettwanze. Ich kenne sie zwar nicht, aber nach dem, was du erzählst, ist sie der Typ Dauergast.»

Mmm, Suse hat recht. Ich traue Lotte jedenfalls keinen Millimeter über den Weg, und mein Gefühl rät mir, sie besser im Auge zu behalten. Lotte ist eine tickende Zeitbombe, die jeden Moment explodieren kann.

«Bis gestern dachte ich noch, mich jetzt endlich mal um mein Wohlergehen kümmern zu können», seufze ich erschöpft.

Zweifelnd hebt Suse die Augenbrauen und wirft einen kurzen Blick auf meine ungepflegten Haare. «Ich kann mir eh nur schwer vorstellen, dass du dich jemals aus den Klauen deiner Familie befreist, Supermama.»

«Oh doch, das werde ich. Du wirst schon sehen!», entgegne ich entschlossen. «Zugegeben, im Moment sieht es zwar überhaupt nicht danach aus. Aber warte, bis ich das Schwiegermonster-Problem gelöst habe ...»

6

Am nächsten Morgen erwache ich gegen sechs Uhr mit Migräne. Ich fühle mich, als hätte ich die Nacht auf einer wilden Party verbracht. Dabei haben Suse und ich doch nur ein, zwei Gläser Wein getrunken und versucht, Probleme zu lösen. Das größte heißt: Lotte! Und leider ist das nach wie vor ungelöst.

Aber spätestens heute Abend bin ich sie los, tröste ich mich, als ich mich aus den Laken schäle. Und wenn ich sie höchstpersönlich zu Volker fahren muss. Soll sie doch in seiner Praxis schlafen, wenn ihr Sohn sie nicht in seiner Wohnung beherbergen will.

Meinen Kampfgeist bringe ich mit heiß-kaltem Duschen sowie der überfälligen Haarwäsche auf Trab. Anschließend föhne ich mein Haar und schlüpfe in meine besten dunkelblauen Jeans, eine hellblau-weiß gestreifte Bluse und flache Slipper. Ich stecke mir noch ein Paar rosa Perlenohrringe an, und fertig ist mein Outfit. Heute kann mich kein Überraschungsbesuch in Verlegenheit bringen. Vorsichtig schleiche ich dann die Treppen nach unten, damit Lotte nicht aufwacht.

Gestern Abend kam sie Punkt Mitternacht wie Cinderella nach Hause. Ich hab mich schlafend gestellt, weil ich mir nicht anhören wollte, was sie mit meinem Vater angestellt hat.

Während die Kaffeemaschine leise vor sich hin blubbert, massiere ich mir die Schläfen, um den stechenden Schmerz zu mildern und meine kleinen grauen Gehirnzellen zu aktivieren.

Wenn ich nur wüsste, warum Lotte so plötzlich hier aufgetaucht ist. Was sind das für mysteriöse Probleme, vor denen sie davonläuft? Ob der neue Liebhaber sie so tief enttäuscht hat? Auf mich wirkte sie gestern nicht wie eine Frau mit Liebeskummer.

Ich überlege weiter: Geldprobleme? Ob sie ihr Vermögen durchgebracht hat? Wird nicht allgemein behauptet, dass sich manche Eigenschaften im Alter noch verstärken? Und Lotte hatte doch noch nie ein Händchen fürs Finanzielle. Es sei denn, man zählt Geld-mit-beiden-Händen-aus-dem-Fenster-Werfen dazu.

Im nächsten Moment kommt mir ein anderer, noch viel erschreckender Gedanke in den Sinn.

Krankheit!

Ist Lotte vielleicht lebensbedrohlich erkrankt und sucht deshalb den Schutz der Familie? Das wäre durchaus möglich, bei ihrem wilden Leben. Immerhin ist sie über siebzig – das genaue Alter weiß nicht mal Volker. Vermutlich kennen das nur die Pass-Kontrolleure auf den Flughäfen dieser Welt.

Puh! Ich mag mir gar nicht vorstellen, was das bedeutet, wenn sie vorhat, ihre letzten Tage im Kreise ihrer Lieben zu verbringen. Dann ist der Hausverkauf gestorben. Wahrscheinlich verlangt sie stattdessen den Einbau eines Treppenlifts und Betreuung rund um die Uhr.

«Guten Morgen, Liebchen!», unterbricht eine fröhlich trällernde Stimme meine düsteren Überlegungen.

Wie ertappt zucke ich zusammen. Nein, krank ist sie nicht. Lotte überlebt uns wahrscheinlich alle.

«Gut geschlafen?», ringe ich mir eine höfliche Floskel ab und starre sie unverhohlen an.

Lottes Gesicht ist mit einer dicken weißen Schicht Creme bedeckt. In Kombination mit den pinkfarbenen Haaren und dem azurblauen Kaftan wirkt sie wie ein Clown auf der Suche nach Publikum. Das Gewand muss aus Tanger stammen. Denn genau so eines hat sie mir mal von einer Reise mitgebracht und verspätet zum Geburtstag geschenkt. Ihre Füße stecken in dicken froschgrünen Socken, und links blitzt durch ein Loch am großen Zeh ein rosa Nagel heraus.

«Das riecht herrlich, einfach herrlich!» Sie schnuppert in Richtung Kaffeemaschine. «Da komme ich ja genau richtig.»

Ich nehme einen der alten Kaffeebecher aus dem Küchenschrank (um den ich nicht weine, wenn er zerbricht). «Möchtest du eine Tasse mit auf dein Zimmer nehmen?», frage ich, um sie loszuwerden. Mir ist einfach noch nicht nach launigem Smalltalk mit einem Cremegesicht. Seit ich allein lebe, bin ich morgens ohnehin ziemlich einsilbig und schmökere gerne stundenlang in der Zeitung.

Statt einer Antwort sieht Lotte mich nur erwartungsvoll an. «Erst mal möchte ich dir das hier überreichen, Rosy», erklärt sie dann und zaubert aus ihrem Kaftan einen dicken, bauchigen Gartenzwerg mit grünem Wams und blauer Zipfelmütze. «Ich wollte ihn dir gestern schon geben, habe es aber vergessen. Dafür entschuldige ich mich in aller Form.» Sie hält mir den Zwerg hin. «Bitte schön. Für den Garten. Du verbringst doch immer so viele Stunden bei deinen Pflanzen.»

Ach, und dabei soll mir jetzt ein fetter Zwerg Gesellschaft leisten?, denke ich gehässig, sage aber nichts und verziehe nur gequält den Mund.

«Ich wusste, er würde dir gefallen!» Dann kramt Lotte noch einen blauen Flakon hervor. «Und noch ein Fläschchen Damascena-Rosenöl aus Bulgarien. Das beste Öl der Welt. Für einen Liter benötigt man vier Tonnen Rosenblätter», erklärt sie feierlich.

Verblüfft nehme ich das Fläschchen entgegen. «Äh … danke.» Jetzt bin ich doch gerührt. «Ist bestimmt sehr wertvoll. Ich meine, vier Tonnen Rosenblätter! Dafür braucht man bestimmt ein ganzes Rosenfeld.»

«Ach was», winkt sie ab. «Es ist wirklich nur eine Kleinigkeit.»

Für mich ist diese luxuriöse *Kleinigkeit* aber der Beweis, dass sie zumindest keine finanziellen Probleme haben kann. Sehr beruhigend, sagt mein Bauchgefühl.

«Trinken wir einen Kaffee zusammen?», fragt Lotte, als ich mich anschicke, eine Tasse für sie einzuschenken. «Ich würde gerne mit dir reden.»

Ihre Stimme klingt ein klein wenig wackelig, und bei mir schrillen sofort sämtliche Alarmglocken los. Aber ich kann ja wohl schlecht nein sagen. Also nicke ich freundlich und stelle ein kleines Frühstück zusammen.

«Wir können uns ins Wohnzimmer setzen», schlage ich vor und packe Brot, Butter und Marmelade auf ein Tablett. «Bring doch schon mal die Tassen rüber.»

Durchs große Fenster beobachte ich wenig später, wie sie im Garten steht, ihre grünen Stricksocken auszieht und dann barfuß über den feuchten Rasen tippelt. Sie scheint ziemlich abgehärtet zu sein, resümiere ich zufrieden, denn nachts ist es noch ziemlich kühl, und außerdem hat es angefangen zu regnen.

In trauter Zweisamkeit sitzen wir kurz darauf am Esstisch, als wäre das unser tägliches Morgenritual. Und für einen Augenblick lang befürchte ich, diese Rama-Frühstücks-Idylle könne tatsächlich meine Zukunft sein. Statt in ein neues, selbstbestimmtes Leben zu starten, werde ich zur Gesellschafterin für einen grünbestrumpften Clown.

Nein danke!

Entschlossen, das zu verhindern, nehme ich mir vor, gleich nach dem Frühstück Volker anzurufen und ihn an sein Versprechen zu erinnern. Schließlich war nur eine Nacht vereinbart.

Genüsslich verdrückt Lotte dann das dritte Vollkornbrot

mit Honig und schwärmt vom leckeren deutschen Brot, das sie so sehr vermisst hat. «Hach, so was gibt es einfach nicht auf Ibiza», schwärmt sie mit vollem Mund. «Und so einen leckeren Schweinebraten mit Knödeln und Blaukraut, wie ich ihn gestern Abend gegessen habe, auch nicht. Herbert war so süß und hat mich in ein echtes bayrisches Wirtshaus –»

«Sprichst du eigentlich Spanisch, Lotte?», falle ich ihr ins Wort, um das Thema zu wechseln. Einzelheiten von ihrem Rendezvous mit meinem Vater könnte ich jetzt nicht ertragen. Die Tatsache, dass sie ihn offensichtlich abgeschleppt hat, bereitet mir schon genug Kopfzerbrechen. Außerdem will ich endlich herausfinden, was hinter ihrem mysteriösen Auftauchen steckt.

Auf ihrem weißen Gesicht erscheint ein breites Grinsen. «Also, damals, als ich nach Ibiza ausgewandert bin», sagt sie und trinkt einen Schluck Kaffee, «da konnte ich mich nur mit Händen und Füßen verständigen. Heute geht es schon besser. Leider lernt man in meinem Alter eine neue Sprache nicht mehr so schnell. Gerhard dagegen spricht fließend Spanisch und versteht sogar den einheimischen Dialekt. Er lebt ja auch schon seit vielen Jahren auf der Insel.» Sie schnauft schwer, als sprächen wir über ein sehr trauriges Thema.

«Ah, Gerhard ...», murmle ich, weil mir nichts Klügeres einfällt. «Wie geht es ihm denn so?»

«Zum Teufel mit ihm!», faucht sie. «Dieser hinterhältige Betrüger kann mir gestohlen bleiben. Ich kann nur hoffen, dass ich ihn niemals wiedersehe.»

Erschrocken zucke ich zusammen. Wieso dieser plötzliche Gefühlsausbruch? Was ist nur zwischen den beiden vorgefallen? Lotte klingt ja fast so, als würde sie gleich eine Voodoo-Puppe mit langen Nadeln massakrieren.

Doch sie wischt sich nur mit der Serviette über den Mund

und erinnert sich offenbar erst jetzt an die weiße Pampe in ihrem Gesicht.

«Schockschwerenot», entfährt es ihr. «Ich habe doch tatsächlich meine Anti-Aging-Maske vergessen.» Sie steht auf und entschuldigt sich. «Bin gleich zurück.»

Das ist meine Chance!, denke ich und fange an, das Frühstück abzuräumen. Lotte darf gar nicht erst denken, dies könnte ein gemütlicher Vormittag mit mir werden. Sie sollte sich lieber auf ihre Abreise vorbereiten und ihre Koffer gar nicht erst auspacken.

Mürrisch begebe ich mich in die Küche und beginne, das Geschirr mit der Hand zu spülen. Die Spülmaschine könnte längst wieder funktionieren, grummle ich missmutig vor mich hin, wenn Lotte meinen Vater gestern nicht in Beschlag genommen hätte.

Meine Hände stecken noch im Spülwasser, als Lotte wieder angewackelt kommt. Ihr Gesicht ist leicht gerötet und glänzt sauber. Na, wenigstens kann man sie jetzt ohne schräge Assoziationen anschauen.

Wie selbstverständlich greift sie nach dem Trockentuch. «Hab schon gehört, dass die Maschine streikt», sagt sie.

Oh nein, nicht schon wieder Anspielungen auf den gestrigen Abend, denke ich panisch, halte mich aber mit einem Kommentar zurück. «Nicht nötig, Lotte, dass du mir hilfst. Ich bin gleich fertig damit. Kümmere du dich lieber um deine Sachen. Oder sind deine Koffer schon gepackt?»

Fröhlich summend übergeht sie meine Frage und kümmert sich nicht um meine ängstlichen Kontrollblicke.

«Sag mal», beginnt sie plötzlich und hält in der Bewegung inne. «Kennst du das Gefühl, alles falsch gemacht zu haben, Liebchen? Als wäre dein Leben ein einziger Scherbenhaufen? Und du würdest alles geben, um nochmal von vorne anfangen zu können?»

Ich muss zugeben, diese Fragen irritieren mich weit mehr als jede Gesichtsmaske.

«Äh … na ja», antworte ich nervös und überlege, was sie mir wohl sagen will. Denn inzwischen fühle ich überdeutlich, dass die Bombe gleich explodieren wird.

«Also, zum Beispiel als Volker dich betrogen hat, warst du da nicht am Boden zerstört?»

Vor Schreck rutscht mir eine Tasse aus der Hand und platscht zurück ins Spülwasser. Seifenlaugenspritzer landen auf meiner Bluse. Mühsam quäle ich mir ein schiefes Grinsen ab. «Ach, weißt du, darüber denke ich nicht nach. Inzwischen sind wir gute Freunde. Ich habe ihm längst verziehen … Vorbei ist vorbei.»

Das ist zwar etwas übertrieben (Volker nervt mich in regelmäßigen Abständen ja immer noch), aber wozu sollte ich das ausgerechnet mit seiner Mutter bereden?

Ob unsere Ehe in ihren Augen ein großer Fehler war?, überlege ich weiter. Sie war ja selbst nie verheiratet. Die Ehe und der ganze bürgerliche Kram war unter den Hippies doch verpönt.

«Ich versuche nur …», erwidert sie zögernd. «Also, wie soll ich sagen –»

Ich kann das Ticken der Bombe jetzt laut und deutlich hören.

«Gerhard?», frage ich vorsichtig.

«Ja, Gerhard, dieser … dieser …» Mit angespannter Miene knüllt sie das feuchte Trockentuch zusammen und wirft es neben die Spüle.

«Was hat er denn Schlimmes angestellt?», frage ich unumwunden.

«Er hat mich betrogen …»

PENG!

«Scheiße!», entfährt es mir ungewollt. Und in diesem Moment tut mir Lotte wirklich leid. Sie scheint es auf ihre alten Hippie-Tage mit der Treue plötzlich genauer zu nehmen. Und ich kann nur zu gut verstehen, wie es sich anfühlt, von dem Menschen, den man liebt, so enttäuscht zu werden.

Gerade als ich ihr tröstend über den Rücken streichen will, höre ich, wie jemand die Haustür aufschließt. Das kann nur Volker sein. Er hat einen Schlüssel behalten, den er laut unseren Vereinbarungen aber nur in Notfällen benutzen darf.

Ob er vom Liebeskummer seiner Mutter weiß?, überlege ich und trockne mir schnell die Hände.

«Guten Morgen, die Damen!» Auf weißen Turnschuhen, in hellen Bundfaltenhosen und einer dunkelblauen Jeansjacke betritt Volker leichtfüßig die Küche. Seit die Beziehung mit seiner zwanzig Jahre jüngeren Ruth offiziell ist, kleidet er sich betont jugendlich und trainiert regelmäßig im Fitnessstudio. Auf einundfünfzig schätzt man ihn jedenfalls nicht. Angesprochen auf seine panische Angst vorm Alter, streitet er diese natürlich vehement ab. Genauso wie die gefärbten Haare, die heute besonders ölig glänzen.

Er schenkt uns ein strahlendes Novocain-Lächeln, als wären wir seine Sprechstundenhilfen. Fehlt nur noch, dass er sich nach den Patienten erkundigt!

Erfreut streckt Lotte ihm die ausgebreiteten Arme entgegen. «Mein Sohn!», ruft sie theatralisch. «Wie schön, dass du es einrichten konntest.» Schmatzend küsst sie ihn auf beide Wangen und drückt ihn an die Brust.

«Tut mir leid, Mutter, dass ich dich gestern nicht vom Flughafen abholen konnte», entschuldigt er sich, «aber du weißt ja, die Praxis …»

Wie bitte? Ich denke, er wusste nichts von ihrer Ankunft?! Er ist noch keine fünf Minuten da, und schon krieg ich Ohrensausen.

«Jetzt setz dich doch erst mal.» Lotte spielt die Hausherrin und schiebt ihn ins Wohnzimmer. «Willst du was trinken?»

Volker lehnt das Angebot mit einem wehleidigen «Muss-gleich-wieder-in-die-Praxis-Gesicht» ab. «Ich habe leider nur ein paar Minuten Zeit», behauptet er und hockt sich sprungbereit auf die Polsterkante des Sofas.

«Also, wie geht es dir, Mutter?», fragt Volker mit besorgter Miene, während er nervös die Finger ineinander verknotet. Aus dieser verräterischen Geste schließe ich, dass er doch mehr über ihre Situation weiß, als er mir gestern am Telefon verraten wollte. Vielleicht hat Ruth ihm ja beigebracht, wie man gekonnt schwindelt.

«Ach, bestens», antwortet Lotte vergnügt und lässt sich aufs Sofa fallen. Sie schiebt sich ein Kissen in den Rücken, nimmt ein zweites auf den Bauch und macht es sich mit angezogenen Beinen bequem. Ganz so, als würde sie sich auf einen langen, gemütlichen Plausch einrichten. «Ich habe wunderbar geschlafen, war schon im Garten Tautreten, und Rosy hat mir ein leckeres deutsches Frühstück zubereitet. Mit allen Köstlichkeiten, die man in Spanien vermisst. Noch mehr zu erwarten, hieße, das Schicksal herausfordern.»

Nanu, denke ich überrascht, was ist denn aus ihrer Weltuntergangsstimmung von vorhin geworden?

Auch Volker quittiert ihre Das-Leben-ist-schön-Hymne mit krausgezogener Stirn und verkündet dann mit gequältem Blick in meine Richtung: «Ich werde trotzdem mein Schlafzimmer für dich räumen und die nächsten Tage auf der Couch schlafen. Wenn Ruth am Freitagabend zurückkommt, überlegen wir, wie es weitergeht.»

«Nicht nötig, ich bleibe hier», entgegnet Lotte und strahlt in die Runde. «Rosy und ich verstehen uns prima. Und da alle Kinderzimmer leer sind, ist hier im Haus doch genug Platz für mich, oder?»

Die Frage war eher eine Feststellung und direkt an mich gerichtet. Doch ich bin in eine völlige Schockstarre gefallen. Seit wann sind wir beste Freundinnen? Während meiner Ehe hatte ich manchmal das Gefühl, Lotte könne mich nicht leiden, und nun beabsichtigt sie, sich hier bei mir einzunisten!? Welch Ironie!

Volker knetet weiter an seinen Fingern herum und ignoriert meine fragenden Blicke. Hat er seiner Mutter von dem Hausverkauf etwa gar nichts gesagt? Er drückt sich also mal wieder und überlässt die unangenehmen Nachrichten mir.

«Äh, natürlich wäre hier ausreichend Platz», stottere ich, «aber das Haus soll doch verkauft werden.»

So, jetzt ist es raus.

Mit schreckgeweiteten Augen fährt Lotte aus ihrer entspannten Haltung hoch. «Ihr wollt die Villa verkaufen? Mein Elternhaus! Aber warum denn? Seid ihr etwa verschuldet?»

Ich fasse es nicht. Er hatte es ihr tatsächlich nicht gesagt! Typisch Mann, unangenehme Wahrheiten lassen sie gerne unter den Tisch fallen.

In wenigen Worten schildert Volker den Fall. Lotte hört gelangweilt zu, scheint aber nicht überzeugt.

Seufzend lässt sie sich zurück in die Kissen fallen. «Versorgungsausgleich hin oder her, ein Hausverkauf kann dauern», winkt sie gelassen ab, als hätte sie schon diverse Objekte veräußert. «Eine Immobilie kauft man sich ja nicht mal eben so wie ein Fahrrad. Von heute auf morgen wird sich also garantiert kein Käufer finden. Und bis dann alles unter Dach und Fach ist, dauert es auch noch einige Wochen. Solange hat Rosy wohl nichts dagegen, dass ich hierbleibe, oder?» Sie mustert mich mit einer Miene, die keinen Widerspruch duldet.

Nichts dagegen?! Mir wird schwindelig. Und wenn mir nicht gleich ein guter Grund einfällt, weshalb Lotte nicht hierbleiben kann, fange ich an zu hyperventilieren.

«Na ja …» Um mich zu beruhigen, versuche ich möglichst unauffällig durchzuatmen. «Da wäre nur ein winzig kleines Problem …» Plötzlich fallen mir Suses neuer Laden ein und ihre Renovierungsarbeiten, und da ereilt mich tatsächlich der rettende Geistesblitz. «Die Maler!»

«Welche Maler?», fragt Volker verwirrt.

«Äh, ich habe John Ansbach zugesagt, alle Zimmer streichen zu lassen, um dadurch einen besseren Preis zu erzielen. Es wird hier in nächster Zeit also ziemlich ungemütlich werden. Ganz zu schweigen von dem Wirbel, den Handwerker ja zwangsläufig –»

«Du hast was?», fährt Volker mich an. «Hast du mal überlegt, was das kostet? Das war nicht ausgemacht! Außerdem wäre das kompletter Unsinn. Wer weiß, ob die neuen Eigentümer nicht lieber tapezieren möchten, dann wären Malerarbeiten reine Geldverschwendung. Das kommt überhaupt nicht in Frage. Ich werde John Bescheid geben. Wenn er so ein Top-Makler ist, wie er behauptet hat, wird er das Haus auch in diesem Zustand verkaufen.»

«Kinder, Kinder!», versucht Lotte mit sanfter Stimme zu vermitteln. «Streit hat noch nie zu etwas geführt. Also bitte, vertragt euch. Wenn meine Anwesenheit sooo störend ist, kann ich natürlich auch woanders unterkommen.»

Verblüfft sehen Volker und ich sie an. «Wo denn?», fragen wir dann gleichzeitig.

«Na, bei Rosys Vater!», antwortet Lotte und streichelt verliebt das Kissen auf ihrem Bauch.

7

Bei meinem Vater!?

Meine Alarmglocken schrillen, und mein Pulsschlag bewegt sich spürbar im Grenzbereich. Mühsam versuche ich, nicht überzureagieren, aber auch tiefes Luftholen kann nicht verhindern, dass ich ausflippe. «Das kommt nicht in Frage!», schnauze ich sie an und füge in Gedanken hinzu: Du kriegst meinen Vater nicht in die Finger. Nicht solange ich das verhindern kann.

Verwirrt zuckt sie zusammen. «Warum denn nicht?», fragt sie und klimpert unschuldig mit den Wimpern. «Herberts Vier-Zimmer-Wohnung ist mehr als ausreichend für zwei. Ich müsste nicht mal Möbel anschaffen, denn sein Gästezimmer ist mit allem Nötigen eingerichtet. Und wenn ich es recht bedenke, Haidhausen ist ja auch viel zentraler als Pasing. Außerdem würde er sich freuen, das hat er mir versichert. Seit deine Mutter nicht mehr lebt, ist er doch viel allein.»

Nicht zu fassen! Sie war bereits dort, hat das Terrain besichtigt und ihr Netz ausgeworfen. Die Frau verschwendet ja keine Minute. Dieses entspannte Hippie-Getue, von wegen dem Schicksal nicht ins Handwerk zu pfuschen, ist also nur Theater. In Wahrheit ist sie eine gerissene Alte, die genau weiß, was sie will, und mit allen Raffinessen darum kämpft. Im Moment scheint sie meinen Vater als Beute anzuvisieren. Wer weiß, was sie noch alles für Tricks auf Lager hat, überlege ich. Garantiert hat sie so ganz «aus Versehen» ihre Brille in Papas Wohnung vergessen! Und wenn sie sich erst mal dort breitgemacht hat, wird sie am Ende noch meine Stiefmutter!

Allein der Gedanke versetzt mich in Panik.

Volker dagegen lehnt sich entspannt zurück und grinst plötzlich ganz zufrieden. «Eine wunderbare Lösung! Damit wäre uns ja allen geholfen.»

Ja! Vor allem ihm, dem *guten* Sohn. Und dass seine Mutter ganz offensichtlich auch amouröse Absichten hegt, scheint er vollkommen zu ignorieren. Volkers Verdrängungsmechanismus, wenn ihm was nicht passt, funktionierte aber schon immer perfekt.

Ich zwinge mich zu einem liebenswürdigen Lächeln. Jetzt nur nicht ausfallend werden, das wäre kontraproduktiv. Um Lottes hinterhältiges Ansinnen zu vermasseln, brauche ich ein paar außergewöhnlich gute Argumente.

«Papa wollte bestimmt nur höflich sein», beginne ich vorsichtig. «Meine Mutter hat immer gesagt, dass er ein typischer Junggeselle ist. Manchmal benimmt er sich so eigensinnig wie ein Pubertierender. Im Grunde ist er ein echter Einsiedler, der niemanden um sich braucht.»

Sie mustert mich argwöhnisch. «Tatsächlich? Also, ich hatte einen ganz anderen Eindruck. Gestern Abend empfand ich ihn als kommunikativen Zeitgenossen, der dankbar für jede Unterhaltung ist. Er hat immer einen lustigen Spruch parat und sogar mit den Kellnern geschäkert. Sieht mir nicht gerade nach *Einsiedler* aus. Und er kommt dich doch auch regelmäßig besuchen, oder?»

Verflixt!, fluche ich lautlos. Sie versucht schon wieder, mich auszutricksen. «Ja, das tut er, aber nur wegen seiner Wäsche», behaupte ich. «Jedenfalls finde ich es keine gute Idee, wenn du bei meinem Vater einziehst. Es sei denn, du möchtest ihm den Haushalt führen und die Wäschepflege übernehmen. Übrigens wechselt er täglich die Handtücher und auf handgebügelte Hemden und Bettwäsche legt er besonders viel Wert.»

Irritiert zuckt sie zusammen, ihr Blick flackert unruhig, und auf ihren Wangen erscheinen hektische rote Flecken.

Ha! Jetzt habe ich den richtigen Knopf gedrückt, freue ich mich. Die Vorstellung, für meinen Vater die Putze zu spielen, scheint sie mächtig abzuschrecken. Eine verwöhnte Frau wie Lotte hat garantiert noch nie einem Mann hinterhergewischt.

«Na gut, wenn du meinst», gibt sie sich souverän lächelnd geschlagen und wendet sich dann an ihren Sohn. «Dann nimmst du mich also bei dir auf?» Volker erstarrt, presst die Lippen aufeinander und beginnt sofort wieder seine Finger zu kneten. «Wie lange willst du denn überhaupt im Lande bleiben?», fragt er nach einer Weile, als wäre sie lediglich eine entfernte Bekannte.

«Oooch … Ich weiß noch nicht», antwortet Lotte gedehnt. «Kommt ganz darauf an, wie sich die Ibiza-Angelegenheiten entwickeln.»

Angelegenheiten? Meint sie ihr Liebesleben? Glaubt sie etwa, dass ihr Gerhard irgendwann von der Neuen genug hat? Ich bezweifle, dass ein Mann jemals zu seiner Alten zurückkehren würde.

Ich schicke Volker einen strengen Blick über seine Mutter hinweg. «Wann hast du gesagt, wolltest du Lotte abholen?», frage ich ihn dann ganz direkt, um das Gespräch endlich wieder in die richtige Richtung zu lenken.

«Ich habe noch gar nichts gesagt», antwortet er unwirsch, ohne mich dabei anzusehen. «Aber du hast meine Mutter doch gehört. Es wäre für sie kein Problem, einfach hierzubleiben.»

Für mich aber!!!

Ich will gerade protestieren, als Volker einen hektischen Blick auf seine Armbanduhr wirft und plötzlich aufspringt. «Oh, schon halb neun», flötet er. «Ich muss los, der erste Patient wartet. Wir haben ja alles geklärt. Ich melde mich dann wieder bei euch.» Er drückt seiner Mutter ein flüchtiges

Küsschen auf die Wange, traut sich aber immer noch nicht, mir ins Gesicht zu sehen.

Zwei Sekunden später fällt die Haustür ins Schloss.

Stille breitet sich aus – nur in meinen Ohren rauscht das Blut wie ein mächtiger Wasserfall.

Lotte knufft scheinheilig ihre Kissen zurecht. «Danke, Rosy, dass ich bleiben darf.» Das blaue Monster grinst zufrieden. «Wir zwei gründen einfach eine Mädchen-WG, wie die Golden Girls. Das wird ein Spaß!», erklärt sie freudig und wirft übermütig ein Sofakissen in meine Richtung.

Es fliegt knapp an mir vorbei und reißt eine kleine Jugendstillampe zu Boden. Klirrend landet sie auf dem Parkett.

Na, unter Spaß versteh ich aber etwas anderes, als wertvolle Antiquitäten zu zertrümmern!

«Uuups», kichert Lotte ohne das kleinste Anzeichen von Verlegenheit.

Wieso kann ich nicht eine ganz normale Schwiegermutter haben? Eine mit weißen Haaren, die Topflappen häkelt und sich dabei mit glänzenden Augen den Musikantenstadel oder königliche Hochzeiten im Fernsehen anschaut. Die meinetwegen auch mir die Schuld an der Scheidung gibt, weil ich eine schlechte Ehefrau war. Aber nein, in meinem Wohnzimmer sitzt ein blaues Monster mit pinkfarbenen Strubbelhaaren, das Golden-Girls mit mir spielen will! Ich mag mir gar nicht ausdenken, wie die Serie weitergeht.

Wütend sammle ich die Scherben auf.

«Sei nicht böse, Liebchen», surrt sie honigsüß. «Es war doch nur eine Lampe. Solche Dinge bedeuten im Grunde nichts in einem Menschenleben. Sie kommen, begleiten uns eine Weile und gehen wieder, und irgendwann haben wir sie vergessen.»

Puh, jetzt muss ich mir auch noch einen ihrer lächerlichen Esoterik-Vorträge über den Sinn des Lebens anhören!

Aber bevor ich sie auf ihren grünen Strümpfen aus dem Haus jagen kann, klingelt das Telefon.

Es ist John.

«Guten Morgen, Rosy», begrüßt er mich und erkundigt sich nach meinem Befinden.

«Äh, danke, geht so», antworte ich knapp.

«Bist du krank? Du klingst so verschnupft.»

Ja, ich bin krank vor Ärger! Endlich merkt es mal jemand. «Du rufst aber bestimmt nicht an, um dich als mobiler Krankenpfleger anzubieten, oder?», frage ich ausweichend.

«Nein, ich wollte dir berichten, dass ich die Villa soeben online gestellt habe», teilt er mir mit und auch, auf welcher Homepage ich das Angebot sehen kann.

Während er über das Onlineangebot spricht, sehe ich ihn wieder vor mir. Wie unglaublich gut er gestern aussah, wie liebevoll er mich angesehen und beim Abschied meine Hand gehalten hat. Und beim nächsten Gedanken erinnere ich mich an Suses Mahnung. Männer wie John ändern sich nicht. Sie sind und bleiben Herzensbrecher.

Ich reiße mich zusammen und entgegne bemüht neutral: «Das ging ja flott.»

«Gehört alles zum Service», beteuert John. «Außerdem habe ich in meiner Kundenkartei einen Interessenten für die Villa. Er sucht seit langem nach einem Objekt in eurer Gegend. Ich habe bereits mit ihm telefoniert, und er brennt darauf, es sich anzusehen. Er würde es sich gerne heute oder morgen –»

«Oh, also ich weiß nicht», unterbreche ich ihn, weil ich erst Lotte loswerden möchte.

«Passt es dir nicht?», fragt John. Ich kann seine Verwunderung deutlich hören. «Ich dachte, ihr habt es eilig. Oder liege ich damit falsch?»

Aus den Augenwinkeln sehe ich Lotte wie einen blauen

Geist an mir vorbei in die Küche huschen. Schade, dass sie nicht in einer Flasche verschwindet.

«Nicht direkt. Es ist nur …» Obwohl ich nun allein bin, spreche ich leise weiter. «Du hast ja gestern mitbekommen, dass meine Schweigermutter überraschend zu Besuch gekommen ist. Und wie sich heute Morgen herausgestellt hat, wird sie ein paar Tage hier wohnen. Na ja, sie ist etwas chaotisch, und ich kann nicht versprechen, ob ich das Haus in ordentlichem Zustand –»

«Mach dir nicht so viele Gedanken, Rosy», beruhigt mich John. «Das kriegen wir schon hin. Mein Interessent hat selbst Familie. Ich werde ihn also vorwarnen.»

Bei seinen tröstenden Worten spüre ich eine schmerzhafte Leere. Wie schön muss es sein, jemanden zu haben, mit dem man an einem Strang zieht, denke ich melancholisch. Jemanden, bei dem *ich* mich mal ausheulen könnte.

«Du bist der Profi, John», antworte ich seufzend und schöpfe neue Hoffnung. «Ich muss nur rechtzeitig von den Besichtigungen erfahren, ja?»

«Selbstverständlich», versichert er. «Wir platzen auf keinen Fall unangemeldet rein.»

«Danke, also bis bald», verabschiede ich mich.

«Ja, bis bald», wiederholt John.

Als ich auflege, lasse ich meine Hand noch eine Sekunde länger am Hörer ruhen als nötig. Sosehr ich mich auch dagegen wehre, die alten Gefühle für John kommen einfach immer wieder hoch.

Ein Papierrascheln lässt mich zusammenzucken. Mit der Zeitung in der Hand marschiert Lotte wieder zum Sofa und lässt sich in die Polster fallen.

«Die hab ich grad aus dem Briefkasten geholt», verkündet sie stolz. «Jetzt brühen wir frischen Kaffee auf und machen es uns erst mal gemütlich.»

Na, aus meinem täglichen Morgenvergnügen – in aller Ruhe Zeitung lesen – wird heute sicher nichts. Denn in Lottes Gesellschaft ist eine ungestörte Lektüre wohl kaum möglich. Geschwätzig, wie sie ist, liest sie mir am Ende noch laut vor.

«War das vielleicht eines meiner Enkelkinder?», fragt sie und linst mich über die Zeitung hinweg neugierig an.

«Nein, das war der Immobilienmakler! Du hast ihn gestern kurz kennengelernt», gebe ich Auskunft und berichte auch, dass John bereits einen Interessenten für das Haus hat.

Zu meiner Freude weicht der freundliche Ausdruck auf ihrem runden Gesicht nach und nach ungläubigem Stirnrunzeln.

«Ihr wollt also tatsächlich verkaufen?», bohrt sie nach. «Ich dachte, es wäre nur ein Vorwand, mich zu Volker abzuschieben.»

Ertappt zucke ich zusammen. «Aber Lotte, wie kannst du das nur denken», schwindle ich. «Ich wollte dir lediglich Unannehmlichkeiten ersparen. Es ist ja nicht gerade gemütlich, wenn ständig fremde Menschen durchs Haus laufen. Da fühlt man sich doch schnell wie ein Ausstellungsstück.»

«Ach was», lacht sie. «Mach dir mal meinetwegen keinen Kopf. Das verkrafte ich locker. Da habe ich schon ganz andere Situationen überstanden. Wenn ich nur daran denke, in welch misslicher Lage ich noch vor zwei Tagen auf Ibiza war, mit Gerhard und meinem Haus …» Sie bricht ab, widmet sich wieder ihrer Lektüre und plappert Sekunden später erneut los: «Oh, das wäre vielleicht was für mich: Ein Teesorten-Schnüffel-Wettbewerb!» Sie kichert albern in die Zeitung. «Aber wenn ich lese, wie es in der Welt sonst so zugeht, lebe ich hier wie im Paradies.»

Na, bitte! Ihrer Begeisterung nach zu schließen, hat sie tatsächlich vor, die nächsten Jahre an meiner Seite zu verbringen.

Gedankenverloren starre ich sie an. Beim Frühstück war sie doch noch ein melancholisches Häufchen Elend, dafür wirkt sie jetzt schon wieder wie ein Genuss-Junkie. Sie lümmelt auf dem Sofa und strahlt, als habe man ihr nicht das Herz, sondern lediglich die Handtasche geklaut. Wie macht sie das nur? Nimmt man in ihrem Alter derartige Schicksalsschläge nicht mehr so schwer? Oder ist das die berühmte Hippie-Gelassenheit?

Es sei denn …

Mir läuft es plötzlich kalt den Rücken runter. Was, wenn sie die Gerhard-Story nur erfunden hat, um Mitleid zu erregen? Um von mir aufgenommen zu werden? Ich meine, Lotte verfügt über eine blühende Vorstellungskraft und ist verdammt kreativ im Geschichtenerfinden. Als Charlie während seiner Zahnlückenzeit stark lispelte und Oma sich wie Soma anhörte, behauptete Lotte, das würde «Mondstrahlen» bedeuten. Mein Sohn nennt sie noch heute so. Ich erinnere mich auch noch gut daran, was für phantasievolle Märchen Lotte sich immer für die Kinder ausgedacht hat. Ohne eine Sekunde nachdenken zu müssen, erfand sie blumenspeiende Drachen, mutlose Kinder, die zu Helden wurden, oder schöne Prinzessinnen, die ihr Schloss verschenkten und in die Welt hinauszogen, um für den Weltfrieden zu kämpfen.

In meinem Kopf türmen sich die Zweifel an Lottes «misslicher Lage» wie ein Berg schmutziges Geschirr.

8

Vollkommen außer Atem, kehre ich am Nachmittag vom Einkaufen zurück. Ich hab mich wahnsinnig gehetzt, um Lotte nicht zu lange unbeaufsichtigt zu lassen. So, wie sich die unberechenbare Hippie-Oma bisher benommen hat, scheint sie mir gefährlicher als eine versehentlich angelassene Herdplatte. Außerdem zieht mir der übervolle Einkaufskorb (mit Lottes Sonderwünschen) die Arme lang. Die wenigen Schritte vom Auto ins Haus genügen, um mir Schweißperlen auf die Stirn zu treiben.

«Bin wieder da!», rufe ich noch im Flur, während ich meine Jacke im Garderobenschrank verstaue.

«Wir sind hier!», erschallt es fröhlich aus dem Wohnzimmer. Das war eindeutig Lottes Stimme.

Aber wen meint sie bloß mit *wir*?

Bevor ich im Wohnzimmer nach dem Rechten sehe, wuchte ich schnell den Einkauf in die Küche. Bereits in der Tür schrecke ich zusammen. Hier sieht es aus, als befände ich mich bereits mitten im Umzug und hätte als Packer eine Horde Kleinkinder engagiert. Die meisten Schranktüren stehen offen, im Spülbecken liegen die Scherben einer Teetasse, und auf der Ablage stehen sämtliche Teedosen ohne Deckel rum. Dazwischen schwimmen Milchpfützen, und die wenigen noch freien Stellen sind mit Krümeln übersät. Der ausziehbare Mülleimer wurde herausgeholt und achtlos in die Ecke gestellt. Jede Menge Zellophanpapier und Keksverpackungen quellen heraus. Da muss ich nicht lange rätseln, wer dieses Chaos angerichtet hat.

Knurrig schließe ich die Dosen, stelle sie zurück an ihre

Plätze, wische Milchpfützen und Brösel weg. Anschließend verstaue ich die verderblichen Lebensmittel im Kühlschrank und den Rest in den Schränken. Mit einer Mordslaune marschiere ich dann ins Wohnzimmer, um Lotte zur Rede zu stellen. Noch lieber würde ich sie sofort rauswerfen. Wenn sie hier wohnen will, muss sie sich an meine Regeln halten. Ansonsten bekommt sie massiven Ärger, und ich schiebe sie ohne lange Diskussion zu Volker ab.

Die Übeltäterin scheint aber keineswegs unter schlechtem Gewissen zu leiden, denn sie strahlt mich an wie ein Kleinkind, dem die Mama ein Überraschungsei mitgebracht hat.

«Rosy!», ruft sie vergnügt.

Lotte hat ihren blauen Kaftan gegen einen albernen rotgrünen Weihnachtspulli mit weißen Schneesternen ausgetauscht und sitzt mit Charlie und Marie bei Tee und Keksen um den runden Esstisch. In einer Vase stehen frische Tulpen, die mich, wie alle Blumen ohne Anlass, automatisch misstrauisch werden lassen. Vor allem, wo mich Charlie erst gestern mit einem Strauß überrascht hat.

«Hallo, Mama!» Charlie sieht nur kurz zu mir hoch und fummelt dann verlegen an seinem Schal, als habe er etwas ausgefressen.

«Guten Tag, Frau Wittgenstein.» Schüchtern lächelnd reicht Marie mir die Hand.

Ich treffe das schöne Mädchen mit den langen, dunklen Haaren heute zum dritten Mal. Einmal haben wir uns in einem Café gesehen, wo Charlie uns einander vorgestellt hat. Später begegneten wir uns beim Umzug, als ich einige Kartons in ihre erste gemeinsame Wohnung transportiert habe. Beide Male unterhielten wir uns nur kurz. Über ihr Germanistik-Studium, die Wohnung und das Wetter. Sie war mir auf Anhieb sympathisch, und bei beiden Begegnungen hatte ich den Eindruck, sie wäre eher ein stilles Wasser. Keines dieser ständig plappernden Mädchen, mit denen Charlie vorher befreundet war.

Wie gebannt starre ich jetzt auf ihren Bauch, der von einem zartgelben Kleidchen im Empirestil verdeckt wird. Eine deutliche Wölbung, die auf eine weit fortgeschrittene Schwangerschaft schließen ließe, kann ich nicht entdecken. Wie viel Zeit mir wohl noch bleibt, mich an den Gedanken, zu gewöhnen, Großmutter zu werden?

Marie ist gerade mal neunzehn, also beinahe selbst noch ein Kind. Na gut, Charlie ist vier Jahre älter und etwas reifer – hoffe ich jedenfalls. Doch wenn ich die beiden so betrachte, denke ich, dass sie eigentlich noch viel zu jung für Nachwuchs sind. Sie haben doch noch massig Zeit, um eine Familie zu gründen. Es wäre viel vernünftiger, wenn sie erst ihr Studium beenden.

«Du glaubst nicht, was passiert ist!», reißt Lotte mich aus meinen Überlegungen.

«Gerhard hat angerufen!?», platzt es ungewollt spöttisch aus mir heraus. Mein Wunsch, sie so schnell wie möglich wieder loszuwerden, ist einfach zu übermächtig. Und da sich Volker garantiert nicht freiwillig meldet, bleibt eigentlich nur der untreue Ibiza-Lover.

«Pah, der doch nicht», antwortet sie und fixiert mich, als wäre ich übergeschnappt. «Nein, der Einzige, der angerufen hat, ist dein Makler. Er hat offensichtlich Sehnsucht …»

«Was wollte er denn?», unterbreche ich sie schnell und beschließe, John schnellstmöglich meine Handynummer zu geben. Je weniger Lotte vom Hausverkauf mitbekommt, desto weniger kann sie unser Vorhaben boykottieren. Und mein Privatleben geht sie erst recht nichts an.

«Du möchtest ihn bitte sofort zurückrufen», antwortet sie mit zweideutigem Grinsen. «Aber davon spreche ich nicht. Es geht um eine wundervolle Neuigkeit!»

«Ihr habt das Haus geputzt, aber die Küche vergessen?», entgegne ich genervt. Lottes Überraschungen haben bisher nichts als Ärger gebracht.

«Quatsch. Ich werde Uroma!», verkündet sie mit glänzenden Augen. «Also, hol uns was zum Anstoßen, Liebchen, und dann setz dich zu uns, damit wir das Ereignis gebührend feiern können.»

Habe ich schon erwähnt, dass sie jede Gelegenheit nutzt, um einen zu heben?

Ohne auf den Getränkewunsch einzugehen, setze ich mich zu ihnen an den Tisch. «Ich weiß, Charlie hat mir schon von seinen Vaterfreuden berichtet.»

«Hast du denn kein dekadentes Prickelwasser im Haus?», scherzt Charlie überraschend locker.

Komisch, bei seinem letzten Besuch war er alles andere als entspannt. Nach Feiern war ihm da auch nicht zumute. Nun bin ich doch gespannt, was seinen plötzlichen Stimmungswandel bewirkt hat.

Lotte mustert mich vorwurfsvoll. «In einem gutgeführten Haus sollte für alle Fälle immer eine Flasche vorrätig sein.»

Gutgeführtes Haus! Die Kritik an mir war ja wohl nicht zu überhören. «Tja.» Bedauernd zucke ich mit den Schultern. «Da muss ich dich leider enttäuschen. Champagner ist aus! Aber ich habe Lebensmittel, Säfte und Mineralwasser besorgt. Und natürlich die Vollkornnudeln, wie du es mir aufgetragen hast.» Die Nudeln musste ich ihr einfach unter die Nase reiben, damit sie nicht vergisst, wo und auf wessen Kosten sie es sich hier gutgehen lässt.

Marie wirft mir einen betretenen Blick aus ihren goldbraunen Augen zu, streicht sich eine Haarsträhne aus dem Gesicht und rutscht unruhig auf dem Stuhl herum. Hat sie bemerkt, dass sich meine Begeisterung in Grenzen hält? Oder warum fühlt sie sich unwohl? Ob sie unter der häufig auftretenden Drei-Monats-Übelkeit leidet?

«Marie, geht es Ihnen gut?», frage ich voller Sorge. «Ich kann mich noch gut erinnern, dass mir in den ersten Monaten der Schwangerschaft auch oft den ganzen Tag flau im Magen war. Vielleicht möchten Sie sich eine Weile hinlegen? Oben, in einem der Kinderzimmer, wäre es ruhig.»

Stumm schüttelt sie den Kopf.

«Ein Glas Wasser? Oder lieber einen Kräutertee? Ich koche gern welchen», biete ich an und erhebe mich.

«Nein, vielen Dank, Frau Wittgenstein», flüstert sie. «Mir geht es gut, wirklich.»

«Marie geht es gut», echot Charlie. «Sie ist ja bereits im vierten Monat, das hat der Körper hormontechnisch längst gecheckt. Außerdem war ihr noch nicht einmal übel.»

«Ganz genau bin ich in der siebzehnten Woche», präzisiert Marie leise. «Und Charlie hat recht. Mein Körper hat sich problemlos umgestellt.»

«Aha … Auch sonst keinerlei Auffälligkeiten oder Probleme?», frage ich nach und setze mich wieder.

Charlie schiebt seine Mütze über die Augen und zieht eine Schnute. Marie senkt verlegen den Blick.

Moment mal. Hier stimmt doch irgendwas nicht. Wenn Marie keine Schwangerschaftsprobleme hat, was hat dann das seltsam befangene Verhalten der beiden zu bedeuten? «Habe ich was Falsches gesagt?», frage ich möglichst unaufgeregt, obwohl ich Schlimmes befürchte.

«Nee, nee», erklärt Charlie hastig. «Hat nix mit dir zu tun, Mama. Wir waren nur … na ja, zerstritten. Also, ein paar Wochen getrennt … Ist 'ne lange, unerfreuliche Geschichte. Aber jetzt ist wieder alles okay.» Er legt seine Hand auf die seiner Freundin und blickt sie liebevoll an. «Oder?»

Obwohl Marie zustimmend nickt, glaube ich ihr immer

noch nicht. In meinem Bauch grummelt es nämlich sehr merkwürdig. Ein untrügliches Zeichen, dass mein Mutterinstinkt etwas wittert.

«Aber irgendwas stimmt doch nicht», beharre ich. Immerhin war ich drei Mal in anderen Umständen und weiß genau, wie schnell der Kreislauf mal schlappmachen kann. «Marie ist doch ganz blass um die Nase. Stimmt was mit dem Baby nicht? Hat der Ultraschall irgendwelche Auffälligkeiten ergeben? Dann sollten wir unbedingt eine zweite Meinung einholen.»

«Ach was, mit Marie und dem Baby ist alles in bester Ordnung!», kräht Lotte plötzlich dazwischen. «Marie hat einen Schneewittchen-Teint. Sie ist im Moment höchstens leicht verwirrt, vor Freude über mein Angebot.»

Etwas in Lottes euphorischem Gehabe lässt mich aufhorchen. «Angebot?», wiederhole ich argwöhnisch, denn Geld kann sie den Kindern ja wohl kaum angeboten haben.

Charlie scheint zu merken, dass er meine Geduld nicht länger strapazieren kann. Er strafft die Schultern, atmet einmal tief durch und klärt mich auf. «Soma findet, wir sollten hier einziehen!»

WAS???

Das junge Glück will hier einziehen! Na, das nenne ich mal eine *umwerfende* Neuigkeit. Zum Glück sitze ich bereits. Mir flimmert es nämlich mit einem Mal vor den Augen, als wäre ich selbst schwanger.

«Soma meint, das wäre die perfekte Lösung. Weil es in unserem Appartement doch viel zu eng wird, wenn das Kleine da ist. Als unverheiratete Studenten mit einem Baby bekämen wir aber nicht so ohne weiteres eine größere Wohnung, und am Anfang könnte sie uns auch mit Rat und Tat beistehen», spricht er aufgeregt weiter. «Das wäre natürlich eine supercoole Lösung, weil wir uns dann nicht um einen Krippenplatz bemühen müssten und ohne Stress weiterstudieren könnten.»

Soma findet …! Soma meint …! *Ich* finde, Soma gehört endlich weggesperrt, damit sie aufhört, mein Leben durcheinanderzubringen!

Doch meine Wut auf Lotte in Worte zu fassen, wage ich nicht. Womöglich würde Charlie einen Angriff auf seine geliebte Großmutter falsch auffassen. Stattdessen schnappe ich nach Luft und bringe nur ein klägliches «Aha» zustande.

Charlie kratzt sich verlegen am Kinn. «Natürlich nur, wenn du einverstanden bist, Mama.»

Na, wenigstens hat mein Sohn noch so viel Anstand zu fragen. Wenn ich aber die glückstrahlende Uroma in spe betrachte, scheinen Gegenargumente zwecklos und der Einzug längst beschlossene Sache zu sein.

«Ja, warum denn nicht, Rosy?», prescht Lotte vor. «Ich fände es schön, meinen Enkel und die liebe Marie um mich zu haben. Und natürlich mein Urenkelchen, was immer es wird. Dann müsst ihr auch das Haus nicht mehr verkaufen. Wäre das nicht die beste Lösung, Rosy?»

Mir fehlen die Worte. Sie verdreht mal wieder die Tatsachen und nutzt die Umstände für ihre Zwecke aus. Denn was hat der Hausverkauf mit den werdenden Eltern zu tun?

«Hab ich dir doch gesagt, Soma.» Charlie beugt sich mit Verschwörerblick zu Lotte. «Mama findet es keine gute Idee. Sie hat andere Pläne. Und die finden ohne uns statt.»

«Ach, was soll Rosy denn schon für Pläne haben? Mit euch kommt doch wieder Leben in die Bude. Sie hat endlich wieder jemanden, um den sie sich kümmern kann. Und dann wäre wenigstens ein Teil der Familie wieder zusammen.» Lotte blickt zufrieden in die Runde.

Leben in die Bude? Familienzusammenführung? Und wieso brauche ich jemanden, um den ich mich kümmern kann?

Sie wollte den beiden doch mit *Rat und Tat* beistehen! Und nun halst sie mir das Baby auf. Wo bleibe ich dann bei der ganzen Geschichte? Meine Wünsche, meine Ziele?

Seit Lottes Auftauchen vor nicht mal vierundzwanzig Stunden hat sie das Hausregiment an sich gerissen und damit einfach alles über den Haufen geworfen. Ich meine, habe ich kein Anrecht auf die Erfüllung meiner Wünsche? Was ist mit meiner kleinen Traumwohnung in der Innenstadt? Muss ich bis ans Ende meiner Tage die ständig verfügbare Mutter spielen? Selbstverständlich helfe ich dem jungen Paar, aber irgendwie habe ich mir das anders vorgestellt. Mehr so als klassische Besucher-Oma. Ab und zu mal babysitten, wenn die jungen Eltern ins Kino wollen. Oder am Wochenende, wenn sie auf einer Party eingeladen sind. Meinetwegen auch eine ganze Woche lang, wenn Prüfungen anstehen. Aber gleich hier einziehen?

Mein Blick fällt auf Marie, die bisher noch kein einziges Wort dazu gesagt hat. Ob sie sich genauso überrollt fühlt wie ich? Haben Charlie und Lotte überhaupt gefragt, ob sie mit seiner Mutter und Großmutter unter einem Dach leben möchte? Kein Haus ist so groß, dass man sich ständig aus dem Weg gehen kann. Da ist der Ärger doch schon vorprogrammiert. Nicht zu vergessen die spießige Vorstadt und der weite Weg zur Uni.

«Also, was sagst du, Mama?», dringt Charlies Stimme in meine Gedanken.

«Ich glaube, mir wird schlecht.»

9

Während Lotte mit den werdenden Eltern schon mal das Dachgeschoss sowie die vorhandenen Möbel inspiziert, greife ich zum Telefon, um John anzurufen. Meine letzte Rettung. Er hat doch diesen Interessenten in seiner Kartei. Wenn dem Mann und seiner Familie das Haus gefällt und wir uns schnell über den Preis einigen, kann Lottes Großfamilien-Wahnsinn vielleicht noch verhindert werden. Es wäre doch gelacht, wenn ich mir meine schönen Zukunftspläne von einer Frau vermasseln lasse, die, streng genommen, nur noch eine Exverwandte ist. Für Charlie und Marie findet sich auch noch eine andere Lösung.

«Hallo, Rosy! Danke, dass du zurückrufst», meldet sich John etwas verhalten.

«John, ich muss dringend mir dir reden!»

«Bei mir ist es im Moment leider ziemlich ungünstig. Ich befinde mich nämlich gerade auf einer Wohnungsbesichtigung», erklärt er und schlägt ein Treffen am Abend vor. «Würde dir achtzehn Uhr passen? Da könnten wir uns ungestört in meinem Büro treffen. Oder ich kann zu dir rauskommen.»

«Danke, das ist sehr aufmerksam, John, aber du musst nicht extra herkommen», lehne ich höflich ab, weil ich mein Anliegen unter gar keinen Umständen in Lottes Beisein besprechen möchte. Sie würde sich garantiert einmischen und wieder alle Tatsachen verdrehen. Mir reicht das Chaos, das sie bisher angerichtet hat. «Ich würde mich lieber mit dir in deinem Büro treffen, wenn es dir recht ist.»

«Gerne. Bei der Gelegenheit kannst du dir auch gleich die

Räumlichkeiten ansehen, falls dich die Makler-Branche eines Tages doch interessiert.» Er lacht und nennt mir eine Adresse im vornehmen Nymphenburg. «Also, ich freue mich, dich nachher zu sehen.»

«Ja, bis später», verabschiede ich mich. Wie sehr auch ich mich freue, behalte ich lieber für mich.

Kaum habe ich aufgelegt, taucht Lotte mit Charlie und Marie im Schlepptau auf.

«Gute Nachrichten?», fragt Lotte mit durchdringendem Blick. «Du siehst so zufrieden aus.»

«Äh … das war nur John», stammle ich und hoffe, dass sie sich mit dieser nichtssagenden Antwort zufriedengibt. Eilig wende ich mich daher an Charlie und Marie. «Na, wie gefällt es euch da oben unterm Dach?»

«Es ist wirklich sehr schön – und so viel Platz», antwortet Marie mit zarter Stimme.

Mein Sohn scheint nicht weniger begeistert. «Echt cool, Mama. Das Baby bekommt ein eigenes Zimmer, aus der Abstellkammer machen wir einen Kleiderschrank, und –»

«Und im Duschbad wäre sogar Platz für eine zweite Waschmaschine», kräht Lotte aufgeregt dazwischen.

Charlie umarmt Lotte und küsst sie herzhaft auf beide Wangen. «Danke, Soma, dass du uns das Dachgeschoss überlässt.»

«Ach was», wehrt sie generös ab. «Nicht der Rede wert. In einer Familie muss doch einer für den anderen da sein.» Mit den letzten Worten mustert sie mich.

Das ist doch die Höhe! Versucht sie mir etwa ein schlechtes Gewissen einzureden? Als wäre ich eine hartherzige Rabenmutter, die alle im Regen stehen lässt? Aber den Schuh werde ich mir nicht anziehen.

«Selbstverständlich!», stimme ich Lotte zu und denke, dass noch nicht aller Tage Abend ist.

Kurz nach sieben biege ich in die kleine Seitenstraße ein, in der sich Johns Büro befindet. Neben einem verträumten Café ist auf einer Fensterfront unschwer der Firmenschriftzug zu erkennen.

Nur wenige Meter vom Haus entfernt finde ich sofort einen Parkplatz. Der Abend fängt vielversprechend an, sinniere ich gut gelaunt beim Einparken.

Bevor ich aussteige, werfe ich noch einen Kontrollblick in den Rückspiegel. Eigentlich sehe ich ganz passabel aus, stelle ich zufrieden fest. Meine Frisur fällt locker, und die dunkelblaue Wimperntusche betont meine hellblauen Augen vorteilhaft. Ich ziehe den naturfarbenen Lippenstift nach und steige aus.

Noch den schmalen Rock meines marineblauen Kostüms glatt streichen, durchatmen und los. Mit weichen Knien laufe ich auf den halbhohen Pumps die wenigen Schritte zu Johns Büro. Ich muss gestehen, dass ich nervös bin wie ein Teenager vor dem ersten Rendezvous. Wie damals, als John und ich zum ersten Mal verabredet waren. Er war ein echter Filmfreak und wollte unbedingt den neuen Woody-Allen-Film *Der Stadtneurotiker* sehen. Doch wirklich viel haben wir von dem Streifen nicht mitbekommen.

Aber das ist alles Ewigkeiten her, sage ich mir. Und auch wenn ich mich noch gut an seine Küsse erinnere, ist das überhaupt kein Grund, sich verrückt zu machen. Ich meine, inzwischen bin ich eine erwachsene, lebenserfahrene Frau von knapp fünfzig, und das hier ist schließlich kein Tête-à-tête! Es geht lediglich darum, die Villa, wie geplant, schnellstmöglich zu verkaufen. Genau genommen befinde ich mich also auf dem Weg zu einem geschäftlichen Termin.

Bevor ich klingeln kann, wird die Tür von innen geöffnet.

«Rosy!» John klingt etwas abgehetzt, als käme ich zu früh. «Komm doch rein», sagt er, greift nach meiner Hand, zieht mich sanft in den Raum. Und ehe ich weiß, wie mir geschieht, haucht er mir links und rechts ein Küsschen auf die Wange.

«Äh, das ist also deine Firma», sage ich schnell, um meine Unsicherheit zu überspielen, und sehe mich neugierig um.

Auf den ersten Blick ist es ein ganz normales Büro mit Schreibtischen, Computermonitoren nebst angeknipsten Leuchten obendrauf und gepolsterten Drehstühlen davor. An der Stirnwand gegenüber des Eingangs befinden sich halbhohe Regale mit Aktenordnern, dekoriert mit gerahmten Fotos von Traumhäusern. Aufgelockert wird der Raum durch zwei schlanke Stützsäulen und drei deckenhohe Palmen.

«Gefällt mir», sage ich. «Und wer weiß, vielleicht bewerbe ich mich ja tatsächlich mal um einen Job als Maklerin. Vorausgesetzt, die Bezahlung stimmt.»

«Setz dich doch, dabei verhandelt es sich bequemer», fordert mich John auf und rückt mir einen Stuhl an seinen Schreibtisch. «Hast du deine Bewerbungsunterlagen dabei?»

Witzbold!

«Ich bin heute wegen unseres Hauses da», erinnere ich ihn.

«Na klar! Was zu trinken? Vielleicht eine eisgekühlte Cola aus der Dose?» Er sieht mir direkt in die Augen.

«Ja, gerne», antworte ich und spüre, wie mir das Blut ins Gesicht schießt. Er hat es nicht vergessen. Cola war *unser* Getränk! Tagsüber pur, abends mit Bacardi.

«Kommt sofort», sagt John und verschwindet hinter einer Tür. Wenig später erscheint er mit zwei Cola-Dosen, gibt mir eine und setzt sich zurück an den Schreibtisch. Er hebt die Dose in meine Richtung und sagt: «Auf uns!»

Gleichzeitig öffnen wir die Cola und trinken einen Schluck.

«Rosy, ich will ganz ehrlich sein.» Unvermittelt sieht er

mich ernst an, als habe er mir eine unangenehme Mitteilung zu machen.

Na, das wäre ja mal was Neues, denke ich und habe absolut keine Ahnung, was jetzt kommt. Ich mustere ihn lauernd. So richtig traue ich ihm noch immer nicht über den Weg. Und eine Stimme in meinem Hinterkopf rät mir, auf der Hut zu bleiben.

«Volker hat mich angerufen.»

Ah, jetzt wird es spannend. «Und?»

«Anfangs hat er rumgestottert, der Verkauf könnte sich durch den Einzug seiner Mutter etwas verzögern. Und niemand könne sagen, wie die ganze Sache morgen aussähe. Lotte sei ziemlich sprunghaft und würde ihre Meinung oft von einer Sekunde auf die andere ändern.»

«Ja, da bin ich mit meinem Exmann ausnahmsweise mal einer Meinung», seufze ich.

«Im Laufe des Gesprächs hat Volker dann eingeräumt, sie könne durchaus auch … ein, zwei Jahre bleiben.»

«Ein, zwei Jahre?» Ich schnappe nach Luft. Der hinterhältige Schuft hat mich also angelogen. «Ich überlebe keine zwei Wochen mit dieser Frau unter einem Dach! Das endet mit Mord und Totschlag.»

«Jedenfalls bin ich jetzt etwas verwirrt», fährt er fort, «weil ich nicht weiß, ob ich das Haus nun anbieten kann oder nicht. Und da Volker mir ursprünglich den Auftrag erteilt hat, frage ich mich –»

«Wir wollen immer noch verkaufen, John», beeile ich mich zu versichern. «Lieber heute als morgen. Wir wissen im Moment nur nicht, auf welchen Mond wir meine Exschwiegermutter schießen sollen.»

Und dann erzähle ich ihm von Lottes Schnapsidee mit der Großfamilie unter einem Dach. Von Charlie und seiner schwangeren Freundin. Von der Tatsache, dass sie sich bereits die Zimmer aufteilen. Und ich merke, wie gut es mir tut, mal alles loszuwerden.

John hört mir aufmerksam zu. Nachdem ich mir alles von der Seele geredet habe, überlegt er einen Moment. «Kein Grund zur Panik, Rosy», sagt er dann, kramt eine türkisfarbene Mappe aus einer Schublade hervor und schiebt sie über den Tisch. «Hier ist vielleicht die Lösung! Das könnte eurer Lotte gefallen.»

«Schöne Farbe. Die wird ihr bestimmt gefallen, sie hat es ja gerne bunt», entgegne ich.

«Ich meinte eigentlich den Ordner», sagt er grinsend.

Gespannt öffne ich die Mappe. Zu meiner Überraschung enthält sie ein paar Exposés von Wohnungen. Was soll ich damit?, denke ich irritiert und sehe John verständnislos an.

Er hat sich bequem zurückgelehnt und schlürft seine Cola. «Das Naheliegendste wäre doch eine nette kleine Wohnung für Lotte und praktischerweise im gleichen Haus eine größere, familiengerechte für die junge Familie, oder?»

«John, das ist wirklich eine geniale Idee! Wieso bin ich nicht gleich drauf gekommen, dich zu fragen? Du verdienst ja schließlich dein Geld damit.»

«In diesem speziellen Fall vermittle ich sogar provisionsfrei», fügt er augenzwinkernd hinzu.

Ich lächle ihn dankbar an. «Bliebe jedoch ein weiteres winzig kleines Hindernis, das aus dem Weg geräumt werden muss: Wer übernimmt die Mieten? Volker stöhnt ja schon bei den Ausbildungskosten unserer Kinder. Lotte hat selbst Geldsorgen, sonst würde sie nicht bei mir wohnen wollen, und mein Sohn lebt als Student vom Unterhalt seines Vaters. Und soweit ich weiß, ist Marie auch keine reiche Erbin. Schwer vorstellbar, dass irgendein Hausbesitzer an junge Eltern ohne eigenes Einkommen und eine schrille Alte mit pinkfarbenen

Haaren vermietet. Vorausgesetzt, wir finden überhaupt zwei freie Wohnungen in einem Haus.»

«Stellen wir diese Frage noch für einen Moment zurück und wenden uns dem Hausverkauf zu», entgegnet John. «Als guter Makler werde ich für eure Villa ein nettes Sümmchen rausholen, das kann ich, ohne zu prahlen, zusagen. Die Hälfte des Geldes geht dann an Volker, richtig?» Er notiert etwas auf einem Block und blickt kurz zu mir auf.

Ich habe zwar keine Ahnung, was er mit dieser Frage bezweckt, nicke aber zustimmend. Ist schließlich kein großes Geheimnis.

«Investiert man den Betrag clever, bringt er genug Ertrag, um locker eine Wohnung für Lotte zu finanzieren», erklärt er, während er weiterschreibt. «Charlies Unterhalt ist ja bereits ein stehender Posten, da muss Volker also lediglich ein paar Scheine drauflegen.» Schließlich schiebt er mir den Block über den Tisch zu.

«Tja, dann müssen wir nur noch einen netten und vor allem toleranten Vermieter finden, der –»

«Der sitzt vor dir!» Er breitet die Arme aus und strahlt mich an.

«Ach, John, lass doch bitte diese Scherze», stöhne ich genervt. «Mir ist im Moment wirklich nicht nach Albernheiten zumute.»

«Ich würde es nie wagen, dich zu veräppeln, Rosy», entgegnet er mit unbewegter Miene. «Ganz im Ernst: Dieses vierstöckige Gebäude hier gehört mir. Und außer dem Büro befinden sich darin meine Dachwohnung und noch weitere Wohnungen. Eine davon wird nächsten Monat frei: zwei Zimmer, Einbauküche, Bad, Balkon nach Süden. Das Ganze in der ersten Etage. Also genau das Richtige für Lotte, falls sie irgendwann nicht mehr so gut zu Fuß ist. Die größere Wohnung mit drei Zimmern und kleiner Terrasse liegt im Stockwerk darüber. Aber die kann ich leider erst in sechs bis acht Wochen anbieten. Wann kommt denn das Baby?»

«Äh … ich glaube …», stottere ich, «Ende September.»

«Na prima, dann bleibt noch genügend Spielraum, falls diese beiden Wohnungen nicht gefallen und wir uns anderweitig umsehen müssen. Die Unterlagen zu den Objekten sind hier in der Mappe.» Zufrieden lehnt er sich wieder zurück und verschränkt die Arme im Nacken. «Na, was sagst du, Rosy?»

Es dauert einige Sekunden, bis ich begreife, dass John tatsächlich die perfekte Lösung gefunden hat. Lotte kann den Kindern helfen und somit ihr Urgroßmutterglück voll auskosten, und trotzdem hätte jeder genügend Privatsphäre. Mehr kann man sich nicht wünschen. Und ich muss kein schlechtes Gewissen haben und vor allem meine Träume nicht in die Tonne treten.

Wie gerne würde ich mich John jetzt an den Hals werfen! Doch als erwachsene, moralisch gefestigte Frau kann ich mich beherrschen. «Ich weiß gar nicht, was ich sagen soll», flüstere ich deshalb nur gerührt.

«Reden wird oft überschätzt», entgegnet er.

Ich schenke ihm einen verführerischen Augenaufschlag. «Könnte ich dann noch eine Cola haben?»

John erhebt sich mit vielsagendem Lächeln, verschwindet abermals hinter der Tür und erscheint nach kurzer Zeit mit einer neuen Dose. Dann beugt er sich zu mir.

«Du kannst alles von mir haben», flüstert er, legt seine Hand unter mein Kinn und küsst mich zärtlich.

10

Leicht erhitzt verlasse ich um kurz nach acht Johns Büro. Der Mond schiebt sich gerade über die Dächer, als wolle er mir heimleuchten. So viel zu meiner gefestigten Moral. Andererseits muss ich mich wegen eines einziges Kusses weder genieren noch vor irgendjemanden rechtfertigen, denke ich, während ich in mein Auto steige. Ich bin geschieden und niemandem Rechenschaft schuldig. Leider sind meine Probleme durch den Besuch bei John noch nicht endgültig gelöst. Mit etwas Glück ist es bis zu meiner Unabhängigkeit aber nur noch ein kleiner Schritt. Genau genommen ein klärendes Gespräch – das ich mit Lotte führen muss. Es wäre übertrieben zu behaupten, dass ich mich auf diese Unterhaltung freue. Aber mit Hilfe der türkisfarbenen Mappe schubse ich das blaue Monster ganz behutsam aus dem Haus. Möglicherweis löst die Aussicht auf eine eigene Wohnung und mehr Privatsphäre ja auch Begeisterung bei ihr aus. Letztlich war es doch Volkers Idee, seine Mutter bei mir einzuquartieren. Und vielleicht hat sie ja nur zugestimmt, um ihn nicht zu belasten. Mütter tun so was, sogar unkonventionelle wie Lotte. Um Marie und Charlie mache ich mir keine Gedanken. Junge Leute wohnen viel lieber allein als unter familiärer Aufsicht.

Zu Hause angekommen, schließe ich vorsichtig die Haustür auf.

Es ist zwar erst kurz nach acht, aber Lotte könnte vor dem Fernseher eingeschlafen sein, und schlafende Schwiegermonster soll man nicht wecken. Möglicherweise wäre sie dann sauer auf mich, denkbar schlechte Voraussetzung für ein konstruktives Gespräch. Lieber verschiebe ich die Aussprache auf morgen.

Um verräterisches Absatzklackern zu vermeiden, streife ich meine Schuhe schon im Windfang ab. Doch als ich vorsichtig auf die erste Treppenstufe trete, erschreckt mich ein lautes kehliges: «Hahaha! Hahaha! Hahaha!»

Es kommt aus dem Wohnzimmer.

Nach ein, zwei Sekunden Pause ertönt das vergnügte Gegacker erneut.

Was ist denn hier los? Feiert Lotte eine Orgie? Etwa mit meinem Vater!? Ich lausche in die Stille, höre aber keine Stimmen.

Vorsichtshalber mache ich mich durch Rufen bemerkbar – man weiß ja nie. «Lotteee?»

«Hier bin ich, Liebchen!», erschallt die Antwort.

Ich lasse meine Schuhe fallen, stelle die Handtasche ab, nehme aber den Ordner mit. Zögernd betrete ich den Raum und bleibe sprachlos stehen.

Der sich mir bietende Anblick übertrifft meine blühendste Phantasie. In einem kunterbunten Micky-Maus-Schlafanzug, das rosa Haar mit einer grünen Schleife dekoriert, thront Lotte im Schneidersitz auf unserem antiken Mahagoni-Esstisch.

Als sie mich erblickt, lacht sie wieder lauthals los. «Hahaha! Hahaha! Hahaha!»

Vor Schreck fällt mir die Mappe aus der Hand. Ich weiß nicht, ob ich auch lachen oder lieber schreiend wegrennen soll. «Was machst du denn da?», frage ich schließlich, als ich mich gefangen habe.

«Lachyoga! Musst du unbedingt mal probieren. Damit übersteht man den schlimmsten Tag», antwortet sie und holt erneut Luft. «Hahaha! Hahaha! Hahaha!» Anschließend legt sie abermals eine Atempause ein und strahlt mich mit großen Kinderaugen an.

«Um diese Zeit? Und auf dem Esstisch?» Mein Ton ist um einige Nuancen zu vorwurfsvoll, aber ich kann mich kaum noch beherrschen.

Lotte entknotet ihre Beine, rutscht von ihrem Podest herab und kommt auf mich zu. «Die Uhrzeit ist mir doch schnuppe. Hier herrscht das beste Energiefeld im ganzen Haus. Ungeheuer positiv!»

«Auf dem Tisch?» Verwundert frage ich mich, ob sie mitten in der Nacht auch noch alle Fenster und Türen aushebelt, damit ihr Karma frei fließen kann.

Sanft lächelnd schüttelt sie den Kopf. «Nein, auf dem Platz, auf dem er steht», präzisiert sie. «Aber ohne Hilfe kann ich das Monstrum ja nicht wegrücken, also bin ich einfach obendrauf gestiegen. Übrigens habe ich an diesem Ort schon als Kind gerne gespielt.»

«Gespielt?», wiederhole ich fassungslos und sammle die herausgefallenen Wohnungsexposés zusammen. Meine entspannte Stimmung ist mit einem Schlag verflogen. Ich fühle mich erschöpft wie nach einem dreiwöchigen Frühjahrsputz, begebe mich zum Sofa und lasse mich in die Kissen fallen.

Lotte folgt mir und mustert mich von oben herab. «Und du, hattest du einen vergnüglichen Abend?», fragt sie.

«Was?» Ertappt zucke ich zusammen und spüre, wie ich rot werde.

«Warst du nicht mit diesem Makler verabredet?» Sie legt den Kopf schräg und sieht mich durchdringend an.

Eine Sekunde lang bin ich versucht, gleich von meinen Plänen für sie zu erzählen. Aber dann würde Lotte mich bestimmt wieder als Egoistin bezeichnen. «Ich hab noch nicht zu Abend gegessen.» Träge erhebe ich mich. «Möchtest du mitessen?»

«Ja, gern, eine Kleinigkeit.»

An der Küchenschwelle erwartet mich die nächste Überraschung, die mich abrupt stoppen lässt. Aluschalen mit Essensresten türmen sich auf der Ablage und verströmen ein penetrantes Aroma. Genau das Richtige für einen knurrenden Magen. Ganz zu schweigen von dem schmutzigen Geschirrberg. Ohne Spülmaschine ist das kein Spaß.

Wütend stemme ich die Hände in die Hüften. «Ich dreh dieser schlampigen Hippie-Oma den Kragen um», murmele ich, als sie unvermutet neben mir auftaucht.

«Bitte schön, nur zu!» Sie reckt mir ihren moppeligen Hals entgegen und blinzelt mich aus braunen Augen unschuldig an.

Schuldbewusst zucke ich zusammen und entschuldige mich halbherzig. «War nicht so gemeint.»

«Und ich wollte dich nicht aushorchen», lenkt Lotte ein. «Im Grunde geht es mich ja auch nichts an, wo du warst. Ich bin halt ein neugieriges altes Weib.» Sie krempelt die Ärmel hoch, schlurft auf das Müllchaos zu und schüttelt den Kopf. «So eine Schweinerei, wer war das denn?»

Jetzt muss ich doch kichern.

Sie dreht sich zu mir um und lächelt. «Wie schön, dich auch mal heiter zu sehen. Warum ziehst du dir nicht was Bequemeres an, während ich in der Zwischenzeit die Küche aufräume, Tee koche und uns einen Imbiss zubereite?»

Lotte und sauber machen? Eher wird der Klimawandel gestoppt!

Unschlüssig lehne ich am Türrahmen, beobachte, wie sie die Aluschüsseln in den Recyclingkübel und die Essenreste in den Restmülleimer wirft (Na so was, sie kennt sich mit Mülltrennung aus!). Die Frau wird mir ein ewiges Rätsel bleiben – und genau aus diesem Grund sollte ich sie nicht unbeaufsichtigt in meiner Küche werkeln lassen. Zwei Verwüstungen an einem Tag sind mehr als genug.

«Na los», fordert sie mich mit einer scheuchenden Handbewegung auf, als wäre ich eine streunende Katze. «Ich verspreche dir, dass ich nur aufräume und nichts kaputt mache.»

Also gut, ergebe ich mich im Stillen und verdrücke mich. Jeder hat eine Chance verdient.

Unter der Dusche vergesse ich das Chaosmonster im Micky-Maus-Schlafanzug. Stattdessen spukt mir John durch den Kopf. Ich spüre eine wohlige Müdigkeit in den Gliedern und bin doch so aufgekratzt wie lange nicht mehr. Selbst wenn ich jetzt schlafen wollte, würde mich doch ein Gedanke wach halten: Wie wäre mein Leben mit John verlaufen? Hätten wir geheiratet? Kinder gehabt? Wären wir heute noch glücklich? Oder auch schon wieder geschieden?

Ich weiß, es ist unsinnig, über Hypothesen nachzudenken, auf die es keine befriedigende Antwort geben kann. Andererseits: Vielleicht gibt es ja doch einen großen Schicksalsplan, der John und mich wieder zusammengeführt hat. Möglicherweise war es Amor, der uns eine zweite Chance gibt. Der John zu Volker in die Praxis gesandt hat, damit der ihn als Makler engagieren kann. Hinter so viel Zufall muss einfach ein Plan stecken.

Gehüllt in meinen Bademantel, begebe ich mich zum Flurschrank. Ich schlüpfe in frische Wäsche und überlege, was ich anziehen soll, als ich plötzlich beißenden Brandgeruch wahrnehme.

Feuer!

Verflixtes Schweigermonster!, schimpfe ich beim panischen Sprint nach unten. Wie naiv von mir, sie allein zu lassen. Die fackelt das Haus schneller ab, als man das Wort Feuer überhaupt aussprechen kann.

Hektisch reiße ich die Küchentür auf. Qualm schlägt mir entgegen, und ich muss husten.

Von Lotte ist nichts zu sehen. Glücklicherweise auch keine

Flammen. Als Rauchquelle orte ich eine Pfanne, die ich eilig von der Herdplatte nehme – und mir dabei die Finger verbrenne. Was immer die verkohlte Masse hätte werden sollen, lässt sich nicht mehr erkennen. Erst recht nicht mehr essen.

«Gerade nochmal gutgegangen», schnaufe ich erleichtert, während ich die Verbrennung mit kaltem Wasser kühle. Danach öffne ich das Fenster und begebe mich auf die Suche nach der Brandstifterin.

«Lotteee!!!», rufe ich durchs Treppenhaus.

Keine Antwort.

Im Wohnzimmer ist sie auch nicht, aber die Terrassentür steht weit offen. Wie ich an dem gedeckten Tisch und der Thermoskanne erkenne, hat sie zumindest schon mal Tee gekocht. Im Schein der Terrassenbeleuchtung entdecke ich die Micky Maus mit den pinkfarbenen Haaren im Garten. Am Rande eines Beets kauert sie mit dem Rücken zum Haus im Gras!

Sucht sie Glücksklee? Im Dunkeln?

Was für ein absonderlicher Anblick. Unter anderen Umständen könnte ich der Szene durchaus etwas Erheiterndes abgewinnen. Aber im Moment bin ich einfach nur stinksauer und muss Dampf ablassen, sonst platze ich.

Erbost trete ich auf die Terrasse. «Lotte! Du hast was auf dem Herd vergessen.» Meine Stimme klingt beinahe hysterisch.

Seelenruhig wendet sie sich um. «Haben wir Katzenfutter, Liebchen?»

«Katzenfutter?» Fassungslos starre ich sie an. Ist sie jetzt komplett gaga? Das Haus brennt ab, und sie möchte Katzen füttern? Hat sie nicht für einen Cent schlechtes Gewissen wegen der Beinahe-Katastrophe?

«Ja, Katzenfutter. Ich habe einen Igel gefunden, als ich Schnittlauch schneiden wollte. Schau doch mal!» Aufgeregt gestikuliert sie mit den Armen. «Das kleine Stacheltier sieht total abgemagert aus. Vielleicht ist seine Mutter überfahren worden, und jetzt hat der Kleine keine Familie mehr. Wir müssen ihn retten.»

Ein Igel?

Katzenfutter?

Sie *ist* übergeschnappt!

«Wie wär's mit einem Igelhäuschen?», schlage ich sarkastisch vor.

«Nicht nötig», winkt sie ab. «Ein Pappkarton tut's für den Anfang auch.»

Nichts gegen Igelschutz, und ich besorge auch gern eine Jahresration Katzenfutter, und im Keller findet sich vermutlich ein passender Karton. Aber muss sie deshalb alles um sich herum vergessen? Hätte ich die Pfanne nicht rechtzeitig entdeckt – ich mag mir gar nicht ausmalen, was geschehen wäre. Frustriert verziehe ich mich. Es hat wohl doch keinen Zweck, sich aufzuregen, und mir wird auch langsam kalt.

Fröstelnd begebe ich mich wieder nach oben. Als ich in einen dunkelblauen Jogginganzug und ein Paar Hausschuhe schlüpfe, schießt mir plötzlich ein schrecklicher Gedanke durch den Kopf. Ob das die ersten Anzeichen für Alzheimer sind? Das wäre jedenfalls eine Erklärung für Lottes Vergesslichkeit. Allerdings nicht für ihre durchgeknallte Art. Sprunghaft und leicht verrückt war sie schon immer.

Mir fällt ein, wie sie Charlie nach bestandenem Abitur für eine Kreuzfahrt begeistern wollte. Keine Traumschiffreise, wo rüstige Adiletten-Opas es nochmal krachen lassen und Jagd auf ondulierte Omas machen. Nein, das fand die flippige Hippie-Oma todlangweilig. Für sie kam nur etwas richtig Extravagantes in Frage. Etwas in der Art wie in Agatha Christies *Tod auf dem Nil*. Sie wollte sich mit ihrem Enkel als blinder Passagier auf einem «Bananendampfer» einschmuggeln. Zu meiner Erleichterung war Charlie gerade frisch verliebt – sonst hätte er sich womöglich verführen lassen.

Mich kann sie aber nicht einwickeln. Mein Entschluss steht fest. Ich werde ihr die Wohnung in Johns Haus so schmackhaft machen, dass sie einfach einwilligen muss. Nur ihr Auszug kann verhindern, dass sie hier alles in Schutt und Asche legt.

Unten im Flur erwartet mich Lotte mit ernster Miene. Ihre Laune hat sich offensichtlich verdüstert. Schweigend presst sie die türkisfarbene Mappe an ihren üppigen Busen und blickt mich ernst an.

Ob sie schon etwas ahnt?, frage ich mich, als sie mir in die Küche folgt. Während ich dem Kühlschrank ein paar Lebensmittel entnehme, versuche ich es mit Ablenkung. «Wie geht's dem Igel?»

«Ach, dem habe ich ein Eigelb gegeben und ihm ins Ohr geflüstert, dass er morgen wiederkommen kann», antwortet Lotte beiläufig und wedelt dann mit der Mappe knapp vor meiner Nase herum. «Was ist denn da Interessantes drin?»

Ich nutze die Gelegenheit, den Ordner an mich zu nehmen, und mustere sie fragend. «Du hast noch nicht reingesehen?» Schwer zu glauben. Neugierig, wie sie ist, hat sie garantiert einen Blick riskiert.

«Geht mich doch nichts an», behauptet sie achselzuckend. Aber angesichts ihres verkrampften Gesichtsausdrucks würde sogar ein Blinder die Lüge erkennen.

«Es ist eine Überraschung», deute ich an und drücke ihr das fertige Tablett mit Essen in die Hand. Die Mappe klemme ich mir unter den Arm und lotse Lotte ins Wohnzimmer an den Esstisch. Mal sehen, für wen von uns beiden das Energiefeld sich positiv auswirkt.

Jetzt ist Fingerspitzengefühl gefragt. Denn etwas mulmig ist mir schon. Auch wenn ich keine Golden-Girls-WG mit ihr gründen möchte, soll sie nicht das Gefühl haben, aus dem Haus geworfen zu werden. Dabei würde ich mich schäbig fühlen. Sie ist immer noch die Großmutter meiner Kinder.

«Vollkorntoast?», frage ich, als wir uns gegenübersitzen, und stecke zwei Scheiben in das Gerät.

«Mach's doch nicht so spannend», drängelt Lotte. Sie schaufelt zwei Löffel Zucker in ihre noch leere Tasse und schielt dabei verstohlen auf die neben mir liegende Mappe. «Es geht doch um mich, oder?»

Wir fixieren uns prüfend. «Um dich und die werdenden Eltern.» Beim Teeeinschenken spüre ich, wie mir heiß wird. Der Satz *Du sollst ausziehen* lässt sich auch nicht mit noch so viel Raffinesse als schöne Überraschung verpacken. Ich muss irgendwie anders anfangen. «Vorher noch eine Frage, Lotte.»

Misstrauisch blickt sie auf. «Was denn?»

«Würdest du auch hier wohnen wollen, wenn …», stottere ich. «Na ja, wie soll ich sagen … Wenn du eine andere Unterkunft hättest?»

Das Brot springt klackend aus dem Toaster.

«Du lenkst vom Thema ab.» Sie verteilt das Toastbrot. «Wie ich ja gestern schon gesagt habe, könnte ich bei Herbert unterkommen. Also drucks nicht rum, Liebchen, sag endlich, was los ist.»

Hastig nehme ich einen Schluck Tee. «Also … Der Immobilienmakler hat mir einen Vorschlag gemacht, der nicht uninteressant klingt.» Im Stillen bitte ich John um Verzeihung, dass ich ihm den Schwarzen Peter zuschiebe.

Lotte beschmiert ihren Toast mit reichlich Butter und klatscht eine Scheibe Schinken obendrauf. Sie beißt herzhaft hinein. «Hmm … lecker … Aber ich hab immer ein ganz schlechtes Gewissen, wenn ich Fleisch esse», gesteht sie, strafft unvermittelt die Schultern und verkündet feierlich: «Hiermit schwöre ich, wenn Gerhard einen ordentlichen Dämpfer für seine hinterhältigen Betrügereien bekommt, werde ich nie wieder Schinken oder sonstiges Fleisch essen.»

Von wegen sprunghaft wie ein Floh. Gegen Lottes Gedankenhüpfer sind Flöhe die reinsten Faultiere.

«Warum das denn?», steige ich notgedrungen auf das Thema ein. Vielleicht stimmt es sie milde, wenn sie sich ernst genommen fühlt.

«Na ja … hmm …» Sie kaut genüsslich weiter. «Weil Kühe die gefährlichsten Tiere der Welt sind. Sie erzeugen bei ihrer Verdauung das umweltschädliche Methan. Und damit heizen die Wiederkäuer die Erdatmosphäre zwanzigmal mehr auf als Kohlendioxid. Und alle Rinder zusammen produzieren mehr Treibhauseffekt als der gesamte globale Verkehr! Ergo: Je mehr Fleisch wir essen, desto schneller zerstören wir die Atmosphäre.»

«Ich will ja nicht altklug erscheinen, Lotte, aber Schinken stammt vom Schwein», gebe ich zu bedenken. «Butter hingegen wird aus Milch hergestellt, und die wiederum stammt von Kühen.»

«Ups! Natürlich, Schinken stammt vom Schwein. Da hab ich ja mal wieder Glück gehabt.» Erfreut strahlt sie das Toastbrot in ihrer Hand an. «So gesehen bin ich doch ein echtes Glücksschweinchen … Aber entschuldige, Liebchen, ich habe mit meinem Umwelt-Geschwätz vom Thema abgelenkt. Also, ich bin ganz Ohr.» Sie legt das Brot auf den Teller und greift nach der Serviette.

«Tja … also … Würdest du auch ohne deine private Misere hier wohnen –»

«Willst du mich etwa abschieben!?», unterbricht sie mein Gestammel mit empörtem Schnaufen und knallt die Serviette auf den Tisch.

«Äh … Nein, so rigoros würde ich das nicht ausdrücken»,

entgegne ich vorsichtig, weil ich langsam befürchte, sie könnte richtig sauer werden.

«Sondern?» Sie schiebt ihren Teller zur Seite, als sei ihr der Appetit endgültig vergangen. «Dann bin ich mal gespannt, wie du einen Rauswurf schönreden willst!»

Verzweifelt suche ich nach den richtigen Worten. «Ich will dich nicht rauswerfen, Lotte. Letztlich geht es um den Hausverkauf und um meinen Versorgungsausgleich», beginne ich mit den Fakten. «Das hat Volker dir gestern schon erklärt. Wenn wir nämlich nicht verkaufen, müssten wir dringend notwendige Reparaturen durchführen, für die uns leider die finanziellen Mittel fehlen. Und dann existiert auch noch der Vertrag, den Volker bei John … äh … ich meine Herrn Ansbach unterschrieben hat.»

Lotte lauscht aufmerksam und starrt mich mit großen Augen an. Ihrer ratlosen Miene nach zu schließen, hat sie aber wenig verstanden. «Also für mich hört sich das alles reichlich konfus an», sagt sie schließlich. «Welche Reparaturen, wenn ihr das Haus sowieso verkaufen wollt? Wären doch nur unnötige Kosten. Und ich dachte, das Thema sei längst vom Tisch.»

«Ja, *wenn* wir verkaufen, sind Reparaturen unsinnig. Aber wenn wir hier wohnen bleiben, müsste unbedingt die veraltete Heizungsanlage erneuert werden. Im letzten Winter hat sie drei Mal gestreikt, und der Monteur konnte mir keine Hoffnung machen, dass sie eine weitere Heizperiode durchhält», erkläre ich möglichst kurz.

Sie starrt einen Moment ins Leere. «Im Prinzip bin ich also der Kostenfaktor, oder?», brummt sie dann erbost.

«Lotte, bitte, das hast du völlig missverstanden. Es handelt sich doch nicht nur um dich. Wie schon gesagt, betrifft es auch Charlie, Marie und mich», versuche ich die Wogen zu glätten. «Ein Winter ohne Heizung wäre doch für uns alle unerträglich. Nicht zu vergessen das Baby, das genau in die kalte Jahreszeit hineingeboren wird. Und du warst in den letzten Jahren während der kalten Monate immer in wärmeren Gefilden. Ich kann mir nicht vorstellen, dass du dich in einem Eishaus wohlfühlst.»

«Hmm!» Sie rührt versonnen in ihrer Tasse. «Immer geht es nur ums Geld. Dabei sind es doch nichts weiter als blöde Papierfetzen», zetert sie dann plötzlich.

«Tja, was soll man machen», schließe ich mich seufzend ihrem Lamento an. «Die märchenhaften Zeiten, wo man Glasperlen gegen Waren tauschen konnte, sind wohl unwiederbringlich vorbei.»

«Du kannst ja richtig scharfsinnig sein.» Lotte blickt mich verblüfft an. «Also, was ist das für ein Vertrag, den Volker beim Makler unterschrieben hat?»

Fachmännisch erkläre ich: «John sichert sämtliche Aufträge mit einem Vertrag ab, falls der Verkäufer zwischenzeitlich selbst einen Käufer findet. In so einem Fall wäre er nämlich um seine Provision gebracht. Doch auch wenn sich Änderungen ergeben wie bei uns, muss neu verhandelt werden. Schließlich steckt John von Anfang an Arbeit in das Projekt.» Ich komme richtig in Fahrt. «Gleich bei seiner ersten Besichtigung hat er Fotos von der Villa geschossen, anschließend ein Exposé erarbeitet und alles zusammen online gestellt. Irgendwie muss das natürlich entlohnt werden, oder?»

«Ganz schön clever, *dein* John», entgegnet Lotte spöttisch, als verdächtige sie uns eines Komplotts.

«Das ist so üblich in der Immobilienbranche», versuche ich das Vorgehen zu rechtfertigen.

«Wie auch immer. Und was ist das nun für ein Vorschlag in diesem türkisen Ordner?», will sie wissen.

Ich atme tief durch, öffne die Mappe und sprudle los: «Hier drin befinden sich Unterlagen zu zwei Wohnungen in Nymphenburg. Eine kleinere für dich und eine etwas größere, familientaugliche für Marie, Charlie und das Baby. Beide liegen im selben Haus, was bedeutet, du wärst schneller in der City als von Pasing aus, könntest nah bei deinem Enkel und Urenkelchen sein, hättest aber auch Privatsphäre und Hilfe in Notsituationen, falls du mal krank würdest, was sich natürlich niemand wünscht, aber es wäre doch irgendwie beruhigend zu wissen –»

«Luft holen nicht vergessen», unterbricht Lotte mich plötzlich.

«Also?» Gespannt blicke ich sie an. «Was hältst du von der Idee?»

«Hmm … hmm … hmm …» Unschlüssig wiegt sie den Kopf hin und her, blättert in den Unterlagen, schenkt uns Tee nach, liest die Beschreibungen der Wohnungen, trinkt einen Schluck und betrachtet die beiliegenden Fotos. «Nicht übel, gar nicht übel», erklärt sie nach einer mir endlos erscheinenden Bedenkzeit. «Dann fehlt uns jetzt nur noch ein Dummer, der die Chose bezahlt.»

«Das ist bereits geregelt. Volker bezahlt! John hat mir alles vorgerechnet und …» Ich breche ab.

«Scheint auch noch ein Rechengenie zu sein, dein John.» Sie grinst breit. «Ob er meinen Sohn auch davon überzeugen kann, mir eine Hängematten-OP zu finanzieren?»

«Hängematten-OP?», wiederhole ich verdattert.

Sie schiebt den linken Ärmel ihre Schlafanzugjacke nach oben, streckt den Arm leicht abgewinkelt zur Seite und stupst die erschlaffte Unterseite ihres Oberarms an. «Siehst du, wie das hängt? Hängematten!»

Eine Sekunde lang bin ich platt. Andere Frauen in ihrem Alter jammern vielleicht über Krähenfüße, morsche Knochen oder Krampfadern, Lotte beweint ihre schlaffen Oberarme. Zugegeben, pralle Muskeln hat sie nicht, und besonders attraktiv sehen ihre Arme wirklich nicht aus. Aber bitte, sie ist ja auch keine zwanzig mehr. Wo ist also das Problem?

«Ich hatte früher sooo tolle Oberarme», sinniert sie traurig und schüttelt abermals den Arm. «Und jetzt. Total schlaff. Einfach scheußlich.»

Ich unterdrücke einen Lachanfall, dieser baumelnde Hautlappen sieht einfach zu albern aus. «Aber deshalb musst du dich doch nicht gleich unters Messer legen. Du bist doch noch prima in Form, und mit leichtem Sport oder auch etwas körperlicher Anstrengung …», sage ich, und in dem Moment ereilt mich eine Idee, wie ich endlich wieder die Kurve zum eigentlichen Thema kriege. «Na ja, indem du beispielsweise ein paar Umzugskisten schleppst.»

Sie rollt ihren Ärmel wieder nach unten und fragt so ganz nebenbei: «Hast du dich in ihn verliebt?»

«Was?»

«Ob du dich in den Makler verliebt hast?» Sie mustert mich durchdringend, als wäre ich dreizehn Jahre alt. «Verstehen könnte ich es», fügt sie hinzu, als ich nicht antworte. «Er sieht ziemlich gut aus, und soweit ich das auf den ersten Blick beurteilen konnte, ist er verrückt nach dir. Er hat dich ja förmlich mit den Augen aufgefressen. Woraus sich zwei Fragen ergeben: Tut er das alles nur, um dein Herz zu gewinnen? Oder möchtest du, dass ich ausziehe, um freie Bahn zu haben?»

Hat sie tatsächlich *freie Bahn* gesagt?

«Glaubst du etwa, ich will dich loswerden, um hier Orgien feiern zu können?», frage ich empört. «Dafür bin ich zu alt.»

«Ach», erwidert sie mit verträumter Miene. «Für die Liebe ist man nie zu alt. Und du sowieso nicht. Du bist noch so jung, du solltest nicht allein bleiben.» Sie steht auf. «Davon abgesehen, im Winter braucht man was Warmes im Bett – falls die

Heizung mal ausfällt. Was ziemlich wahrscheinlich ist, wie du ja gerade erklärt hast. Und in ein paar Jahren würdest du es bereuen, der Sache nicht wenigstens eine Chance gegeben zu haben. Ich weiß, wovon ich spreche.»

11

Am nächsten Morgen träume ich im Halbschlaf von der kleinen Stadtwohnung, die nun wieder in greifbare Nähe gerückt ist. Gestern Abend hat Lotte noch versprochen, sich die Wohnung zumindest anzusehen und dann zu entscheiden. Die mahnende Stimme in meinem Hinterkopf, dass der verwöhnten Lotte eine wesentlich kleinere Unterkunft nicht zusagen könnte, ignoriere ich einfach. Wird schon schiefgehen, murmle ich halblaut vor mich hin und werde durch ein Klopfen an der Tür aus meinen Gedanken gerissen.

Bereit für eine Hiobsbotschaft, fahre ich hoch, vernehme jedoch nur ein zaghaftes: «Schläfst du noch?» Dann öffnet sich die Tür ein wenig, und Lottes rosa Schopf lugt durch den Spalt. «Morgen, Liebchen», strahlt sie mich an. «Hast du schon einen Termin für die Wohnungsbesichtigung verabredet?»

«Guten Morgen, Lotte», antworte ich, irritiert über ihr anhaltendes Interesse. Sie kann es wohl kaum abwarten. Voller Tatendrang springe ich aus dem Bett. «Termin gibt's noch keinen, aber ich rufe John gleich an.»

«Gute Idee», entgegnet Lotte und reicht mir dann trällernd mein Telefon.

Merkwürdig, wieso hat sie es plötzlich so eilig?

Ich erreiche John auf seinem Handy, und als er mir erklärt, uns einen Besichtigungstermin für den späten Vormittag anbieten zu können, bin ich sprachlos. Plötzlich läuft alles wie von Zauberhand. Das positive Energiefeld unterm Esstisch hat offensichtlich gewirkt.

Frisch geduscht stehe ich wenig später vor meinem Kleiderschrank, und überlege, was ich anziehen soll, als die Türglocke schrillt.

Eilig schlüpfe ich in einen Jogginganzug und haste die Treppe runter. Doch Lotte ist schneller.

«Ah, das sind sicher die Kinder», quietscht sie und ist schon an die Tür.

Welche Kinder?, frage ich mich. Hat sie etwa Charlie angerufen und ihm von der Wohnung erzählt?

Doch eine Sekunde später vernehme ich die Stimme meines Vaters. Für sein unerwartetes Auftauchen fällt mir als plausible Erklärung nur der noch nicht reparierte Geschirrspüler ein. Es sei denn, Lotte hat ihn verständigt, weil sie männliche Verstärkung braucht.

Als ich die herzliche Begrüßung zwischen ihm und Lotte beobachte, sehe ich meinen Verdacht bestätigt. Bussi links, Bussi rechts. «Herbert, schön, dich zu sehen, wie geht's dir denn ...»

«Servus, Lotte, toll siehst du aus ...»

«Wir sind leider grad auf dem Sprung», unterbreche ich die Knutscherei. «Wenn du wegen der Spülmaschine ...» Ich stocke, weil ich erst jetzt den Koffer in seiner Hand bemerke. Gleich darauf erscheint hinter seinem Rücken ein mir sehr vertrautes Gesicht.

«Fabian!»

«Hi, Mama!» Mein Zweitältester bleibt im Flur stehen wie ein ungebetener Gast.

«Junge, was für eine Freude ... Aber ich kann mich gar nicht erinnern, dass du dieses Wochenende ...» Mit bangem Blick starre ich auf die Reisetasche über seiner Schulter.

Ich freue mich natürlich immer, meine Kinder zu sehen, aber außer der Reihe bringen mich derlei Überraschungen ins Grübeln.

«Nu lass ihn doch erst mal rein in die gute Stube», unterbricht mich mein Vater resolut und wuchtet das Gepäck in den Flur. «Löcher in den Bauch fragen kannst du später noch. Vorher wär's nett, wenn du uns einen starken Kaffee kochst. Den werden wir nämlich gleich brauchen.»

Irgendwas stimmt hier nicht. Seit Fabian das Schreiner-Praktikum in Augsburg absolviert, reist er in vierwöchigem Turnus an und bringt manchmal auch ein, zwei schmutzige Jeans oder T-Shirts mit. Aber nur in *einer* Tasche. Jetzt sieht es so aus, als hätte er sein ganzes Hab und Gut dabei. In Begleitung meines Vaters aufzutauchen, beunruhigt mich zusätzlich.

«Bist du krank, Fabian?», frage ich verunsichert, als er die Reisetasche abstellt und mich dann zögerlich umarmt.

«Ach was, schau ihn dir doch an», schaltet sich Lotte ein. «Der Bub strotzt doch nur so vor Manneskraft!» Damit reißt sie ihren Enkel an sich und drückt ihm schmatzende Küsschen auf die Wangen, wobei ihre Micky-Maus-Ohrringe heftig baumeln.

Ja, rein optisch trifft das auf meinen Sohn zu. Mit einer Größe von knapp eins neunzig, den breiten Schultern, der kräftigen Statur und den vollen dunklen Haaren stimmt die Beschreibung. Aber nur weil er gesund aussieht, besagt das noch gar nichts, flüstert meine Muttersorgen-Stimme aus dem Bauch. Und jetzt, wo ich ihn genauer betrachte, bemerke ich auch dunkle Schatten unter seinen Augen.

«Wohin mit dem Koffer?», fragt mein Vater, während er seine helle Freizeitjacke auszieht und sie im Garderobenschrank verstaut.

Voller Sorge um meinen zweiundzwanzigjährigen Sohn, ignoriere ich die banale Frage und herrsche meinen Vater viel zu unfreundlich an: «Was ist hier los? Und bitte, keine dünnen Ausreden. Ich spüre doch, dass etwas nicht stimmt.»

«Jetzt reg dich nicht gleich wieder so auf», versucht Lotte

mich zu beruhigen und schiebt mich Richtung Wohnzimmer. «Hände und Füße hat der Bub ja noch dran, also wird's wohl nicht so schlimm sein.»

Die anderen folgen zögernd.

«Fabian, was ist los?»

Schützend stellt mein Vater sich vor seinen Enkel. «Die Schreinerei musste Insolvenz anmelden, und die Praktikanten *durften* gehen», rückt er dann mit der Botschaft heraus. «Fabian hat mich angerufen und gebeten, ihn wegen des Gepäcks vom Bahnhof abzuholen.»

«Wieso denn dich?»

«Na ja ...», antwortet er zögernd. «Er hatte Angst, du würdest am Bahnsteig in Tränen ausbrechen, weil er die Stelle verloren hat. Und das wäre doch peinlich geworden, oder?»

«Das soll wohl ein Witz sein?» Ich kenne meinen Vater, für eine gute Pointe erzählt er so einiges. «Ich verstehe das alles nicht. Ich meine, Opel macht Pleite oder Karstadt, aber doch niemals eine Schreierei. Handwerk hat immer noch goldenen Boden, auch in Krisenzeiten.»

Fabian zuckt hilflos die Schultern und schweigt.

«Das war vielleicht im letzten Jahrtausend so», erklärt mein Vater. «Heutzutage leiden die kleineren Handwerksbetriebe am meisten unter der globalen Konkurrenz. Wie auch immer», er klopft Fabian auf die Schultern. «Fakt ist, er muss sich nun um einen anderen Praktikumsplatz kümmern oder sich umorientieren. Und jetzt sei so lieb, Rosemarie, mach uns einen Kaffee und, wenn möglich, auch ein paar Schnittchen, damit wir besprechen können, wie es weitergeht.»

Allein in der Küche, lehne ich an der Arbeitsplatte und starre einfach nur ins Leere. So langsam häufen sich die Katastrophen wie die Schmutzwäsche einer Großfamilie. Aber die Dreckwäsche hätte ich in kürzester Zeit wenigstens wieder sauber im Schrank. Meine Zukunftspläne hingegen muss ich wohl erst mal vergessen, signalisiert mir mein Bauchgefühl. Fabian wird sicher auch hier wohnen wollen, wo soll er denn sonst hin?

Warum ausgerechnet jetzt?, murmle ich kraftlos und starre die Kaffeemaschine an. Das blöde Ding will sich einfach nicht alleine in Gang setzen. Alles hat sich gegen mich verschworen! Dabei begann der Tag so schön.

Ob ich einfach verschwinde? Ganz egal, wohin. Wer nicht da ist, dem kann nichts geschehen. Vielleicht kann ich einfach meine Koffer packen und Lotte den ganzen Schlamassel überlassen.

Ein ungeduldiges Klopfgeräusch an der Durchreiche holt mich zurück in die Realität.

«Liebchen, brauchst du Hilfe?»

Da ich nicht antworte, stürmt Lotte kurz darauf persönlich in die Küche. «Was ist denn los?»

«Nichts, alles in bester Ordnung», schwindle ich tapfer. «Ich hab's gleich, muss nur noch ein paar Brote belegen.»

Resolut stemmt Lotte ihre Fäuste in die rosa Flauschhüften. «Das können die Jungs auch schön selber machen. Wo ist das Tablett?», fragt sie. «Wir packen alles drauf, stellen es auf den Tisch und wünschen ihnen guten Appetit. Mehr Service gibt es nicht. Und wem das nicht gefällt, der kann ja in die Kneipe wechseln.»

Ich starre sie an wie eine Fremde, bis ich begreife, dass Lotte mir soeben einen kleinen Hausfrauenstreik vorgeschlagen hat. Aus ihrem Mund klingt es zwar befremdlich, weil sie sich damit ja selbst schadet, aber warum nicht. «Du hast recht!», antworte ich dann. «Richten wir alles hübsch auf einem Tablett an.»

Mit Lotte an meiner Seite dauert es natürlich doppelt so lang, bis alles vorbereitet und der Tisch gedeckt ist. Beobachtet von zwei ungeduldigen Männern, wird mir klar, dass

Fabians Erziehung einige Lücken aufweist. Seinen Hang zur Bequemlichkeit habe ich durch mein ständiges Bemuttern wohl selbst verschuldet.

Als ich die Sachen auf den Tisch stelle, ernte ich irritiertes Schweigen. Aber es fühlt sich gar nicht mal so übel an, nicht immer allen alles recht machen zu wollen, finde ich.

Mein Vater zieht verdutzt die Stirn kraus. Derart improvisierte Gerichte kennt er nicht von mir. Zu meinem Erstaunen verkneift er sich aber jeglichen Kommentar und wendet sich an Lotte. «Haben wir euch durch unser Erscheinen von einer wichtigen Verabredung abgehalten? Ihr wart ja in Hut und Mantel sozusagen.»

John! Den habe ich über der ganzen Aufregung doch tatsächlich vergessen.

«Ich muss mal kurz telefonieren und Bescheid geben, dass wir uns verspäten», erkläre ich und erhebe mich wieder. «Lotte kann dir ja inzwischen berichten, was wir vorhaben.»

Um beim Telefonieren ungestört zu sein, verziehe ich mich ins Schlafzimmer.

«Rosy!?», meldet er sich nach einigen Klingelzeichen.

«Hallo, John.» Plötzlich weiß ich gar nicht mehr, was ich sagen soll.

«Schön, dass du anrufst. Ich wollte mich auch gerade melden, um zu fragen, ob ich euch abholen soll.»

«Äh … ja, also … den Besichtigungstermin …», stammle ich. «Den müssen wir leider verschieben.»

«Lotte hat es sich anders überlegt?»

«Nein, nein», beruhige ich ihn. «Wir wollten quasi schon das Haus verlassen, als Fabian in Begleitung meines Vaters …» Ich stocke und überlege, ob ich John mit Einzelheiten langweilen soll. «Na ja, er hat einige Probleme im Gepäck.»

Ich vernehme einen enttäuschten Seufzer. «Ach, und ich dachte schon …»

Er ist zu Recht sauer, weil erst alles hopplahopp gehen soll, und dann sage ich ab. Da wäre ich auch angefressen. «Glaub mir, John, niemand bedauert mehr als ich, dass wir unsere Verabredung verschieben müssen», versichere ich ihm. «Aber wir holen das nach, ganz bestimmt.»

«Ja, ja», antwortet er knapp und verabschiedet sich.

«Ich melde mich, sobald ich weiß, wann …», verspreche ich, doch da hat er schon aufgelegt.

Im Esszimmer sitzt die Runde vergnügt am Tisch. Es sieht nicht gerade so aus, als würden hier unlösbare Probleme besprochen.

«Also, Fabian», liebevoll streichle ich meinem Sohn über die Schulter. «Was ist passiert?»

«Opa hat dir doch schon alles erzählt», antwortet er ausweichend, schiebt sich ein Stück Salamibrot in den Mund und murmelt kauend: «Mmm … Mehr kann ich im Moment …»

«Wie? Du verlierst deine Praktikumsstelle, und das kratzt dich nicht weiter?», frage ich irritiert. «Was ist denn aus deinen Plänen geworden? Die Bauhaus-Universität in Weimar? Es war doch dein sehnlichster Wunsch, dort zu studieren.»

«Mama, jetzt mach doch kein Drama draus! Ich bin nicht der einzige Praktikant des Landes, der seine Stelle verliert. Das ist kein Weltuntergang. Und ich habe ja auch nicht gesagt, dass ich das Studium sausenlasse.» Mit zusammengekniffenen Brauen streicht er Butter auf ein weiteres Stück Vollkornbrot. «Es ist lediglich eine kleine Unterbrechung von ein paar Wochen. Bleib cool. Das wird schon.»

Der letzte Satz könnte von Lotte sein. Ich werfe ihr einen fragenden Blick zu. Sie zuckt aber nur unschuldig mit den Schultern und widmet sich wieder ihrem geliebten Schinkenbrot.

«Rosmarie, nun iss doch eine Kleinigkeit», mischt Papa sich ein und schiebt mir die Wurstplatte zu. «Das beruhigt.»

«Ja, essen hilft», stimmt Lotte Herbert zu und lächelt ihn verzückt an.

Halbherzig gieße ich mir Kaffee ein. Ob Koffein gegen mein mulmiges Gefühl viel ausrichten kann? Wieso war John bloß so kurz angebunden? Ob er sauer ist, weil ich den Besichtigungstermin abgesagt habe? Nein, das wäre doch ziemlich kindisch. Ich werde ihn nachher anrufen und einen neuen Termin vereinbaren. Jetzt muss ich mich erst mal um meinen Sohn kümmern.

«Na gut, nennen wir es Künstlerpech», sage ich und bemühe mich um einen leichten Plauderton. Ich will mir nicht anhören müssen, ich sei paranoid.

«Ich kann mich ja mal in meinem Lieblingsbaumarkt umhören.» Der Vorschlag kommt von meinem Vater. «Dort bin ich mit dem Geschäftsführer per Du. Der Mann kennt doch bestimmt jede Menge Schreinereien.»

«Tolle Idee, Herbert», sagt Lotte voller Bewunderung.

«Ach, Opa», wehrt Fabian ab. «Vielen Dank für das Angebot. Aber ich brauch erst mal 'ne Auszeit.»

«Auszeit? Du sprichst von Urlaub, oder?», frage ich.

«Nee, nicht so direkt Urlaub.» Er lehnt sich bequem zurück und wischt sich mit dem Handrücken über den Mund.

Es fällt es mir schwer, gelassen zu bleiben. Doch ich bezwinge meine Ungeduld, sehe ihn nur gespannt an und warte auf weitere Informationen. Wenn ich Fabian nämlich anbrülle, verstummt er völlig. So robust mein Sohn äußerlich wirkt, so sensibel ist er. Vom ersten Atemzug an war er das. Schwer wie ein vier Wochen alter Säugling kroch er aus meinem Bauch, brüllte sofort los und war erst ruhig, als er wohlversorgt in meinen Armen lag.

«Ich beabsichtige, auf die Walz zu gehen», verkündet er schließlich und blickt herausfordernd in die Runde.

«Auf die Walz?», wiederhole ich verblüfft.

«Ja, was denn für eine Walz?» Neugierig schiebt Lotte ihr Schinkenbrot zur Seite.

Auch mein Vater, der Fabian direkt gegenübersitzt, beugt sich interessiert nach vorn. «Seit wann gehen Praktikanten, die gerade mal ein paar Monate in den Schreinerberuf reingeschnuppert haben, auch auf die Walz?»

«Ich nenne es nur Walz, weil ich es einfach endcool finde», erklärt er und grinst. «Ich möchte mit einem Schiff nach Amerika und dort Erfahrungen sammeln. Einfach mal ein paar Monate durch das Land reisen. Und wo es mir gefällt, bleibe ich eine Weile.»

Einen Augenblick bin ich sprachlos. Ich hoffe, dass es nur einer seiner übermütigen Scherze ist. Mein Zweitältester war schon immer zu Späßen aufgelegt. Als er zehn war, hat er einen Nagel an seinem Stammplatz in den Esstisch geschlagen, damit sich kein anderer dort hinsetzt.

«Das meinst du nicht ernst, oder?», frage ich nach.

«Todernst!», antwortet er.

«Amerika? Kommt nicht in Frage», platzt es aus mir heraus. «Auf gar keinen Fall.»

«Wegen der Kohle musst du dir keinen Kopf machen, Mama. Für den Hinflug hab ich was gespart, und den Rest verdiene ich mir drüben», versucht er meine mütterlichen Bedenken zu zerstreuen. «Als Schreiner kriegt man doch überall Jobs. In den USA sowieso. Dort sind alle superscharf auf deutsche Handwerker, weil wir so gut ausgebildet sind.»

«Ich mach mir keine Gedanken ums Geld», schnappe ich zurück. Die finanzielle Seite ist meine geringste Sorge. Es ist die Vorstellung, dass er mutterseelenallein durch ein gefährliches Land fährt, die mir Angst einjagt. Zahllose Amokläufer beweisen doch, dass man im Land der unbegrenzten Möglichkeiten Schusswaffen wie Kaugummi erwerben kann. Wie schnell gerät er da in eine Schießerei und kommt dann im Sarg nach Hause. «Wenn du unbedingt Erfahrungen sammeln willst, warum nicht nach Österreich oder in die Schweiz? Aber die Staaten allein zu bereisen, finde ich einfach zu …»

«Gefährlich?» Fabian schaut mich spöttisch an. «Du guckst zu viel Fernsehen.»

«Ich begleite ihn», mischt Lotte sich aufgeregt ein, als stünde sie bereits winkend an der Reling eines Überseedampfers.

Auf diesen Vorschlag erntet sie von ihrem Enkel ein unwilliges Schnaufen.

Von mir bekommt sie noch einen genervten Blick dazu. Dass sie sich um ihr Urenkelchen kümmern wollte, scheint sie vollkommen vergessen zu haben. Sie wechselt ihre Meinung tatsächlich im Minutentakt.

Abwehrend hebt sie die Hände. «War nur ein gutgemeinter Vorschlag.»

«Mir gefällt die Idee einer Amerikatour auch», pflichtet mein Vater ihr bei. Dann sieht er mich an. «Würde es dich beruhigen, wenn ich auch mitfahre, Rosemarie?»

Bevor mir zu dieser Gruppenreise die richtigen Worte einfallen, springt Fabian plötzlich von seinem Stuhl auf.

«Vielleicht auch noch auf 'nem schicken Kreuzfahrtschiff, und abends Kapitäns-Dinner bei Kerzenschein?», schleudert er uns erbost entgegen und grummelt was von: «Komplett verrückt … oder auf Droge …» Dann stürmt er aus dem Zimmer.

Befremdet sehe ich ihm hinterher, und mir wird ganz wehmütig zumute. Aus dem sensiblen kleinen Jungen ist ein Mann geworden, der offensichtlich genau weiß, was er will.

«Was hat er denn?», wundert sich Herbert. «Ich würde doch nie mit tattrigen Rentnern durch die Gegend schippern wollen. Du vielleicht?» Fragend sieht er Lotte an.

«Auf keinen Fall!», erwidert sie und lacht. «Aber wie wär's mit einem Bananendampfer, als blinder Passagier?»

Nach diesem Vorschlag schmachtet mein Vater sie so verliebt an, als habe sie seine geheimsten Wünsche erraten. «Das war schon immer mein Traum. Woher wusstest du das?»

«Ach», antwortet sie mit laszivem Augenaufschlag. «Ich kann hellsehen.»

Nicht zu fassen! Ich hingegen sehe schwarz für den Hausfrieden, wenn ich mir dieses Nonsensgeplänkel über Bananendampfer und Hellseherei noch länger anhören muss.

12

Nach dem verunglückten Start in den Tag verziehe ich mich in den Keller – offiziell zum Wäschewaschen. Natürlich bezweifelt niemand meine Absicht. Schließlich wartet Papas Wäsche auf mich, und auch Fabians Reisetasche war prall gefüllt mit schmutzigen Klamotten. In Wahrheit ist es nur ein Vorwand, um in Ruhe nachzudenken. Nachdem das Haus fast bis unters Dach voller Menschen ist, bleibt nur noch das Untergeschoss. Hierher verirrt sich kaum jemand – denn hier wartet Arbeit.

Mein Zweitältester hat sein altes Kinderzimmer in Beschlag genommen. Er ist nur ein Mal kurz aufgetaucht, als er ein Stück Kaminholz zum Schnitzen suchte, und hat dann verkündet, er wolle seine Zukunftspläne überdenken. Genau wie ich. Deshalb verdränge ich auch, dass Lotte die Küche aufräumt. Allzu viel kann sie hoffentlich nicht anstellen, Papa ist dabei, endlich die Spülmaschine zu reparieren, und hat sie im Auge.

Seufzend beginne ich die Wäsche zu sortieren. Ich darf mich durch Fabians Auftauchen nicht von meinem Ziel abbringen lassen, denke ich. Es war doch schon wieder in greifbarer Nähe. Es muss einfach einen Weg geben, meine Sippe anderswo unterzubringen, murmle ich gerade beschwörend vor mich hin, als ich Schritte auf der Treppe vernehme.

«Liiiebchen!»

Tja, ungestörte Momente sind wohl ab sofort gestrichen, stelle ich resigniert fest. Irgendein Familienmitglied wird mich immer mit einem Anliegen stören. Und schon erscheint Lotte verlegen lächelnd im Türrahmen.

«Sag mal, Liebchen, ist in der Maschine noch Platz für ein, zwei Teilchen?» Mit unschuldiger Miene hält sie ein dickes Wäschebündel in den Armen, das definitiv nach mehr als zwei *Teilchen* aussieht.

«Na klar, immer her damit», antworte ich, weil es darauf nun auch nicht mehr ankommt. «Mimi packt das schon.»

«Mimi?»

«So haben die Kinder unsere Waschmaschine genannt», erkläre ich. In der Erinnerung an die Namenswahl und den darum entbrannten Streit zwischen den Kindern entschlüpft mir ein verträumtes Lächeln. «Charlie wollte sie *Terminator* nennen und Fabian K.I.T.T., nach dem sprechenden Auto in *Knight Rider*. Gelöst wurde das Problem durch Streichhölzer ziehen. Julianes *Mimi* gewann.»

«Was Kinder doch für eine goldige Phantasie haben», entgegnet Lotte. «Mein Rasierapparat heißt übrigens Toni.»

«Toni?», wiederhole ich und starre sie verwirrt an, entdecke aber keinen Damenbart. Jedenfalls ist auf ihrer Oberlippe nicht mal ein dunkler Schatten zu sehen. Das kann aber auch an dem schummrigen Kellerlicht liegen.

Als sie meine Irritation bemerkt, lacht sie auf. «Den benutze ich doch für die Beine», erklärt sie dann. «Und Toni ist die Abkürzung von Remington.»

«Ach so.» Ich deute auf einen leeren Wäschekorb, da sie ihr Bündel immer noch umklammert hält. «Wirf dein Zeug doch da rein. Ich sortiere es später, zusammen mit der anderen Wäsche.»

Sie lässt ihre Sachen in den Korb plumpsen. «Ach was, Sortieren ist unnötiger Aufwand», sagt sie dabei. «Wasch einfach alles zusammen in einem Gang. Es ist ja nur Buntes, und wenn sich tatsächlich was verfärbt, entsteht vielleicht ein lustiges Muster. Auf die Weise komme ich zu einem neuen Kleidungsstück, ohne auch nur einen Cent dafür ausgeben zu müssen. Wo wir doch so knapp bei Kasse sind», setzt sie noch hinterher.

Was heißt hier: *Wir* sind knapp bei Kasse! Erwartet sie etwa, dass ich sie durchfüttere *und* obendrein noch einkleide? Aber zu ihrer umwerfenden Logik fällt mir kein plausibles Gegenargument ein. «Hm, ich weiß nicht», murmle ich missmutig und betrachte die gefüllten Wäschekörbe.

«Meiner Erfahrung nach ergibt die Menge zwei Trommeln Buntes bei niedriger Temperatur und eine mit weißer Wäsche bei sechzig Grad», antwortet Lotte.

«Ich meine nicht die Wäsche», erwidere ich genervt und fülle Waschpulver ein. Ich will sie gerade fragen, ob sie das Waschen nicht übernehmen möchte, wo sie ganz offensichtlich Profi ist, als lautes Stimmengewirr zu uns in den Waschraum dringt.

«Besuch?», schließt Lotte aus dem Lärm.

Wer immer das sein mag, hoffentlich möchte er nicht zu mir. «Erwartest du jemand?», frage ich bange.

«Eigentlich nicht. Aber ich liebe Überraschungen», zwitschert sie aufgeregt und saust davon.

Ich kann Überraschungen nicht ausstehen, knurre ich beim Einstellen der Waschtemperatur. Mein Bedarf an unerwarteten Besuchen, Überraschungen und sonstigen Neuigkeiten ist für die nächsten zehn Jahre gedeckt. Mindestens.

«Rooosy, komm schnell nach oben», höre ich Lotte dann auch prompt kreischen.

Ihrem Geschrei folgt ein: «Mama, wo bist du?» von einer hellen Frauenstimme, die jemandem gehört, der eigentlich außer Landes sein müsste.

Quatsch, mein Gehör hat mich getäuscht, versuche ich mich selbst zu beruhigen. Das kann unmöglich Juliane sein.

Doch auf dem Weg nach oben ins Erdgeschoss fühle ich ein seltsames Kribbeln in der Magengegend, das von Stufe zu Stufe intensiver wird. Oben angekommen, sehe ich meine Vorahnung bestätigt.

«Hallo, Mama!»

Umringt von Fabian, Charlie und Marie, Lotte und Herbert, strahlt mich meine Tochter mit ihrem schönsten Lächeln an.

«Sieh nur, wer uns besuchen kommt», freut sich Lotte und hakt Juliane unter.

Ja, ich sehe, dass mein «Überraschungsei» es wieder mal geschafft hat, mich zu verblüffen. Das begann schon vor ihrer Geburt. Unser heißersehntes kleines Mädchen kam zwei Wochen vor dem errechneten Termin als Sturzgeburt zur Welt. Aber genau wie damals freue ich mich auch jetzt riesig über ihre Ankunft und strecke meine Arme nach ihr aus.

Nach ausgiebiger Umarmung gestatte ich mir dann aber doch die Frage: «Warum hast du nicht angerufen? Ich hätte dich doch vom Flughafen abgeholt.»

Charlie legt den Arm um seine Marie. «Das haben wir erledigt.»

Juliane nickt mit unschuldiger Miene. «Ich wollte dich überraschen. Und du bist doch sowieso immer zu Hause, Mama.»

Richtig! Wie konnte ich das nur vergessen? Bei mir muss sich ja niemand anmelden!

«Na, die Überraschung ist dir nicht zum ersten Mal gelungen», lächle ich gequält und betrachte sie eingehend. Sie trägt hautenge hellbeige Popelinhosen mit Umschlag und ein Shirt mit Blazer, beides in Weiß. Dazu hellbraune Plateausandalen mit Keilabsatz, wie sie in den Siebzigern schon mal Mode waren. Und das glatte lange Haar glänzt wie in einem Werbespot. Überhaupt erinnert sie mich an ein Model. «Chic siehst du aus … Und so …»

«Italienisch!», hilft sie mir auf die Sprünge.

Ich wollte eigentlich «verändert» sagen. Meine Jüngste hat

offensichtlich zwei große Leidenschaften aufgegeben. Einmal die Musik, denn ich sehe keine Ohrstöpsel, die zu einem iPod führen, und die Nascherei. Sie war ein Schokoholic, wie es neudeutsch heißt, und deswegen immer etwas zu moppelig.

«Du glaubst ja gar nicht, wie chic die Italienerinnen sind», berichtet Juliane mit leuchtenden Augen. «Sogar Marktfrauen kleiden sich trendy und tragen modische Frisuren. Nicht so wie hier –»

«Wie auch immer», unterbreche ich ihren Redeschwall, bevor sie auf mich in meinem Jogginganzug losgeht. Die Frage, wie man es schafft, im Land von Pasta und Pizza nicht zu-, sondern abzunehmen, werde ich später klären.

«Wieso stehen wir eigentlich hier im Flur rum?», mischt mein Vater sich jetzt ein.

«Ja, gehen wir doch ins Wohnzimmer», schlägt Lotte vor und wendet sich an Juliane. «Wir wollten sowieso bald zu Mittag essen. Hunger hast du doch bestimmt auch, oder, Kind?»

«Nein danke», antwortet unser Nesthäkchen müde und streicht sich durchs Haar. «Ich bin total verschwitzt, würde lieber erst mal auspacken, dann duschen und mich umziehen.»

Charlie und Fabian erklären, dass sie gerne etwas essen würden. Marie dürstet es nach laktosefreier Milch. Und mein Vater, der in seinen blauen Handwerker-Latzhosen nach schweißtreibender Arbeit aussieht, hat bereits Appetit auf was Deftiges.

«Also, wenn es sowieso etwas zu essen gibt», meldet sich nun Marie mit zartem Stimmchen. «Eine winzige Kleinigkeit würde ich auch essen. Aber kein Fleisch.»

«Marie ist Vegetarierin», erklärt der werdende Vater stolz.

Die versammelte Mannschaft nickt bewundernd, als sei das eine übermenschliche Leistung.

Nur mein Vater, als leidenschaftlicher Fleischesser, verzieht skeptisch den Mund. «Ist das denn gut fürs Baby? Ich dachte immer, Schwangere brauchen viel Eisen.»

«Rote Beete und Spinat haben auch viel Eisen», beruhigt Lotte ihn und tätschelt seine Schulter.

Die Geste scheint zu wirken.

«Dann mache ich mich wieder an die Reparatur der Spülmaschine, die ist nämlich komplizierter, als ich dachte», verkündet er, schnappt sich dann aber entgegen seiner Ansage Julianes Koffer. «Wo soll der hin?»

Ich bin erst mal sprachlos. Hat Lotte ihn bereits mit ihrer Sprunghaftigkeit angesteckt?

«Darf ich mein altes Kinderzimmer beziehen, Mama?», fragt Juliane. «Oder existiert das nicht mehr?»

«Selbstverständlich!», antwortet Lotte für mich. «Hier ist alles unverändert. Und dein Zimmer natürlich auch, das wartet doch immer auf dich.»

Ich bin kurz davor, meine *liebe Familie* anzupflaumen, warum hier eigentlich jeder nach Lust und Laune einfallen und über meinen Kopf hinweg bestimmen kann und ob ich vielleicht auch noch eine Speisekarte nach den Wünschen jedes Einzelnen schreiben soll. Außerdem würde ich gerne wissen, wieso Juliane hier plötzlich auf der Matte steht, wenn in Italien doch angeblich alles so toll ist, als mich ein unheimliches Gepolter aus dem Keller plötzlich aufhorchen lässt. Der darauffolgende dumpfe Knall ist noch beängstigender.

Mimi!

Im Laufschritt nehme ich zwei Stufen auf einmal nach unten.

Keine zehn Sekunden später stehe ich in Seifenlauge. Das Bullauge der Waschmaschine steht offen! Ein Teil der Wäsche ist herausgeschleudert worden, liegt auf dem Fußboden, und Wasser läuft auch immer noch raus. Zum Glück direkt in den Abfluss.

Aber wie konnte das geschehen? Ich drücke die Bullaugentür doch immer ganz fest zu. Davon abgesehen: Wie kann so eine Tür mitten unterm Waschgang aufspringen? Das ist doch ein Konstruktionsfehler.

«Altersschwäche», erklärt mein Vater wenig später, der auf mein Hilfe-Gebrüll sofort angerannt kam. Nach eingehender Begutachtung hat er den Fehler gefunden. «Der Verschlusshaken war aus Kunststoff. Ich tippe mal auf Materialermüdung.»

Altersschwäche!? Materialermüdung!? Ich bin mindestens dreißig Jahre älter als dieses blöde Teil, auch müde und schlapp von der ständigen Inanspruchnahme meiner Blutsaugerfamilie, würde ich ihn gerne anbrüllen. «Und jetzt?», frage ich stattdessen.

«Wie alt ist die Maschine denn genau?», will er wissen.

«Ungefähr fünfzehn Jahre. Kurz bevor Juliane in die Schule kam, haben wir sie angeschafft», antworte ich.

Er legt die Stirn in Falten und kratzt sich nachdenklich am Kopf. «Oh, oh, oh.»

Sein Ton gefällt mir gar nicht. Er klingt beängstigend nach Totalausfall der wichtigsten Maschine im ganzen Haushalt. Ohne die geht hier gar nichts. Und das wiederum löst eine albtraumhafte Vorstellung bei mir aus: Wie eine Frau aus dem vorigen Jahrhundert stehe ich am Trog und wasche den riesigen Wäscheberg meiner Großfamilie auf einem altertümlichen Waschbrett, bis mir Schwimmhäute zwischen den Fingern wachsen. Zwischendurch koche ich Essen für mindestens zehn Personen. Falls der Herd auch noch streikt, in großen Kesseln an einer offenen Feuerstelle im Garten. Das Geschirr muss von Hand gespült werden, denn auch die Spülmaschine war nicht mehr zu retten. Und abends mache ich mich dann noch ziemlich erschöpft auf die Socken, um frisches Futter für meine Lieben ranzuschaffen.

«Papa, mal bitte nicht den Teufel an die Wand», flehe ich eindringlich und füge noch an: «Wenn das Ding kaputt ist, betrifft dich das auch.»

Mein Vater lässt sich nicht aus der Ruhe bringen. Er beugt sich erneut zur Begutachtung des Schadens über das Bullauge und wendet sich nach einer gefühlten Ewigkeit wieder mir zu. «Gesetzt den Fall, es gibt tatsächlich noch Ersatzteile für dieses Ururaltmodel, kann ich sie frühestens am Montag besorgen.»

Erleichtert seufze ich auf. «Na, das kann ich abwarten.»

«Freu dich nicht zu früh», dämpft er meine Hoffnung. «Fünfzehn Jahre sind eine sehr lange Zeit.»

Als ob ich das nicht wüsste.

Als Papa gegangen ist, krame ich nach dem Handy in meiner Hosentasche, um mein Glück beim Reparaturservice zu versuchen. Vielleicht gibt es ja einen Wochenend-Notservice. Ich will gerade die Nummer suchen, als es klingelt.

Auf dem Display sehe ich: John ruft an.

«Hallo, Rosy», höre ich seine warme Stimme.

Ich seufze erleichtert: «Hallo, John. Es tut mir leid, dass ich beim letzten Mal so –»

«Ist alles in Ordnung?»

«Ähm, ja», versichere ich und erkläre ihm meine familiäre Ausnahmesituation.

Er nimmt es mit Humor, und meinem Gefühl nach ist er auch nicht mehr sauer wegen meiner Absage für die Wohnungsbesichtigung.

«Hast du morgen Nachmittag schon etwas vor, Rosy?», erkundigt er sich vorsichtig.

Mir schießt sofort der Blutdruck hoch. «Warum fragst du?»

«Ich habe nämlich eine große Bitte an dich», antwortet John.

«Eine Bitte?», wiederhole ich. Ich kann mir bei aller Phantasie nicht vorstellen, was ausgerechnet ich für ihn tun könnte.

«Es wird dir Spaß machen», versichert er mir und fleht mich inständig an, nicht nein zu sagen. «Ich bin in einer verzweifelten Lage, Rosy, aus der nur du mich befreien kannst.»

Als John ausführlich die Einzelheiten erläutert, fehlen mir erst mal die Worte.

13

Kurz vor meiner Verabredung mit John erreiche ich das Viertel rund um das Schwabinger Krankenhaus. Die Gegend ähnelt der unseren. Kleine schmucke Einfamilienhäuser neueren Datums zwischen alten großen Villen, umgeben von gepflegten Gärten hinter Hecken oder weißlackierten Zäunen. Und kein Verkehr. Hier fährt höchstens mal ein Anlieger durch. Einen Geschwindigkeitsrekord wird man in der Wohngegend aber nicht mal bei Missachtung der 30er-Zone brechen können. Die kleinen Straßen sind teilweise noch mit Kopfsteinpflaster belegt und kaum fünfhundert Meter lang. Ehe man richtig Gas gegeben hat, muss man schon wieder auf die Bremse treten.

Wie ich beim Einbiegen in die Mottlstraße sehe, erwartet mich John am Gartenzaun. Er trägt einen anthrazitfarbenen Anzug, wieder die schwarze Ledertasche über der Schulter und eine Sonnenbrille.

Aufgeregt halte ich vor dem Haus, stelle den Motor ab und steige aus dem Wagen. Mein Bauchgrummeln signalisiert mir, dass es jetzt ernst wird.

Johns dringende Bitte bezog sich nämlich auf eine Hausbesichtigung. Eine Mitarbeiterin war wegen einer schweren Grippe ausgefallen. Ausgerechnet heute hat er zwei Termine zur selben Zeit für zwei unterschiedliche Objekte. Absagen wollte er aber keinem der Interessenten. Deshalb hat er mich um Hilfe gebeten. Im ersten Moment dachte ich nur an meine Blutsaugersippe, die mit Lottes Unterstützung garantiert irgendeinen Unsinn anstellen würde, und wollte sofort ablehnen. Aber dann sagte ich mir, warum nicht. Außerdem ist es eine prima Gelegenheit, in die Maklerbranche reinzuschnuppern.

Zugegeben, die Aussicht, John wiederzutreffen, war das überzeugendste Argument.

Geschäftig streckt John mir die Hände entgegen. «Hallo, Rosy! Vielen Dank, dass du mir aus der Patsche hilfst.» Und anstatt mich zu umarmen oder mir wenigstens ein flüchtiges Küsschen auf die Wange zu hauchen, tritt er einen Schritt zurück und mustert mich. «Du siehst sehr professionell aus.»

Ich bedanke mich lächelnd. Es hat sich also gelohnt, mich heute Morgen noch mit Suse bei «Maendler» zu treffen. Ich wollte zu diesem wichtigen Termin einfach nicht in meinen ollen Hausfrauen-Klamotten auftauchen. In dem karamellfarbenen, zweiteiligen Kleid, das ich in Suse Lieblingsboutique erstanden habe, fühle ich mich jetzt wie eine richtige Business-Frau.

Dass mich die Verwandlung von der Vorstadthausfrau zur erfolgreichen Karrierefrau ein kleines Vermögen gekostet hat, verdränge ich lieber. Der Zweck heiligt die Verschwendung!

Für einen süßen Augenblick lasse ich mich in einen Tagtraum fallen, in dem John und ich dieses Haus als verliebtes Paar betreten, um es für uns zu erwerben und …

«Wie geht's der Familie?», erkundigt sich John unvermittelt und reißt mich aus meinen rosaroten Phantasien.

«Ähm … danke. Gestern Nachmittag kam auch noch meine Tochter Juliane überraschend aus Italien zurück. Sie hat ihr Studium abgebrochen und wird vorerst auch im Haus wohnen», erkläre ich. «Die Familie ist sozusagen wieder komplett», scherze ich.

John hebt die Brauen. «Aha», antwortet er einsilbig.

Als ich seinen kühlen Blick registriere, überlege ich, ob sich seine Frage eher auf sein Wohnungsangebot für Lotte und das junge Paar bezogen hat.

«Von Lotte soll ich dich übrigens ganz herzlich grüßen und dir für deine Mühe danken», schwindele ich eilig. «Ich persönlich hoffe, dass sie und die Kinder sich bald für die Wohnungen entscheiden.»

«Schon gut, Rosy», entgegnet John. «Es war ja nur ein unverbindlicher Vorschlag. Du musst deshalb kein schlechtes Gewissen haben.»

Johns Antwort klingt bemüht freundlich und steht im krassen Gegensatz zu seiner genervten Miene. Offensichtlich hat er genug von mir und meiner Sippe. Verständlich. Doch die Fronten sind damit wohl auch geklärt.

«Aus welchem Jahr stammt das Objekt?», wechsle ich deshalb das Thema in geschäftsmäßigem Ton. Ich hoffe, er merkt, wie wichtig mir die Angelegenheit ist. Aber auf keinen Fall soll er mir meine Enttäuschung wegen seiner reservierten Haltung anmerken.

«Es wurde 1923 erbaut, ist also etwas jünger als euer Haus», antwortet John in ebenso nüchternem Tonfall, als wären wir lediglich Arbeitskollegen. Als müsste er mich einarbeiten. Als hätte er unseren leidenschaftlichen Kuss längst vergessen. Er fischt einen Schlüsselbund aus seiner schwarzen Ledertasche und weist mit der Hand in Richtung Eingang. «Lass uns reingehen.»

Durch einen gemauerten Torbogen führt ein Steinplattenweg zu einer halbrunden Treppe mit fünf Stufen zu der breiten Haustür. Stufen und Weg sind fast vollständig von Moos überwuchert. Wirkt irgendwie romantisch, finde ich. Den Interessenten werde ich natürlich sagen, dass sich Moosbefall problemlos mittels Sandstrahler-Reinigung entfernen lässt. Um diese Arbeit haben sich meine Jungs immer gestritten.

John schließt die ramponierte Doppeltür aus dunklem Holz auf. Unangenehmer Mief schlägt uns entgegen. Abgestandene Luft von der schlimmsten Sorte. Eine Mischung aus

Staub, Feuchtigkeit und Küchengerüchen. Kein Zweifel, hier wurde seit Ewigkeiten kein Fenster geöffnet.

Ich folge ihm in eine hallenartige Diele, deren heller Marmorboden reichlich Risse aufweist. An den Wänden klebt verblichene grau-schwarze Streifentapete. An einer Stelle erkennt man die dunklen Umrisse einer Kommode sowie die eines Spiegels. Nahe des Eingangs baumelt eine Messing-Hutablage im Stil der 50er-Jahre an der letzten Schraube. Bogenförmige Türen führen zu den Zimmern, und über eine breite Steintreppe gelangt man nach oben.

«Wie du siehst –» John wird vom Klingeln seines Handys unterbrochen. Er entschuldigt sich, nimmt den Anruf aber erst nach einem kurzen Blick aufs Display an. Es folgt ein einsilbiges Gespräch, in dem er mit monotoner Stimme nicht viel mehr als einige Male «Ja» sagt und sich dann mit einem «Bis später» verabschiedet.

Das war eindeutig ein privates Telefonat, denn so unfreundlich würde er doch keinen Kunden abfertigen. Ob es eine Frau war?, frage ich mich.

«Ich habe leider nur zwanzig Minuten Zeit, um dir alles zu zeigen», erklärt er nun leicht gehetzt. «Die Interessenten erscheinen um vier. Bis dahin kannst du dich in aller Ruhe nochmal in die Unterlagen vertiefen und dir auch die oberen Räume genauer anschauen.»

Plötzlich ist es Realität. Diese uralte heruntergekommene Villa, die bei näherem Hinsehen tatsächlich einer baufälligen Hütte gleicht, soll ich also heute vermakeln. «Hoffentlich geht das gut», schnaufe ich nervös und fühle meine Aufregung wachsen.

«Warum denn nicht?» Johns Tonfall drückt allerhöchste Verwunderung aus.

Fang jetzt bloß nicht an zu lamentieren, als wärst du noch nie aus deiner Vorstadt herausgekommen, mahnt mich eine

Stimme in meinem Hinterkopf. Mein Bauchgefühl rät mir zu praktischem Verhalten. «Wir sollten die Fenster öffnen», schlage ich daher vor. Denn damit kenne ich mich wenigstens aus.

«Wäre das hier ein Einstellungstest, ginge jetzt der erste Punkt an dich», lobt John mich unerwarteterweise und deutet auf eine Flügeltür. «Da geht's in den Salon und von da aus über eine große Terrasse in den Garten.»

Was John vornehm mit «Salon» bezeichnet hat, entpuppt sich als etwa sechzig Quadratmeter großer düsterer Raum. Erst als wir die klapprigen Holzjalousien der drei Fenster und der zur Terrasse führenden Tür hochziehen, fällt helles Sonnenlicht durch die schmutzblinden Scheiben ein und verwandelt den Raum. Trotz seiner traurigen Schäbigkeit wirkt er mit einem Mal romantisch wie auf einem alten Gemälde.

Einziehen kann man hier erst nach aufwendiger Renovierung, die vermutlich monatelang dauert. Im momentanen Zustand wäre der Raum aber die perfekte Kulisse für einen atmosphärisch dichten Schwarzweißfilm. Ein düsterer Krimi im Stil alter Hollywoodstreifen oder ein Melodram, in dem sich ein Liebespaar heimlich trifft.

«Du schaust so skeptisch», holt mich Johns Stimme aus meinen Reflexionen.

«Äh … nein, nein», leugne ich ertappt und spüre, wie ich rot anlaufe. «Ich habe mich nur gefragt, warum dieses ehemals schöne Haus so vernachlässigt wurde.»

«Bis vor fünf Jahren wurde es von einer alleinstehenden alten Witwe bewohnt», antwortet John. «Als sie verstarb, ging das Anwesen an eine Erbengemeinschaft. Und wie es leider oft vorkommt, führten die einen langen Rechtsstreit. Doch nun soll das Objekt schnellstmöglich verkauft werden. Daher liegt der Preis auch weit unter dem, was man sonst für eine vergleichbare Immobilie in dieser gefragten Gegend ausgeben muss.»

Die wenigen Angaben wecken meine Neugier. Ich würde sehr gerne mehr über die Verstorbene erfahren. Doch John angelt eine graue Mappe aus seiner Tasche und drückt sie mir in die Hand.

«Hier drin, Rosy, befinden sich der Bauplan, ein Exposé und das Gutachten eines Sachverständigen, inklusive detaillierter Erläuterung seiner Ergebnisse», erklärt er mit geschäftiger Miene. «Die Bausubstanz ist zwar alt, aber von bester Qualität, und das Wichtigste: Die Ziegelwände sind trocken. Der Job ist also kinderleicht. Die Interessenten, ein junges Ehepaar, suchen seit langem ein großes Anwesen in dieser Gegend, da beide als Kinderärzte im Schwabinger Krankenhaus beschäftigt sind. Wir hatten das Haus nur mit der Außenansicht online gestellt, da die Innenräume einfach zu verwohnt wirken, wie du ja selbst siehst. Der Zustand sowie die anstehenden Renovierungsarbeiten wurden im Begleittext aber ausführlich beschrieben. Wir sind schließlich ein seriöses Unternehmen.»

«Hmm», murmle ich und schlage den Ordner auf. «Scheint wirklich ein einfacher Job zu sein.»

John nickt aufmunternd. «Deine Aufgabe besteht lediglich darin, die Vorzüge der Immobilie zu betonen. Also die Nähe zum Arbeitsplatz des Ehepaars, die zentrale, aber ruhige Gegend unweit des Englischen Gartens, die unzähligen Einkaufsmöglichkeiten in Schwabing und so weiter. Alle Details findest du im Exposé. Den verwohnten Zustand hingegen versuche herunterzuspielen, vermittle den Interessenten aber gleichzeitig das Gefühl, dass du nichts verschweigst. Dabei unterstützt dich das Gutachten. Seriosität ist ein wichtiger Grundsatz meiner Firma. Und wenn du noch dazu freundlich lächelst, kann gar nichts schiefgehen.»

Puh! Plötzlich klingt es überhaupt nicht mehr einfach. Eher nach trickreichem Agieren und Insider-Phrasen-Dreschen, von denen ich natürlich keine einzige kenne.

«Und wie verhalte ich mich, wenn Fragen auftauchen, die ich nicht beantworten kann?» Unsicher blättere ich in den Papieren.

«Das Exposé lässt eigentlich keine Fragen offen. Notfalls kannst du mich natürlich immer anrufen», beruhigt er mich. «Aber bitte nur, wenn es sich gar nicht vermeiden lässt. Es macht keinen kompetenten Eindruck, wenn du nachfragen musst. Ich habe jedoch keine Bedenken. So wie du mich durch euer Haus geführt hast, wird dir diese Aufgabe nicht die geringsten Schwierigkeiten bereiten. Wahrscheinlich erzielst du schneller einen Abschluss, als du dir jetzt vorstellen kannst. Und deine Provision wird dir doch bestimmt ein Ansporn sein.»

So erfolgssicher, wie John das beschreibt, möchte ich ihm gerne glauben. Dennoch bleibt ein winziger Rest Unsicherheit. Schließlich ist es keine Kunst, jemanden durchs eigene Haus zu führen, in dem man alle Ecken und sämtliche Macken kennt. Dieses hier dagegen habe ich vor fünfzehn Minuten zum ersten Mal betreten.

John blickt nervös auf seine Armbanduhr. «Ich muss los, Rosy. So weit alles klar?»

Sofort verspüre ich ein nervöses Kribbeln langsam vom Magen nach oben steigen. «Keine Zeit mehr, mir die obere Etage zu zeigen?», frage ich leicht panisch.

Er schiebt den Schulterriemen seiner Tasche zurecht und blickt abermals auf die Uhr. «Tut mir leid. Aber wenn ich mich jetzt nicht spute, schaffe ich es nicht rechtzeitig zu meinem Termin.»

Das war's? Ein paar Erklärungen zu der mir bevorstehenden Aufgabe und Schluss! Ich kann nicht genau sagen, was ich beim Wiedersehen nach unserem Kuss erwartet habe. Aber ein verliebter Blick oder eine zärtliche Geste wäre doch das Mindeste. Stattdessen errichtet er eine unüberwindbar hohe Mauer um sich.

Na gut, dann eben nicht. Unnahbar sein kann ich auch. Ab sofort ist er für mich nur noch der Chef. Ich zwinge mich zu einem halbherzigen Lächeln und nicke. «Das verstehe ich natürlich.»

John verabschiedet sich mit flüchtigem Winken, und zehn Sekunden später stehe ich mutterseelenallein in einem heruntergekommen Haus. Für heute bin ich offiziell Immobilienmaklerin. Dass ich zum ersten Mal makle, muss ich ja niemandem verraten. Den Interessenten auf keinen Fall. Oder werden sie meine Unsicherheit spüren?

Darüber denke ich lieber nicht nach. Stattdessen lenke ich meine Aufmerksamkeit auf die vor mir liegende Aufgabe. Und die heißt: mich mit dem Haus vertraut machen. Die Fenster öffnen. Licht reinlassen.

Durch das Öffnen der Rollläden im Obergeschoss wird mein erster Eindruck vom Haus nicht positiver. Beim Blick in den verwilderten Garten entdecke ich einen einsamen Gartenzwerg mit roter Zipfelmütze. Die Kerle scheinen mich ja zu verfolgen. Oder habe ich in der Abgeschiedenheit unserer Vorstadt verpasst, dass Zwerge wieder groß in Mode sind?

Über den deprimierenden Zustand der anderen Zimmer täuscht auch die freundliche Nachmittagssonne nicht hinweg. Vom Standpunkt der Hausfrau aus gesehen, ist das hier eigentlich nicht vorzeigbar, denke ich und nehme mir fest vor: Sollte sich tatsächlich eine dauerhafte Zusammenarbeit mit John ergeben, werde ich auf vorheriges Säubern aller Räume und der Sanitäranlagen drängen. Zumindest besenrein, wie es so schön heißt.

Egal, spätestens in einer Stunde kann ich wieder verschwinden. Länger wird so eine Besichtigung wohl kaum dauern. Und wie mir die Zeiger meiner Armbanduhr melden, müsste das Arztehepaar jeden Moment erscheinen.

Ich sause nach unten und begebe mich als Empfangskomitee vor die Haustür, um meine ersten Kunden mit einem extra netten Lächeln von den Unzulänglichkeiten des Objekts abzulenken.

Zwanzig Minuten später warte ich immer noch auf die potenziellen Käufer. Doch als ehemalige Zahnarztgattin weiß ich ja, wie schnell Ärzte von Notfällen aufgehalten werden können. Großzügig gestehe ich ihnen weitere zehn Minuten zu.

Die Frist verstreicht, ohne dass auch nur ein Wagen durch die kleine Straße fahren würde. In Anbetracht der netten Provision, die John mir zugesichert hat, gedulde ich mich aber eine weitere Viertelstunde.

Dann versuche ich, ihn auf seinem Handy zu erreichen.

Besetzt!

Kurz darauf klingelt mein Handy.

Es ist John.

«Tut mir leid, Rosy», sagt er mit bedrückter Stimme. «Die Interessenten haben mich vor einer Minute angerufen und abgesagt.»

«Wie bitte?», schnaufe ich überrascht. «Das ist ja wohl ein Scherz!»

«Leider nein», bedauert er.

Ich kann es immer noch nicht glauben. «Aber warum?»

«Das Paar hat das Haus von außen gesehen, und danach waren sie nicht mehr interessiert. Allein der verwitterten Fassade nach zu urteilen, käme es nicht in Frage, war ihr Fazit. Sie erwarten in Kürze ihr drittes Kind und suchen etwas, das sofort bezugsfertig ist», erklärt er.

«Tja! Kinder sind die Antwort auf alle Fragen», antworte ich enttäuscht und frage, ob er nochmal zurückkommt.

«Nein, ich bin total im Stress», antwortet er gehetzt. «Ich habe noch eine Verabredung … ähm … einen Termin. Sei doch so nett und schließe das Haus ab.»

«Und was mache ich mit dem Schlüssel?»

«Das eilt nicht. Ich habe noch einen zweiten … Tut mir leid, Rosy, ich muss Schluss machen. Also bis dann», sagt er und legt auf, noch bevor ich mich verabschieden kann.

Eine Frage stelle ich mir nach Beendigung dieses seltsam unpersönlichen Gesprächs aber dennoch: Warum habe ich kein Auto vorbeifahren hören? In dieser Idylle hört man bei geöffneten Fenstern sogar ein Fahrrad.

Oder gibt es vielleicht überhaupt kein Arzt-Ehepaar, und John wollte lediglich testen, wie flexibel ich auf seinen Notruf reagiere? Wie ich mich beim Anblick eines derart baufälligen Objekts verhalte? Und wie geduldig ich auf Interessenten warte? Quasi ein Härtetest für angehende Maklerinnen?

Je länger ich beim Runterlassen der Rollläden darüber grüble, umso plausibler erscheint mir Möglichkeit zwei. Der Grund dafür ist Johns Bemerkung, als ich vorschlug, die Fenster zu öffnen: *Wäre das hier ein Einstellungstest, ginge der erste Punkt an dich!* Deutlicher hätte er es gar nicht sagen können. Dieser «Notfall» war nur ein Test! Keine Ahnung, ob ich ihn bestanden habe. Aber selbst wenn ja, frage ich mich ernsthaft, ob diese Makler-Sache überhaupt das Richtige für mich ist. Stundenlanges Rumstehen ohne Ergebnis ist in meinen Augen nicht gerade ein Traumjob.

Als ich die Haustür abschließe, fällt mir der einsame Gartenzwerg wieder ein. Der Arme. Keine Ahnung, warum, aber plötzlich packt mich das Mitleid. Ich eile um die Ecke und sammle ihn auf. Bei genauerem Hinsehen stelle ich fest, dass es eine Zwergenfrau ist. Besonders fröhlich sieht sie aber nicht aus. Kein Wunder, so ganz allein in einem verwilderten Beet, jedem Wetter ausgesetzt, und nicht mal eine blühende Blume über der roten Zipfelmütze. Im Moment ziehen auch noch dunkle Wolken am Himmel auf, die Regen ankünden. «In meinem Garten wartet ein Bräutigam auf dich», murmle ich und klemme mir die Zwergenfrau nach kurzer Säuberung ihrer erdverschmutzten Füße unter den Arm.

14

Viel Zeit, über das misslungene Treffen mit John zu lamentieren, bleibt mir nicht. Der Hausfrauenalltag wartet in Form des Wochenendeinkaufs. Erst als dieser um kurz nach sechs erledigt ist, bin ich endlich zu Hause.

Zuerst bringe ich die Zwergenfrau in den Garten, platziere sie direkt neben dem Zwergenmann von Lotte und überlege, den beiden Namen zu geben. Vielleicht John und Rosy? Oder lieber Romeo und Julia?

Missmutig transportiere ich dann die vier prallgefüllten Tüten in die Küche und wuchte sie auf die Arbeitsfläche. Wenn ich daran denke, dass die Massen gerade mal fürs Wochenende ausreichen, wird mir übel.

Aus dem Esszimmer vernehme ich plötzlich munteres Stimmengewirr. Offensichtlich sind alle da.

Noch ehe ich die Lebensmittel verstaut habe, öffne ich die Durchreiche und finde die liebe Familie am Esstisch versammelt. Einschließlich Herbert, Charlie und der engelhaft aussehenden Marie. Wie bei einer Tupperparty-Gesellschaft, die sehnlichst auf die Gastgeberin wartet. Damit sie die unzerstörbaren Frischhaltedosen öffnet und knuspriges Gebäck oder Schnittchen daraus reicht.

«Hallo!», grüße ich in die Runde.

«Na endlich. Wo bleibst du denn so lange? Ich bin am Verhungern …» Die Beschwerde kam von Fabian, dem ewig Hungrigen, der als Kind mal in den Kühlschrank umziehen wollte.

«Bei deiner Wampe täte es dir ganz gut, mal eine Mahlzeit ausfallen zu lassen», pflaumt Juliane ihren Bruder an.

Fabian kontert knurrig: «Dürre Ziege», zieht aber sein dunkelgrünes Kapuzen-Sweatshirt über das kleine Bäuchlein.

Mir reicht's! Genervt rolle ich mit den Augen. «Hört sofort mit der Zankerei auf, sonst suche *ich* mir eine Wohnung, und ihr könnt euch alleine vergnügen.»

«'tschuldigung!», murmeln beide nun einträchtig.

Tja! Erziehung hört eben doch nicht mit der Volljährigkeit auf.

Wie ich an den Tellern, Tassen und der Kanne sehe, gab es Tee und Kuchen, doch wenn ich Fabians Wunsch nach Essen richtig verstehe, ist das schon eine Weile her. Warum das schmutzige Geschirr nicht abgeräumt wurde, frage ich besser gar nicht erst.

«Wolltet ihr euch zu Mittag nicht was vom Chinesen kommen lassen?», erkundige ich mich stattdessen gereizt.

Mein Vater blickt auf die Uhr. «Mittag war vor vier Stunden», erklärt er kopfschüttelnd. «Mittlerweile ist Abendessenszeit. Ich habe die Spülmaschine repariert und könnte auch eine Kleinigkeit vertragen.»

Aha! Der Handwerker präsentiert mir die *Rechnung.*

«Was gibt's denn?», wendet sich daraufhin auch prompt der werdende Vater an mich.

Lotte stippt mit spitzem Finger einen letzten Brösel vom Teller und blickt mich dabei anklagend an.

Kenne ich die Szenerie nicht schon? Nur bei anderem Wetter und zu einer anderen Tageszeit. Aber vielleicht bin ich ja auch von den heutigen Ereignissen so verwirrt, und ich erlebe nichts weiter als ein harmloses Déjà-vu.

Plötzlich fühle ich mich wie in einer unerbittlichen Zeitschleife gefangen. Als wäre ich eine Märchenfigur, für die der letzte Satz zum grausamen Fluch wird. *Und wenn sie nicht gestorben sind, dann leben sie noch heute,* bedeutet nichts anderes, als mit endloser Routine gequält zu werden.

Irgendwann bleibt die Zeit einfach stehen. Bestenfalls kann man den Moment selbst bestimmen. Wenn man keine Kinder mehr möchte, die bereits geborenen aus dem Gröbsten raus und gesund sind, beispielsweise. Sie bleiben für immer Schulkinder. Werden nie erwachsen. Werden nie ausziehen. Der Ehemann geht und kommt pünktlich auf die Minute. In dieser Geschichte gibt es natürlich auch keine Scheidung. Alles bleibt …

Moment!

Das einzig Positive an diesem Horrorszenario wäre, nicht älter zu werden. Für immer jung zu bleiben. Keine Falten. Keine grauen Haare. Keine Cellulite.

Ja, das würde mir gefallen! Aber ob so ein Stillstand Spaß macht? Wortlos schließe ich die Durchreiche. Und wage nach einigen Sekunden einen erneuten Blick. Nein. Es war keine Sinnestäuschung. Da sitzen tatsächlich meine drei erwachsenen Kinder, nebst der schwangeren Marie, mein Vater und das kunterbunte Schwiegermonster.

Die Zeitschleife hat mich voll erwischt. Und die Erinnerung an den Abend mit John verblasst mehr und mehr. Die Schmetterlinge im Bauch sind weggeflogen.

Schicksalsergeben mache ich mich ans Einsortieren meines Einkaufs und futtere nebenbei Julianes Schokolade. *Ich* bin ja tatsächlich ausgehungert. Im Gegensatz zu meiner Familie hatte ich nämlich nur Stress – und weder Tee noch Kuchen.

Die Schokolade vertreibt zumindest den ersten Heißhunger. Auf die glücklich machende Wirkung warte ich vergebens. Stattdessen bin ich wütend.

Auf John, für den ein Kuss nichts bedeutet, der sich zwei Tage später schon mit der nächsten Frau verabredet, der mich nur *ausprobieren* wollte. Auf mich, weil ich in meiner grenzenlosen Naivität auf ihn reingefallen bin. Genau wie damals. Und ich bin wütend auf meine Lieben, die bequem am Esstisch sitzen und darauf warten, dass Mama fürs Abendessen sorgt. Von einer Mutter wird erwartet, dass sie kein eigenes Leben hat. Sie kümmert sich nur um ihre Familie. Und das mit vollem Einsatz, ohne Pause und rund um die Uhr.

Die Tür geht auf. Ein blauer Kaftan weht in die Küche. In der Hand trägt Lotte das Tablett mit dem schmutzigen Teegeschirr. Kommentarlos stellt sie es auf der Arbeitsfläche ab, macht aber keine Anstalten, das Zeug in die Spülmaschine einzuräumen.

«Und, wie war die Shoppingtour mit deiner Freundin?», erkundigt sie sich leutselig, wobei sie mich von Kopf bis Fuß mustert. «Fescher Fummel. Steht dir gut, vielleicht ... etwas spießig ...»

«Danke», nuschle ich abwesend und mache mich ans Einsortieren der Lebensmittel. Hoffentlich fängt Lotte nicht an, mich auszufragen. Mir steht der Sinn nicht nach einem Schwätzchen und auch nicht danach, Geschichten zu erfinden. Offiziell war ich den ganzen Nachmittag mit Suse einkaufen. Den Probejob habe ich verheimlicht. Die Familie muss nicht alles wissen. Schon gar nicht, dass alles schiefgegangen ist.

Lotte lächelt aber nur freundlich, während sie aufmerksam jeden meiner Handgriffe beobachtet. «Wenn du hier fertig bist, würdest du dich dann zu uns an den Tisch gesellen?», fragt sie plötzlich. «Wir haben etwas mit dir zu besprechen.»

«Das hört sich ja ziemlich spannend an», erwidere ich ausweichend. «Welche Katastrophe ist denn in meiner Abwesenheit über uns hereingestürzt?»

«Keine, keine», zwitschert sie vergnügt und huscht davon.

Bevor ich ihr folge, ziehe ich noch das neue Kleid aus. «Was für eine sinnlose Investition», murre ich vor mich hin, als ich wieder in die gewohnte Hausfrauen-Hülle aus Jeans und weißer Bluse schlüpfe. Wen wollte ich mit dem schicken Fummel eigentlich täuschen? Die potenziellen Hauskäufer oder John?

Auf den ersten Blick wirkt die Familienversammlung eigentlich ganz friedlich. Nur die fühlbar angespannte Stimmung hängt über den Köpfen wie dunkle Gewitterwolken.

Als ich sitze, ergreift mein Vater das Wort.

«Ich stelle fest, dass nun alle Familienmitglieder versammelt sind. Hiermit ist die Konferenz also eröffnet!», verkündet er hocherhobenen Hauptes. Demonstrativ wischt er mit der Hand über die Tischplatte, als müsse er Platz für wichtige Unterlagen schaffen.

«Wird jetzt geklärt, wer das Essen kocht?», erkundige ich mich belustigt.

«Es geht um die Villa!», antwortet er kühl.

«Moment mal», widerspreche ich gereizt. «Das ist ja wohl eine Angelegenheit zwischen Volker und mir, und die ist längst entschieden. Ich wüsste also nicht, was es noch zu verhandeln gäbe.»

Für diese Äußerung ernte ich anklagende Blicke von der Runde. Stille breitet sich aus. Nur Lotte bleibt gelassen wie Buddhas Weib und faltet die Hände über dem blauen Kaftanbauch.

Die Pause wird von Charlies kräftiger Stimme beendet. «Soma hat mir von *deinem* Makler und den Wohnungen in seinem Haus erzählt», sagt er in anklagendem Tonfall.

«Und, wie findest du die Idee?» Hoffnungsvoll wende ich mich meinem Ältesten zu.

Er tastet nach Maries Hand. «Im Grunde ganz okay.»

«Oh, wie schön!», antworte ich erleichtert. «Dann hast du das Exposé gesehen und möchtest sicher noch diverse Einzelheiten erfahren?»

Doch er schüttelt nur gelangweilt den Kopf. «Daraus wird nix. Wir ziehen in kein Haus, das einem Immobilienmakler gehört, der auch noch selbst drin wohnt. Die Typen sind schlimmer als Kakerlaken. Schröpfen arme Mieter um

Tausende von Euros, ohne auch nur einen Finger krumm zu machen. Eine Wohnung aufzuschließen und bei der Besichtigung anwesend zu sein, ist doch keine echte Arbeit. So was nenne ich Wegelagerei.»

Ach du Schreck. Charlie hat was gegen Immobilienmakler! Wie wird er erst reagieren, wenn er von meinen Einstiegsabsichten in diese Branche erfährt?

«Was für eine total schwachsinnige Verallgemeinerung», ergreift Juliane unerwartet Partei. «Es ist doch nicht damit getan, eine Wohnung vorzuführen. Da hängt doch massenhaft Papierkram dran und Arbeit am Computer und so. Ich kann mir auch vorstellen, dass nicht jede Immobilie so einfach zu verscherbeln ist, wie du glaubst.»

Dankbar nicke ich meiner Tochter zu. Ohne es zu ahnen, verteidigt sie im Grunde ja mich.

«Ah, unser Supermodel hat natürlich voll den Durchblick», blafft Charlie seine kleine Schwester an.

Juliane schlägt die Augen in gespielter Büßermanier nieder. «Oh, Verzeihung», säuselt sie theatralisch. «Mit dem höchst ehrenwerten Beruf des Zahnarztes kann ein ordinärer Makler natürlich nicht mithalten. Aber du weißt schon, dass ihr in früheren Zeiten mal als gewöhnliche Friseure angefangen habt? Da hat man euch noch als *Bader* beschimpft! Wahnsinnig beliebt seid ihr ja immer noch nicht. Ich kenne jedenfalls niemanden, der Zahnarzttermine liebt.»

«Bitte keinen Streit», geht Lotte entschieden dazwischen.

Gelassen hebt Juliane den Kopf. «Das sind nur Fakten!»

Fabian schnauft entnervt. «Dauert diese *Konferenz* noch lange? Mein Magen knurrt.» Er greift sich ein Stück braunen Kandis aus der Zuckerdose und steckt es in den Mund.

«Schluss!», platzt es wütend aus mir heraus. «Ich hab genug von euren ewigen Kabbeleien. Entweder wir unterhalten uns wie Erwachsene, oder ihr fliegt alle raus … Äh … Ich meine, ihr verschwindet auf eure Zimmer», verbessere ich mich eilig.

Eine Hand knallt auf den Esstisch. «Genau! Ruhe oder raus mit euch!»

Ich blicke erschrocken auf. Das war Lotte. Sie unterstützt mich!? Ich bin sprachlos.

Mein Vater klopft mit dem Fingerknöchel auf die Tischplatte. «Darf ich jetzt wieder übernehmen? Sonst geht noch was zu Bruch.»

Weise Worte. Früher flogen nämlich die Spielsachen, wenn die Kleinen in Fahrt kamen.

«Gute Idee, Herbert.» Lotte, die wieder neben ihm sitzt, betrachtet ihn bewundernd. «Du kannst am besten mit der verzwickten Lage umgehen.»

Er lächelt sie geschmeichelt an.

«Was denn bitte schön für eine *Lage*? Und wieso verzwickt?» Langsam reift in mir der Verdacht, dass es sich hier um eine Verschwörung handelt.

Papa holt Luft und verkündet: «Heute Nachmittag erging der einstimmige Beschluss, dass der Hausverkauf erst mal verschoben wird.»

Einstimmig!? Also doch eine Katastrophe in meiner Abwesenheit. Ach was, Super-Gau trifft es genauer.

«Und wer hat das bitte schön beschlossen?», frage ich empört.

«Stell dich doch nicht dümmer, als du bist, Rosemarie», rügt mich mein Vater, ist aber hörbar amüsiert. «Die hier Anwesenden natürlich.»

«Na schön», lenke ich ein. «Die *Anwesenden* wollen also das Haus behalten. Deshalb wurde wohl auch der Fernseher aus meinem Schlafzimmer wieder nach unten transportiert? Denkt bloß nicht, dass mir eure eigenmächtige Umstell-Aktion nicht aufgefallen ist.»

Charlie und Fabian senken wie ertappt die Köpfe. Und Juliane erklärt: «Wäre es dir lieber, wenn wir alle auf deinem Bett abhängen?»

«Eben», unterstützen meine Söhne ihre Schwester in plötzlicher Eintracht. «Fernsehen im Bett ist ungesund.»

Großzügig winke ich ab. «Schon gut, ich wäre nur gerne gefragt worden. Aber zurück zum Thema: Dürfte ich bitte schön eure Gründe für diesen Beschluss erfahren? Immerhin wirft der meine Zukunftspläne über den Haufen.»

Konsterniert werde ich von meinem unter Schmerzen geborenen Nachwuchs gemustert. «Pläne?», wiederholen sie der Reihe nach erstaunt.

Oh! Ich vergaß. Mütter mit eigenen Wünschen oder Zielen sind im Universum der glücklichen Familien nicht vorgesehen. Kämpferisch hebe ich den Kopf und strecke den Rücken durch. «Davon erfahrt ihr noch früh genug.»

Irritiertes Gemurmel macht die Runde. Dann verschafft sich mein Vater mit lautem Räuspern Gehör, als stünde er vor dem Beginn einer Jahrhundertrede à la: Isch-bin-ein-Börliner! «Nun gut, kommen wir zu den Hintergründen. In einem Satz zusammengefasst: Wenn du auf dem Verkauf bestehst, Rosemarie, werden eine Schwangere, deine drei Kinder und ihre Großmutter obdachlos.»

Logisch! Mama ist mal wieder schuld. Aber ich verstehe immer noch nicht. «Wieso obdachlos? Lotte und das junge Paar wären gut versorgt, und Fabian will doch nach Amerika auf die Walz.»

«Und wo bleibe ich?», fragt Juliane schmollend.

«Wieso? Du bist doch glücklich im Land, wo die Zitronen blühen, wo die Sonne immer scheint und die Männer noch wissen, was Romantik ist», erinnere ich sie mit ihren eigenen Worten.

«Italien kann mir gestohlen bleiben», braust sie auf. «Die

Macho-Typen sind doch alle verheiratet und betrügen ihre Frauen. Nein danke. Mit diesem Zitronen-Land bin ich fertig. Basta, finito, verstehst du?» Ihre Wangen glühen vor Zorn.

Basta, finito? Das hört sich doch ganz nach einer unglücklichen Liebe an.

«Und dein Studium?», frage ich.

Sie funkelt mich mit ihren türkisblauen Augen an. «Wer braucht denn heutzutage noch Italienisch? Das spricht man sowieso nur in Italien.»

«So plötzlich?», wundere ich mich.

«Klassischer Fall von Fehlentscheidung», gibt Fabian sein Statement zum Besten. «Ich fand Italienisch immer schon bescheuert. Braucht man nicht mal mehr in Restaurants. ‹Pizza quattro formaggi› kann doch jeder Depp akzentfrei ordern. Lern lieber was Anständiges. Ein Handwerk. Damit kommst du überall auf der Welt durch. Hauswirtschaft, beispielsweise. Kochen, putzen, wa–»

Eine zusammengeknüllte Stoffserviette landet treffsicher an seinem Kopf.

«Widerlicher Macho», schreit Juliane so laut, dass man es vermutlich noch auf der Straße hört. «Du hast natürlich voll den Durchblick … du … du Praktikant!»

Na super, jetzt will Juliane auch noch bleiben!

«Ruhe!», krächze ich, obwohl ich am liebsten laut losbrüllen würde.

«Ja, seid doch bitte etwas leiser», verlangt nun auch Lotte. Dann wendet sie sich mir zu. «Also ich wäre ja wirklich gerne in die Innenstadt gezogen», erklärt sie dann scheinheilig. «Ehrlich. Aber die Situation hat sich doch gravierend geändert, wie du zugeben musst. Und deshalb finden wir eben, dass du den Hausverkauf überdenken und, wenn überhaupt, frühestens in einem Jahr angehen solltest. In der Zeit kann sich viel verändern, und auch das Baby ist dann aus dem Gröbsten raus.»

Entsetzt schnappe ich nach Luft. «Ein Jahr?» Zwölf lange Monate? Dreihundertfünfundsechzig Tage zurück in das alte Hamsterrad? Das ist ja eine Ewigkeit, denke ich und sehe mich zwischen Supermarkt-Einkäufen und Küchendämpfen, mit rotgescheuerten Putzfrauenhänden die Waschmaschine befüllen und in Lichtgeschwindigkeit altern.

«Moment», versucht Lotte mich zu beruhigen. Anscheinend spürt sie meine Wut. «Wir sind auch bereit, eine Gegenleistung zu erbringen! Wir werden das Haus renovieren und es gründlich aufpolieren.» Sie schaut Herbert an, der ihr eifrig zunickt.

Fabian nickt ebenso beifällig. «Frischgestrichene Räume erhöhen den Verkaufswert beträchtlich, Mama. Ich hab gehört, du hättest so etwas bereits erwogen.»

Eigenrenovierung?! Der Spieß lässt sich umdrehen. Das könnte mich retten. «Überschätzt ihr euch da nicht? Das Haus hat drei Etagen, den Keller nicht mitgerechnet, neun Zimmer, dazu die Flure und die Abstellkammer im Dachgeschoss. Außerdem bekommt man Material für eine gründliche Renovierung auch nicht kostenlos. Und was Farben, Tapeten und so weiter kosten, weißt du ja wohl am besten, Fabian.»

Mein Schreinerpraktikant zuckt gelangweilt die Schultern. «Also die Arbeiten sind 'ne Kleinigkeit, Mama. Du hast doch zwei junge, kräftige Söhne.»

«Für das Material würden wir den Betrag beisteuern, den wir bisher für unser Appartement bezahlt haben», bietet Charlie an. «Fabian und Juliane legen ihren Unterhalt drauf.»

Das wird ja immer besser. Ich stehe eine Stunde in einer baufälligen Immobilie rum, und zu Hause bricht buchstäblich alles zusammen. «Mit Volker habt ihr höchstwahrscheinlich auch schon verhandelt?», schließe ich aus dieser Information.

«Das war ich», gesteht Lotte, ohne rot zu werden. «Und damit ich auch einen Beitrag zur Renovierung leisten kann, suche ich mir einen Job.»

Verblüfft mustere ich sie. Dass Frauen ihres Alters in der Arbeitsmarkt-Statistik gar nicht geführt werden, geschweige denn Stellenangebote bekommen, scheint sie nicht zu kümmern.

«Ach, und an was für einen Job hast du gedacht?», frage ich lauernd.

Selbstbewusst blickt sie mich an. «Ich habe am Nachmittag schon mal etwas rumtelefoniert. Eine alte Bekannte hat mir einen Aushilfsjob in ihrem Sonnenstudio angeboten. Das würde vierhundert Euro bringen.»

Das anfangs noch verstohlene Gekicher ihrer Enkel schlägt in fröhliches Lachen um. Fabian klatscht mit den Händen: «Soma managt eine Klappkaribik!»

Juliane zieht die Beine hoch und umfasst sie mit den Armen. «Aber Soma, warst du nicht immer gegen künstliche Sonne, weil man davon Hautkrebs kriegt?»

Diese treffende Kritik quittiert Lotte mit einer überraschenden Lebensweisheit: «In Notsituationen muss man seine Ideale schon mal opfern. Und für die Familie empfinde ich das auch nicht als Verrat. Es gäbe allerdings noch eine andere Möglichkeit …» Sie stockt und lächelt geheimnisvoll.

In Erwartung einer Sensation hält die Runde den Atem an.

Nach einer kleinen Spannungspause verkündet Lotte: «Ich habe Kontakt zum Fernsehen aufgenommen!»

«Echt jetzt?», fragt Juliane ungläubig.

Ich verkneife mir jegliche Bemerkung und denke mir meinen Teil. Wie oder als was sollte Lotte denn beim Fernsehen unterkommen?

«Ja, echt jetzt, und zwar mit Hilfe einer Freundin aus

Hippietagen», antwortet sie stolz. «Deren Tochter arbeitet bei AstroTV, wo der Zuschauer direkt mit Wahrsagerinnen in Kontakt treten kann. Tarotkarten legen oder die Zukunft aus Glaskugeln lesen und all so was. Ich meine, was diese angeblichen Hellseherinnen können, *das* prophezeie ich dir zwischen Wachwerden und Aufstehen. Und zwar um vieles besser. Verzweifelten Menschen eine bessere Zukunft voraussagen und ganz nebenbei gutes Geld verdienen, und das auch noch gemütlich im Sitzen, würde mir gefallen. Außerdem ist *Freude verbreiten* und *Mut machen* gut für mein Karma.»

Eine Sekunde lang herrscht erstauntes Schweigen, das sich dann in amüsiertes Gekicher von den Kindern und schließlich zu lautem Lachen verwandelt.

«Soma, das Glücksorakel!»

Nur Marie, die bisher noch keinen Laut von sich gegeben hat, stöhnt plötzlich auf. «Schatz, ich muss mich hinlegen. Ich hab schreckliche Kopfschmerzen.» Demonstrativ reibt sie sich die Schläfen.

Charlie erhebt sich, hilft seiner Freundin aufzustehen und beschwert sich bei der Runde mit vorwurfsvoller Stimme: «Kein Wunder, bei dem Lärm.»

«Du kannst dich gerne bei mir oben ausruhen», bietet die werdende Urgroßmutter beflissen an. «Eure Zimmer sind ja noch nicht vollständig hergerichtet.»

Mit einem geflüsterten «Danke» lässt sich Marie von Charlie hinausbegleiten.

«Die Arme hat vielleicht Hunger. Soll ich euch schnell –»

«Kriegen wir dann auch endlich was zu futtern?», nörgelt Fabian, noch ehe die werdenden Eltern die Tür hinter sich zugezogen haben.

Doch sein Gejammer wird durch die Türklingel unterbrochen.

«Wer kann das denn sein?», wundert sich Herbert.

«Erwartest du jemand, Liebchen?» Lotte sieht mich mit großen Augen an.

Schulterzuckend erhebe ich mich. «Keine Ahnung», antworte ich wahrheitsgemäß.

Egal, wer da stört. Und wenn es die Zeugen Jehovas sind, ich könnte sie abknutschen, denke ich erleichtert auf dem Weg zur Tür.

Es sind keine Zeugen und kein Staubsaugervertreter. Es ist auch keine Nachbarin, die sich eine Tasse Zucker für den Wochenendkuchen ausborgen möchten.

Vor der Tür steht ein attraktiver Mann mit kurzen grauen Haaren im hellen Regenmantel. Mit einem umwerfenden Lächeln hält er mir eine langstielige weiße Rose entgegen.

15

John!» Verwundert blicke ich ihn an.

Mit seinem Besuch habe ich nun wirklich nicht gerechnet. Und angesichts des Desasters von heute Nachmittag ist meine Überraschung ja wohl verständlich.

«Komme ich ungelegen?» John hält mir die von Regentropfen benetzte Rose entgegen. Als ich sie dankend entgegennehme, sieht er mich mit diesem Blick an, der meinen Widerstand schmelzen lässt wie der Klimawandel die Polarkappen.

«Äh … nein, nein», stammle ich, weil mir jetzt erst bewusst wird, wie unhöflich ich mich benehme. «Bitte, komm doch rein.»

Einen Wimpernschlag lang treten wir im Flur von einem Bein aufs andere. Ich fühle mich, als wäre ich dreizehn, und wage nicht, ihn zu umarmen. John scheint es ebenso zu ergehen. Wir umkreisen uns verlegen mit Blicken, als gelte es, ein Gefühlsduell auszutragen. Wer als Erster spricht, hat verloren.

Nach einer gefühlten Ewigkeit beende ich die Situation mit einer naheliegenden Frage: «Möchtest du ablegen?»

«Danke», nickt er. Im selben Moment klingelt es in seiner Manteltasche. «Verzeihung!», murmelt er höflich, angelt das Gerät aus seiner Tasche und wirft einen Blick darauf. «Dauert nicht lang», verspricht er.

«Ich bin in der Küche. Den Weg dorthin kennst du ja», sage ich und verziehe mich.

Leise drücke ich die Küchentür ins Schloss – die ebenso leise wieder aufspringt. Unangenehm. Aber was soll ich tun? Das Haus ist nun mal hundert Jahre alt. Dieser Mangel gehört natürlich unbedingt auf die Renovierungsliste. Deswegen werde ich *unfreiwillig* Zeuge von Johns Telefonat. Beim Blick auf das Display sah er ja richtig missmutig aus.

Überraschenderweise höre ich ihn nun aber in freundlichem Ton sprechen: «Es dauert noch … Ja, eine geschäftliche Besprechung … Nein, ich vergesse es nicht … Ich melde mich, versprochen … Ja, ich weiß, wie wichtig das ist … Also dann, bis später …»

Nach seinen letzten Worten sause ich von meinem Lauscherposten zur Spüle. Da ist man als Hausfrau ja immer richtig und nie verdächtig. Außerdem muss ich die Rose versorgen. Kaum habe ich eine passende Vase gefunden und den Wasserhahn aufgedreht, vernehme ich Schritte.

Als John durch die Tür kommt, drehe ich mich mit unschuldiger Miene zu ihm. «Schlechte Nachrichten?»

«Ähm … nein, nein … Das war Carolin.» John hat seinen Mantel abgelegt.

«Mmm», entgegne ich, wobei mir sein verräterisches Telefon-Gestotter in der alten Villa einfällt. Ob da auch diese Carolin dran war? Vermutlich eine neue Eroberung, überlege ich und ärgere mich auch gleich, meiner Neugier nachgegeben zu haben.

«Meine Ex», fügt er erklärend hinzu.

Ah! Seine Ex also. Die scheint ziemlich anhänglich zu sein. Aber wieso lügt er sie an und behauptet, bei einer geschäftlichen Besprechung zu sein? Oder bin ich für ihn nichts weiter als eine banale Geschäftsverbindung?

Irritiert hebe ich die Augenbrauen. «Hast du nicht gesagt, ihr seid getrennt?»

«Sind wir, sind wir», beteuert er beinahe trotzig und vergräbt seine Hände in den Hosentaschen. «Aber eine langjährige Beziehung lässt sich nun mal nicht so einfach kündigen wie eine Versicherung. Und genau um eine solche ging es.

Wir hatten da so eine … ähm, Hausratsversicherung … Na, ja, es geht um meine Unterschrift … Ach, es ist gerade nicht so einfach mit ihr. Doch ich bin ja deinetwegen hier», wechselt er das Thema. Seine Miene entspannt sich sichtlich.

Restlos überzeugt hat mich die seltsame Erklärung zwar nicht, aber ich werde sowieso nicht schlau aus seinem befremdlichen Verhalten. Erst zuckersüß, dann wieder eiskalt, und nun taucht er hier als Rosenkavalier auf.

Doch dann fällt mir ein, dass ich ja den Schlüssel aus der Mottlstraße noch habe.

«Du willst sicher nur den Schlüssel abholen?», frage ich und blicke ihn erwartungsvoll an.

Wenn er jetzt ja sagt, streiche ich ihn für alle Zeiten aus meinem Herzen.

«Nein, Rosy. Ich bin hier, um mich bei dir wegen dieses unglücklichen Besichtigungstermins zu entschuldigen.»

Erleichtert winke ich ab. «Schon in Ordnung.»

«Ich war wirklich überzeugt, dass es keine Probleme geben würde», fährt er fort. «Doch manchmal täuscht man sich eben. Aber dass es ausgerechnet bei deinem ersten Termin passieren muss, tut mir unendlich leid. Ich hoffe, du bist deshalb nicht allzu enttäuscht von der Immobilienbranche und nimmst mein Jobangebot trotzdem an.»

«Danke, ich weiß dein Angebot zu schätzen», antworte ich vage.

«Ich verstehe», erwidert John. «Du hast im Moment einfach zu viel Familie um die Ohren. Aber ich bin auch gekommen, um über uns …»

«Herr Ansbach!» Plötzlich kommt mein Vater in die Küche gestürmt. «Es war also doch Ihre Stimme.»

Sie schütteln sich kurz die Hände.

«Hast du Herrn Ansbach zum Essen eingeladen?» Mein Vater wirkt angesäuert.

«Zum Essen … ach so …», stottere ich verunsichert.

Papa wendet sich wieder an John. «Aber wahrscheinlich haben Sie ohnehin andere Verpflichtungen», sagt er in frostigem Ton, als wolle er ihn hinauskomplimentieren.

John scheint das unhöfliche Verhalten meines Vaters nicht besonders zu stören. Er wirkt unentschlossen und blickt mir über seine Brille hinweg direkt in die Augen.

«Hast du?», frage ich ein klein wenig hinterhältig. Wenn ich das Telefonat von eben richtig deute, wartet doch seine Ex auf ihn. Andererseits würde es mich brennend interessieren, was er vorhin sagen wollte.

«Nun, ich würde gerne bleiben», antwortet John ohne Zögern. «Aber das ist vielleicht keine so gute Idee. Ich –»

In dem Moment geht die Tür auf, und Lotte erscheint. «Ah, wen haben wir denn da? John! Wie schön, dass Sie uns besuchen. Sie bleiben doch zum Essen?» Erfreut streckt sie ihm die Hand hin.

«Danke, sehr freundlich», entgegnet John mit einer angedeuteten Verbeugung. «Aber …»

Also, für meinen Geschmack benimmt er sich ja etwas zu formell, aber vielleicht möchte er bei Lotte einen besonders guten Eindruck als potenzieller Vermieter hinterlassen.

«Keine Widerrede. Sie essen mit uns», bestimmt Lotte und dreht sich zu meinem Vater um. «Bertilein, bist du so lieb und holst uns schnell etwas Wein aus den beiden Kisten, die du mir mitgebracht hast? Davon spendiere ich uns ein, zwei Fläschchen.»

Aha! Schmutzwäsche für die Tochter, Wein für das Schwiegermonster! Tja, ich sehe wunderschönen Zeiten entgegen. Noch ehe ich meinen Frust in Worte fassen kann, hakt Lotte die beiden Männer unter und zieht sie aus der Küche.

«Kommen Sie, John», flötet sie beim Rausgehen. «Ich stelle Sie dem Rest der Familie vor.»

Ich bleibe zurück mit einer Frage, aus der diverse Fernsehsender gewinnträchtige Serien gebastelt haben: Was soll ich bloß kochen?! Auf der Mattscheibe wird ratlosen Hausfrauen ja täglich vorgeführt, wie kinderleicht es ist, aus läppischen zwei bis drei Zutaten ein mehrgängiges Fünf-Sterne-Menü zu zaubern. Vorausgesetzt, man besitzt eine neumodische Küche mit allen Schikanen, nebst der Ausstattung eines Chemielabors und Stickstoff in Flaschen. Dann kann die fernsehgeschulte Köchin molekularen Melonenkaviar in die Cocktails purzeln lassen, luftig-leichtes Erbsenschäumchen in Tassen sprühen oder geeisten Parmesan für die Pasta produzieren.

Aber in meiner ramponierten Uralt-Küche ist das einzig moderne Gerät ein Kühlcenter mit unterschiedlichen Kühlzonen (wie es neudeutsch heißt), das mir als Hausfrau das Wirtschaften erleichtern soll. Zu dumm, dass da kein Sternekoch drinsitzt, der mir die Zutaten reicht und auch gleich das Rezept verrät.

Ratlos starre ich in den Innenraum des Kühlschranks. Trotz des Großeinkaufs habe ich das unangenehme Gefühl, dass sich dort nichts Brauchbares findet. Das geplante Spargel-Schinken Gericht reicht jedenfalls nicht für acht Personen. Mein Vater und John waren ja nicht eingeplant.

Wie John sich wohl schlägt im Kreise meiner Familie?

Die Tür geht auf, und ein blauer Kaftan erscheint. «Wo hast du denn …» Sie stockt, durchquert den Raum und gesellt sich zu mir.

«Suchst du was Bestimmtes, Lotte?»

«Wir brauchen Weingläser.»

Was soll das? Sie weiß doch ganz genau, wo unsere Gläser stehen. Stöhnend schließe ich das Kühlcenter. «Es reicht nicht für alle.»

«Macht doch nichts, gib mir einfach andere Gläser», sagt sie unbekümmert wie immer. «Ist ja kein Staatsbankett.»

Lottes Frohsinn bringt mich aber nicht zum Lachen. «Ich sprach vom Essen, das nicht für acht Leute reicht.»

Resolut öffnet sie den Kühlschrank. «Liebchen», sagt sie kopfschüttelnd und schließt ihn wieder. «Mit dem Inhalt kannst du eine ganze Schulklasse verköstigen.»

«Ja, mit Butterbroten», entgegne ich seufzend. «Aber vom Spargel ist nicht genügend da.»

«Rosy», hebt Lotte streng an und stemmt ihre Fäuste in die Hüften. «Es muss nicht immer alles superperfekt sein wie aus dem Kochbuch. In geselliger Runde schmeckt alles lecker, auch simple Pellkartoffel ohne Spargel. Marie möchte übrigens nicht mitessen, sie ist müde. Aber ein Glas laktosefreie Milch hätte sie gern.»

Ha! Davon ist so viel im Haus, dass wir alle darin baden könnten.

Unterstützt von Lottes Geplauder, mache ich mich an die Zubereitung einer *unperfekten* Kartoffel-Spargel-Schinken-Pfanne und einer großen Schüssel Salat (für die auf sieben reduzierten Esser).

Endlich servieren wir das sehnlich erwartete Essen über die Durchreiche. Inzwischen wurde der Tisch gedeckt und Baguette für ersten Hunger serviert. Auch die erste Flasche Wein ist bereits geleert – und die zweite geöffnet.

Kaum sitze ich am Tisch, muss ich meinen männlichen Nachwuchs zur Ordnung rufen. Rüpelhaft wollen sich beide gleichzeitig die Salatschüssel schnappen, ohne sich um unseren Besuch zu scheren.

«Hey», motzt Charlie seinen Bruder an. «Der Ältere hat Vortritt.»

«Charlie, Fabian», rufe ich sie zur Ordnung. «Seid bitte so freundlich …» Mehr muss ich nicht sagen, denn sie wissen ganz genau, dass Gäste sich zuerst bedienen dürfen.

Juliane nutzt die Gelegenheit, um zu glänzen. Sie greift

nach der Schüssel und reicht sie an John weiter. «Hoffentlich glauben Sie nicht, wir wären eine Horde Wilder», entschuldigt sie sich für ihre Brüder.

Doch John scheint sich nicht an den Ungezogenheiten meiner Brut zu stören. «Kein Gedanke», wehrt er ab und lacht, als würde er sich bestens amüsieren.

Während sich alle reihum bedienen und mit sichtlichem Appetit zu essen beginnen, bete ich im Stillen, dass sich jetzt keiner mehr danebenbenimmt. Was soll John denn sonst von mir und meiner Familie denken?

«Hast du keinen Hunger?», erkundigt sich Lotte.

Ertappt blicke ich auf meinen Teller. Ich habe tatsächlich noch nichts angerührt.

«Alles in Ordnung?», fragt jetzt auch John. Er klingt besorgt.

«Ja, ja», versichere ich lächelnd. «Alles bestens. Ich habe nur überlegt ... Na ja, wann an unserem Esstisch das letzte Mal alle Stühle besetzt waren.»

«Darauf trinken wir!» Lotte hebt ihr Glas und blickt stolz in die Runde wie eine italienische Matriarchin. «Auf die wiedervereinte Familie.»

John, der mir gegenübersitzt, sieht mir tief in die Augen. Eilig verdränge ich meine Ängste. Die Stimmung ist gelöst. Das Essen scheint zu schmecken. Und die Kinder benehmen sich.

Gläser klingen, wir trinken einen Schluck, und ich lasse mich beim Anstoßen von der feierlichen Atmosphäre davontragen. Mag sein, dass es an dem positiven Energiefeld liegt, von dem Lotte geschwärmt hat.

Keine Minute später stichelt Juliane mit boshaftem Grinsen: «Ja, genießen wir die Idylle, solange der Praktikant uns noch mit seiner Anwesenheit beglückt.»

«Blöde Pute!», zischt er wütend zurück. «Falls du auf mein

Verschwinden spekulierst, vergiss es. In nächster Zeit wird nämlich meine fachmännische Unterstützung bei der Renovierung benötigt.»

Juliane lacht abfällig auf. «Angeber! Du bildest dir wohl ein, du wärst unersetzlich. Typischer Fall von doppel-doof. Aber du glaubst ja auch, Handwerker wären was Besseres.»

Auf das positive Energiefeld ist also auch kein Verlass. Oder hat Lotte bereits alle Kraft absorbiert?

«Können wir bitte das Thema wechseln», versuche ich den Frieden wiederherzustellen und gebe John eine halbherzige Erklärung: «Die Kinder haben sich lange nicht gesehen. Offensichtlich müssen sie sich erst wieder zusammenraufen.»

John ist zum Glück damit beschäftigt, Lotte und den anderen Wein nachzuschenken – was eigentlich die Aufgabe meines Vaters wäre. Aber dessen Laune bessert sich heute offensichtlich nicht mehr. Wie er ständig den Mund verzieht, ist nicht zu übersehen.

Meine Bitte um ein anderes Gesprächsthema verhallt ungehört, denn nun mischt sich Charlie in den Disput ein.

«Das ist doch alles kompletter Schwachsinn», knallt er seinen Geschwistern an den Kopf. «Sobald ein Kind unterwegs ist, ändern sich die Prioritäten. Egal ob du Akademiker oder Schreiner bist, Windeln kosten für jedermann gleich viel.»

Für meinen Vater ist diese fundamentale These lediglich ein Grund, sein Glas zu ergreifen. Immerhin wird er Urgroßvater und Lotte Urgroßmutter, und das will begossen sein.

Umständlich erhebt er sich von seinem Stuhl. Mit gewichtiger Miene gibt er den Toast vor: «Auf das Baby!»

«Auf das Baby», erschallt es im Chor, und nun endlich sehe ich gelöste Gesichter um mich herum.

Nachdem alle auf das Wohl des Ungeborenen getrunken haben, erkundigt sich John bei Charlie: «Wisst ihr denn schon, ob es ein Junge oder ein Mädchen wird?»

Charlie schüttelt den Kopf. «Wir wollen uns überraschen lassen.»

«Man muss sowieso nehmen, was rauskommt», witzelt Fabian.

«Genau», stimmt Juliane lachend zu. «Umtauschen is ja eh nich.»

«Juliane!», rüge ich sie.

Aber sie räuspert sich nur kurz, fährt sich durchs Haar und grinst mich frech an. «Wolltest du uns nicht von deinen Plänen berichten, Mama?»

Alle Augen blicken nun gespannt auf mich. Um Zeit zu gewinnen, greife ich zu meinem Glas und nehme einen weiteren Schluck Wein. «Nun ja, eigentlich ist es noch nicht spruchreif», behaupte ich. «Nur so viel: Ich würde mir gerne einen Job suchen. Mal sehen, ob ich etwas Geeignetes finde. Im Moment bietet der Arbeitsmarkt nicht gerade freie Auswahl für Frauen in meinem Alter.»

«Ach, da würde ich mir keine Sorgen machen», mischt sich John ein und legt seine Hand auf meinen Arm. «Du hast dich hervorragend gehalten! Ich bin überzeugt, dass du es mit jeder Dreißigjährigen aufnehmen kannst. Solltest du Interesse an meiner Branche haben, würde ich deine Bewerbung wohlwollend prüfen.» Er zwinkert mir verschwörerisch zu.

Wie ertappt schießt mir das Blut ins Gesicht. Ich weiß natürlich, dass seine Andeutung eine passende Gelegenheit wäre, meiner Familie von heute Nachmittag zu berichten. Aber plötzlich fällt es mir schwer, an mich und meine Bedürfnisse zu denken. «Äh … Also ich weiß nicht. Ich bin doch keine Immobilienmaklerin», antworte ich ausweichend.

«Ach, so schwierig ist der Job nicht», entgegnet John leichthin und berichtet der Runde, wie professionell ich ihn durch unser Haus geführt habe. «Als wäre Rosy seit Jahren in dieser Branche tätig.»

«Hört, hört», knurrt Charlie dazwischen. «Hab ich das nicht heute Nachmittag schon gesagt? Häuser und Wohnungen verscherbeln oder vermieten kann jeder. Und dafür auch noch Geld zu nehmen, ist für mich kriminell!»

Mit dieser offen ausgesprochenen Feindseligkeit meines Ältesten verflüchtigt sich die friedliche Stimmung wie der Duft von frischem Kuchen bei geöffnetem Fenster.

Geräuschvoll lege ich mein Besteck auf den Teller. «Charlie, du entschuldigst dich sofort», weise ich ihn streng zurecht.

Bockig zuckt er die Schultern.

Das melodische Klingeln eines Handys dudelt dazwischen.

Es ist Charlies Telefon, das er sofort aus seiner Hosentasche fischt. Nach einem kurzen Blick darauf erhebt er sich und unterrichtet uns im Gehen: «Marie braucht mich!»

«Tja, früher gab es Glöckchen, heute tut es ein Handy.» Kichernd blickt Lotte ihrem Enkel nach.

Mein Vater ergreift die Gelegenheit, das Gespräch wieder aufzunehmen. «Und, wie laufen die Geschäfte?», erkundigt er sich in jovialem Von-Mann-zu-Mann-Tonfall bei John. «Wenn es überhaupt noch eine Goldgrube auf dieser Welt gibt, gräbt man doch am besten als Immobilienmakler in München, oder?»

Mir fehlen die Worte. Ich hätte meinen Vater nicht für derart unsensibel gehalten. Oder gehört Taktlosigkeit unter Männern zu den gängigen Machtspielchen?

John reagiert nur mit einem stummen Schulterzucken.

Sichtlich zufrieden holt mein Vater eine Zigarre aus seinem Etui. «Stört es dich, wenn ich rauche?», fragt er Lotte.

«Aber *mich* stört es», antworte ich empört. «Und du weißt genau, dass du hier drinnen nicht rauchen sollst. Wenn du also unbedingt qualmen musst, wirst du dich auf die Terrasse begeben müssen.»

«Wie ungemütlich», brummt mein Vater beleidigt, greift aber dann doch nach seinem Glas und erhebt sich.

«Mich würde es nicht stören», erklärt John verbindlich.

Doch Lotte schnappt sich ebenfalls ihr Weinglas und dazu noch die halbvolle Rotweinflasche. «Ein bisschen frische Luft kann nicht schaden.»

Arm in Arm wackeln die Urgroßeltern in spe von dannen.

Um zu retten, was zu retten ist, stelle ich die Teller zusammen und frage in die verbliebene Runde: «Wer möchte Espresso? Nachtisch kann ich leider keinen anbieten, aber ein paar Kekse finden sich bestimmt noch im Schrank.»

Juliane verkündet, auf einer Party eingeladen zu sein, und schwirrt ab. Auch Fabian lehnt kopfschüttelnd ab und verzieht sich.

«Ich könnte einen starken Kaffee vertragen», sagt John. Er springt auf, taumelt ein wenig und lässt sich wieder auf den Stuhl plumpsen. «Oh, oh, das war wohl ein Glas zu viel.»

Dennoch hilft er mir, das Geschirr zur Durchreiche zu tragen, und folgt mir dann in die Küche, wo ich mich nochmal für Charlies unangebrachtes Benehmen entschuldige.

«Ach was», winkt er großzügig ab. «Ich war ja auch mal jung und hitzköpfig. Vielleicht ist Charlie auch nur gestresst, weil er nicht genau weiß, was auf ihn zukommt. Aber ich muss sagen, wie du deine Familie im Griff hast, Rosy, alle Achtung.»

Von wegen! Hätte ich meine Lieben tatsächlich im Griff, würden sie unsere Gäste nicht beleidigen und über mich herfallen wie ein Schwarm Heuschrecken.

John entpuppt sich in der Küche nicht gerade als geschickter Helfer. Er scheint tatsächlich beschwipst zu sein.

«Warum bist du eigentlich nicht drauf eingestiegen, als ich von dem Jobangebot sprach?», fragt er plötzlich. «Etwa wegen des nachmittäglichen Desasters? Das war doch nicht deine Schuld.»

Schulterzuckend setze ich unsere vollautomatische Schweizer Espressomaschine in Gang. «Keine Ahnung, ich wollte auf den richtigen Augenblick warten.»

«Und wann wird der sein?» Er lehnt sich gegen die Arbeitsfläche und sieht mich an. «Mein Jobangebot steht noch.»

Ich stelle zwei Tassen unter die Düsen. «Wer weiß?», antworte ich, denn ein bisschen schmolle ich jetzt. Eigentlich wollte er doch mit mir über UNS reden, und jetzt wäre eine gute Gelegenheit. Aber er denkt nur an seine blöde Firma.

Unsere Unterhaltung wird von zornigem Geschrei unterbrochen, das von draußen kommt. Ich erkenne Charlies Stimme und trete in den Flur, um zu hören, was los ist.

«Woher kommt dieser verdammte Qualm? Raucht da etwa jemand?», schreit er durchs Treppenhaus. «Hier ist eine Schwangere im Haus. Nehmt gefälligst Rücksicht.»

Na, das kann ja heiter werden, seufze ich und begebe mich wieder zu John, der soeben die Spülmaschine geöffnet hat. Eine heiße Dampfwolke schlägt uns entgegen, dann gibt das Gerät seltsam blubbernde Laute von sich.

«Oje. Das Wasser wurde noch nicht abgepumpt», vermutet John.

«Komisch, mein Vater hat sie doch heute Nachmittag repariert», murmle ich frustriert vor mich hin.

«Dann ist sie jetzt wohl total im Eimer», entgegnet John unbekümmert. Unaufgefordert beginnt er das noch schmutzige Geschirr auszuräumen. «Wir werden mit der Hand spülen müssen.»

Super! Erst macht Mimi schlapp und nun auch noch die Spülmaschine. Wenn jetzt auch noch die Kaffeemaschine streikt, dann platze ich vor Glück.

Doch die Schweizer Wertarbeit lässt mich nicht im Stich. Zuverlässig läuft die schwarze Flüssigkeit in die Tassen.

Ich nehme Löffel aus der Schublade, hole die Zuckerdose

aus dem Schrank und stelle alles mit den Tassen auf ein Tablett.

«Komm, wir setzen uns an den Tisch und genießen den Espresso», sage ich zu John. «Mir reicht's nämlich für heute. Um den Abwasch kann sich Lotte oder eines der Kinder kümmern.»

«Au ja … Kaff … hicks …» John hält sich die Hand vor den Mund. «Ups, sorry, ich habe definitiv zu viel getrunken. Den Kaffee brauche ich wirklich dringend.»

Während wir das heiße Getränk schlürfen, mustere ich ihn unauffällig. Bis auf seine leicht geröteten Wangen wirkt er eigentlich normal.

«Du bist mit dem Wagen hier, oder?», frage ich.

Er nickt. «Aber ich bin vernünftig und fahre mit dem Taxi nach Hause. Ich will nicht riskieren, meinen Führerschein abgeben zu müssen.»

Wie John dann etwas später von der Taxizentrale erfährt, beträgt die Wartezeit eine Stunde. Anscheinend sind am Samstagabend noch mehr Münchner *vernünftig*.

«Hmm», murmelt er und sieht mich dabei nachdenklich an. «Die nette Dame in der Taxizentrale hat mir geraten, zur Hauptstraße vorzulaufen. Da könnte ich Glück haben und vielleicht eher ein vorbeifahrendes erwischen. Was meinst du?»

Johns Fragestellung entnehme ich, dass er nicht wirklich die Absicht hat, zur Straße zu laufen.

«Ja, das wäre möglich», bestätige ich und sehe ihn fragend an. «Und wie wäre es, wenn ich dich fahre?»

16

Zwanzig Minuten später erreichen wir Johns Haus. Er öffnet den Gurt, dreht sich zu mir und legt einen Arm bequem auf die Rückenlehne, als wolle er sich noch unterhalten.

«Danke nochmal für deine Unterstützung heute Nachmittag. Auch für das leckere Essen und natürlich fürs Heimfahren, Rosy. Das war der schönste Teil des Abends», sagt er.

«Keine Ursache», entgegne ich und stelle den Motor ab. «Es war eine prima Gelegenheit, meiner Chaos-Familie und den kaputten Haushaltsgeräten zu entkommen. Wäre ich geblieben, hätte ich den Abwasch erledigen müssen.»

«Also, ich finde deine Familie lustig.» Er grinst vor sich hin, als käme er aus einer Kino-Vorstellung und hätte sich köstlich amüsiert.

«Trotz der Gemeinheiten von Charlie und meinem Vater?», wundere ich mich.

«Längst vergessen», winkt John großzügig ab. «Ich glaube, wir hatten alle zu viel Wein.»

«Nein, nicht alle», widerspreche ich. «Anscheinend hast du es nicht bemerkt, aber ich habe nur Wasser getrunken.»

«Wenn das so ist …» Er zwinkert mir übermütig zu. «Dann hast du nach dieser anstrengenden Autofahrt bestimmt wahnsinnig Lust auf eine eisgekühlte Cola?»

Ich mustere ihn und muss lachen. Er ist und bleibt ein Filou. Und wie man immer wieder hört, treten die meisten Eigenschaften im Alter noch ausgeprägter hervor. Andererseits, was erwartet mich zu Hause: eine unaufgeräumte Küche, ein schamloses Schwiegermonster, das meinen Vater verführen will, und drei ungezogene Kinder nebst einer überempfindlichen Schwangeren. Wahrlich kein Grund, schnell nach Hause zu eilen, sage ich mir.

«Aber *nur* Cola, keinen Bacardi», antworte ich und laufe rot an, da ich ahne, was er vorhat. Nur gut, dass John im Halbdunkel des Wagens meine verräterische Gesichtsfarbe nicht sehen kann. Ich stelle den Motor wieder an und lenke den Wagen auf die andere Straßenseite, wo ein Parkplatz frei ist.

«Versprochen!» Er hebt grinsend die Hand, als wolle er schwören. «Du musst ja noch zurückfahren – oder?»

Das «oder» und der laszive Ton in seiner Stimme verraten deutlich, was er im Sinn hat.

Als wir die vier Treppen zu Johns Wohnung hochsteigen, klingelt sein Handy. Er angelt es aus der Manteltasche, wirft einen flüchtigen Blick auf das Display und schaltet das Gerät kopfschüttelnd aus.

«Meinetwegen kannst du gerne rangehen. Vielleicht ist es ein wichtiger Kunde», sage ich lauernd, denn natürlich wüsste ich zu gerne, wer ihn am Samstagabend um neun anruft. Sicher kein Kunde!

«Nein, für heute ist der Laden geschlossen», erklärt er. Als wir vor seiner Wohnungstür stehen, dreht er sich zu mir und sieht mir tief in die Augen. «Jetzt gibt es nur noch uns!»

Ich rechne diese unverblümte Flirtattacke seinem angeheiterten Zustand an und ziehe es vor, nicht darauf einzugehen.

John schließt auf, und die Tür öffnet sich direkt in einen großen, fast leeren Raum. Einen Flur gibt es offenbar nicht. Er geht einen Schritt voran und sagt: «Willkommen in meinem bescheidenen Heim.»

«Oh, das ist … beeindruckend!» Ich kann mein Erstaunen nur mühsam verbergen.

Unter den Dachschrägen des tanzsaalgroßen Raums erblicke ich auf dunklem Parkett lediglich ein ausladendes rotbraunes Ledersofa. Flankiert von zwei antiken Beistelltischen, steht es auf einem flauschigen Teppich vor einem modernen Edelstahlkamin. Die linke Hälfte des Zimmers trennt ein gradliniges Einbauelement aus dunklem Holz ab. Erst beim zweiten Hinsehen erkenne ich es als Küchenblock. Dahinter klebt die Skyline von München als schwarz-weiße Fototapete an der Wand.

John hilft mir aus der Jeansjacke, zieht dann seinen Mantel aus und wirft beides lässig über einen futuristisch anmutenden Drahtgeflecht-Stuhl neben dem Eingang.

«Tja, viel zu sehen gibt es leider nicht, deshalb erübrigt sich eine Hausbesichtigung», scherzt er. «Also, nimm doch Platz, mach's dir gemütlich.»

«Ich könnte mal kurz dein Badezimmer *besichtigen*», flachse ich zurück. «Du hast doch eines?»

«Logo!» Er lacht und weist mit der Hand nach rechts. «Da geht's lang.»

Das Bad interessiert mich aber eigentlich nicht besonders, die Anzahl der Zahnbürsten dagegen umso mehr. Johns Badezimmer erweist sich als hellgrau-weiße Symphonie aus Chrom, Glas und Granit mit türkisen Handtüchern als Farbtupfer. Über dem rechteckigen Waschbecken hängt ein wandhoher Spiegel, dessen indirekte Beleuchtung sich beim Türöffnen automatisch eingeschaltet hat. Der aufgeräumte und extrem saubere Eindruck lässt mich rätseln, ob er eine Putzfrau beschäftigt oder ein Ordnungsfanatiker ist. Denn außer einer Seife in der Silberschale sehe ich keine Kosmetikartikel. Nicht mal sein Aftershave oder eine Zahnbürste kann ich entdecken. Sicher verwahrt er das alles in den Schubladen unter dem Waschbecken, überlege ich und lasse mich auf dem Rand der freistehenden Badewanne nieder, bemüht, meine Neugier in Zaum zu halten. Es geziemt sich einfach nicht, in fremden

Sachen rumzuwühlen. Andererseits! Nur mal einen kurzen Blick reinzuwerfen, wird doch wohl erlaubt sein.

Wie erhofft finde ich in den beiden Schubladen auf der linken Seite nur *eine* Zahnbürste. Außerdem einige Pflegeprodukte für Männer, dazu einen Rasierapparat und ein Nageletui.

Doch rechts gibt es noch zwei Schubladen, die zu ignorieren ich leider nicht schaffe. In der oberen liegt ein Haartrockner, der mich stutzen lässt. Wozu braucht John einen Föhn?, frage ich mich. Seine Haare sind doch so kurz, dass er sie mit einem Handtuch trocken rubbeln kann. Hektisch reiße ich die nächste Lade auf – und entdecke eine Body-Creme im Porzellantopf! Ich zögere einen Moment, doch dann hole ich die Dose heraus und öffne sie. Der Duft erinnert an Zitrusfrüchte und ähnelt Johns Aftershave. Na gut, er gehört offensichtlich zu den Männern, die ihren Körper pflegen, sage ich mir, packe den Tiegel zurück und verlasse beruhigt das Badezimmer. Gäbe es nämlich eine Frau in seinem Leben, würde sie schließlich viel mehr als nur einen Cremetopf in seinem Bad deponieren.

«Cola kommt sofort», verkündet John, als ich mich zu ihm vor den Kamin geselle. Er ist gerade dabei, das Holz zu entzünden.

Ich sinke in das überraschend weiche Sofa. Aus den Augenwinkeln beobachte ich John, wie er dann an die München-Skyline tritt. Zu meiner Überraschung schiebt er die Wand nun auseinander. Dahinter verbirgt sich eine hellgraue Küche! Aus einem extrabreiten Kühlschrank entnimmt er zwei Cola-Dosen. Danach macht er sich an dem Holzelement zu schaffen. Ich vernehme das leise Klicken einer Tür, sehe ihn auf einer Fernbedienung rumdrücken und kurz darauf erklingt leise: *Love and Happiness*. Das dunkle Timbre des Sängers passt wie kein anderes zu einem romantischen Rendezvous. Doch das hier ist nichts dergleichen, wiederhole ich in Gedanken wie ein Mantra. John und ich sind nur gute alte Bekannte. Ich sitze einzig und allein hier, weil ich keine Lust auf Geschirrspülen habe. Ich trinke nur eine Cola mit ihm, unterhalte mich ein bisschen und verschwinde danach wieder.

«Warum wohnst du eigentlich so spartanisch?», frage ich, als er mit den Getränken zurückkommt.

Er reicht mir eine Cola und setzt sich dicht neben mich. Der Clipverschluss zischt, und wir nehmen einen Schluck.

«Du hattest ja schon gesagt, dass du bescheiden wohnst», füge ich hinzu. «Doch selbst wenn du dir ein, zwei Möbelstücke zusätzlich anschaffst, würde man immer noch keine Platzangst kriegen.»

«Stimmt», sagt er, dreht sich zu mir und streicht mir mit der freien Hand über den Hals. «Ich habe auch schon darüber nachgedacht, etwas aufzustocken. Es soll ja nicht ungemütlich wirken.» Er dreht sich zu mir um. «Würdest du mich beim Möbelkauf begleiten, Rosy? Ich brauche dringend ein Bett. Ein richtig bequemes, in dem man auch zu zweit Platz hat. Im Moment schlafe ich nämlich auf dem Sofa, und das ist auf Dauer kein Zustand.» Sein Lächeln spricht Bände.

Ich kann nicht genau sagen, was ich erwartet habe, als ich mich von John in seine Wohnung habe einladen lassen. Aber eine Bitte, mit ihm Möbel zu kaufen, ganz sicher nicht.

«Was ist denn mit den anderen Sachen passiert?», frage ich, um abzulenken. «Du wohnst doch schon länger hier.»

Zwischen seinen Brauen entsteht eine Furche. «Alles weg.» Er trinkt einen großen Schluck Cola.

Offensichtlich ist ihm das Thema unangenehm. Doch seine knappe Antwort hat meine Neugier geweckt. Jetzt will ich es genau wissen.

«Sperrmüll?», frage ich provokant. «Oder wurdest du ausgeraubt?»

Ein Grinsen huscht über sein Gesicht. «Nein, keines von beiden.»

«Dann wolltest du einfach mal deinen Einrichtungsstil wechseln?», tippe ich. «Ich kenne solche Phasen. Nach meiner Scheidung wollte ich auch nicht mehr in den ‹Erinnerungen› schlafen und habe mich deshalb neu eingerichtet.»

«Ja, so ähnlich», antwortet John. Er atmet tief ein und aus. «Ehrlich gesagt, habe ich den ganzen Krempel meiner Ex überlassen. Wir haben doch hier zusammen gewohnt, und da sie keine eigenen Möbel hatte ...»

«Wie großzügig», entgegne ich spöttisch. «Dann scheint ihr euch ja im Guten getrennt zu haben. Wie lange wart ihr nochmal –»

«Ach, genug von meiner unerfreulichen Vergangenheit», unterbricht er mich, nimmt mir die Cola aus der Hand und stellt sie zusammen mit seiner Dose zur Seite. Er nimmt seine Brille ab und legt sie dazu.

Seine plötzliche Umarmung kommt so überraschend wie der zärtliche Kuss.

«Was hältst du davon, einfach hierzubleiben?», flüstert er mir viele leidenschaftliche Küsse später ins Ohr. «Wir füllen den Kühlschrank mit Leckereien auf, verschließen die Tür, schalten unsere Handys aus und holen alles nach, was wir in den letzten fünfundzwanzig Jahren versäumt haben.»

«Hmm ...» Seufzend schmiege ich mich in seine Arme.

Johns Finger fahren langsam meinen Hals entlang, hinunter zu den Blusenknöpfen. «Sag ja, Rosy», bettelt er heiser, während er langsam die Knöpfe öffnet. «Du wolltest doch deiner Familie entkommen.»

Wie gerne würde ich mich hier mit ihm einsperren – zumindest für ein paar Stunden. Aber was sage ich den Kindern und der neugierigen Lotte? Die würde garantiert ein Riesending aus der Sache machen.

«Bleib wenigstens über Nacht», drängt er und knabbert zärtlich an meinem Ohr.

«Ach, John», stöhne ich, hin- und hergerissen zwischen dem Verlangen nach ihm und meinem ewig mahnenden Familien-Gewissen, das es mir nicht erlaubt, einfach alles stehen und liegen zu lassen. Das mich ständig an meine Pflichten erinnert. «Ich kann nicht einfach über Nacht wegbleiben.»

«Warum denn nicht?» John wird auf einmal ganz ernst. «Erst wenn ein geliebter Mensch fehlt, merkt man, wie sehr man ihn braucht. Ich kann das bestätigen.»

Seine verschlüsselte Liebeserklärung lässt mich wanken. Und beim nächsten Kuss schwindet mein Widerstand, als hätte Amor jegliche Willenskraft mit einem Pfeilhagel außer Gefecht gesetzt. «Ich bleibe», hauche ich und lasse mich von den süßen Gefühlen davontragen. Eigentlich sehe ich auch keinen triftigen Grund, mich wie eine eiserne Jungfrau zu zieren.

Eng umschlungen rutschen wir vom Sofa auf den weichen Teppich. Geschickt hilft mir John aus der Bluse und zieht auch sein Hemd aus. Für einen leidenschaftlichen Moment gibt es nur noch ihn und mich – bis uns ein melodiöses Summen stört.

Erschrocken fahren wir auseinander. «Die Türglocke», erklärt John sichtlich überrascht. «Keine Ahnung, wer das sein kann.»

Ein Immobilienkäufer wird ihn wohl nicht in seiner Privatwohnung aufsuchen, denke ich ernüchtert, als das Summen erneut erklingt. Zusätzlich klopft auch noch jemand an die Tür.

«Pssst», zischt er mir leise zu. «Wir sind nicht da.»

Doch im nächsten Moment hören wir, wie ein Schlüssel ins Schloss gesteckt wird. Wir springen beide auf. Ich kann mich gerade noch mit meiner Bluse bedecken, als auch schon eine junge Frau die Wohnung betritt. Sie ist überirdisch schön und muss mindestens zwanzig Jahre jünger sein als ich. Und wenigstens zehn Kilo leichter! Dichtes blondes Haar umrahmt ihr rundes Mädchengesicht. Der schlanke Körper steckt in engen schwarzen Hosen, zu denen sie ein graues Herrenhemd und schmutzig weiße Turnschuhe trägt. Sie scheint nicht mehr ganz nüchtern zu sein, wie ich aus der geöffneten Weinflasche in ihrer Hand schließe.

Völlig entsetzt starrt sie uns an.

«John!» Sie klingt so empört, als wolle sie gleich die Flasche auf seinem Kopf zertrümmern.

«Carolin!», ruft John nicht weniger überrascht, während er nervös sein Hemd in die Jeans steckt.

«Du Scheißkerl!», zetert sie vorwurfsvoll und stürmt wie eine Rachegöttin direkt auf uns zu.

Mich trifft dabei einer dieser eiskalten Blicke, von denen es heißt, sie könnten töten.

Ziemlich dicht vor mir bleibt sie stehen. «Und wer ist *die* da?», fragt sie im tiefverletzten Tonfall einer betrogenen Frau.

Ich bin sprachlos. In was für ein Drama bin ich denn jetzt geraten? Fassungslos suche ich Johns Blick. Doch er fummelt sich nur die Brille auf die Nase und sagt kein Wort.

Also tue ich das einzig Richtige: Ich ergreife die Flucht, schnappe mir auf dem Weg meine Jacke vom Stuhl und renne durch die noch offenstehende Tür aus der Wohnung. Nichts wie raus hier. Zoff kann ich auch zu Hause haben. Außerdem hab ich nicht die geringste Lust, schon wieder mit einer jüngeren Frau zu konkurrieren.

«Rosy, warte», ruft John. Er läuft mir nach, hat mich auf halber Treppe eingeholt und legt seine Hand auf meine Schulter, um mich zurückzuhalten. «Lass mich doch bitte erklären –»

«Was gibt's da noch groß zu erklären?», antworte ich verächtlich und schüttle seine Hand ab. «Du hast dich kein bisschen verändert, John Ansbach. Die Situation ist Beweis genug. Einmal Betrüger, immer Betrüger.»

«Bitte, Rosy», fleht er leise. «Das ist alles nur ein Missverständnis. Ich begleite dich zu deinem –»

«Nicht nötig», unterbreche ich ihn barsch. «Du wohnst ja nicht in einem Verbrecherviertel. Obwohl du dort bestens hinpassen würdest.» Damit laufe ich die Treppen runter, ohne mich noch einmal umzusehen.

Auf der Straße angekommen, rast mein Puls auf Höchsttouren. Kalter Schweiß steht mir auf der Stirn, den der einsetzende Platzregen wegwischt. Aber ich muss erst einige Male tief durchatmen, bevor ich mich in den Wagen setzen und losfahren kann.

Nach wenigen Metern Fahrt überquert vor mir ein schwarzweißer Jack Russel mit seinem Frauchen die Straße. Mein Fuß hebt sich vom Gaspedal, ich trete auf die Bremse. Einen Herzschlag lang bin ich versucht umzukehren. Möglicherweise tue ich John unrecht. Vielleicht hat er sich doch geändert, und es gibt eine plausible Erklärung. Vielleicht sollte ich ihm eine Chance geben. Doch dann ist das Hund-Frauchen-Gespann davongeeilt, die Straße wieder frei, ich erreiche die Ecke zur Hauptstraße, die Ampel steht auf Grün – und es ist zu spät. Ich öffne das Fenster, sauge die regenfrische Nachtluft ein und gebe Gas.

Während der Fahrt komme ich wieder ins Grübeln. Warum taucht seine Ex mit einem eigenen Wohnungsschlüssel am späten Abend bei ihm auf? Warum hat sie überhaupt noch einen Schlüssel, wenn sie doch angeblich getrennt sind? Und warum hat er sie nicht sofort hochkant rausgeworfen? Sosehr ich auch nachdenke, eine plausible Erklärung für Johns sonderbares Verhalten finde ich nicht, und schon gar keine für das Hereinplatzen seiner Ex. Ich muss der Wahrheit wohl ins Auge sehen: Meine Jugendliebe ist und bleibt ein Lügner, ein erbärmlicher Frauenheld, dem eine Frau nicht genügt. Nie genügen wird!

17

Kurz nach zehn erreiche ich unser Anwesen und bin sofort von meinen Grübeleien abgelenkt. Das ganze Haus erstrahlt in Festbeleuchtung. Hinter allen Fenstern brennt Licht. Ungewöhnlich für diese späte Stunde, noch dazu, wo Lotte wie die hauseigene Ressourcenpolizei jede unnötig brennende Lichtquelle aufspürt und Vorträge über Energieverschwendung hält.

Mit mulmigem Gefühl im Magen parke ich den Wagen in der Garage. Was ist bloß hier los? Und noch ehe ich den Motor abgestellt habe, schießt mir ein erschreckender Gedanke durch den Sinn.

Das Baby!

Panisch vor Sorge, rase ich ins Haus. «Marieee!», rufe ich, stolpere im Flur beinahe über einen Koffer und bleibe geschockt stehen.

Ein halbnackter, schweißglänzender Mann in dunkelgrünen Bermuda-Shorts starrt mich an, als wolle ich ihn überfallen.

Volker?!

Einige Sekunden lang fehlen mir die Worte. Vielleicht vertrag ich keine Cola mehr, überlege ich. Oder ich stehe unter Schock wegen der absurden Szene in Johns Wohnung und halluziniere halbnackte Männer. Ich schließe kurz die Augen, doch als ich sie wieder öffne, ist Volker immer noch da.

«Was machst du hier?», herrsche ich ihn an, als ich meine Stimme wiederfinde. «Noch dazu mit nacktem Oberkörper!»

Vorwurfsvoll hebt er die Augenbrauen, als wäre *ich* unpassend gekleidet. «Und du, woher kommst du? Um diese Zeit!»

Demonstrativ hält er mir seinen linken Arm entgegen und tippt mit spitzen Fingern auf die Rolex, als wären wir immer noch verheiratet. «Es ist fast Mitternacht.»

«Du solltest endlich deine Eitelkeit überwinden und eine Brille tragen», blaffe ich ihn genervt an und strecke ihm meine Armbanduhr unter die Nase. «Es ist kurz nach zehn! Und es ist an dir, mir zu sagen, was *du* hier zu suchen hast. Wir sind nämlich geschieden, und du bist längst ausgezogen, falls dir das entfallen ist. Deshalb geht es *mich* sehr wohl etwas an, warum du hier halbnackt rumspringst. *Dich* hingegen hat es überhaupt nicht zu interessieren, wo und mit wem ich meine Zeit verbringe.»

Selbstgefällig fährt er sich mit den Fingern durchs Haar. «Da bin ich anderer Meinung», erwidert er überheblich, als steckten wir mitten in einem unerbittlichen Rosenkrieg. «Ich habe gehört, dass du einen Verehrer hast! Ich finde das ziemlich unpassend. Immerhin bist du Mutter von drei Kin…»

«Wie bitte!?» Mein Exmann versucht mir Schuldgefühle einzureden! Vor Wut tanzen kleine Punkte vor meinen Augen. Noch so ein blöder Spruch, und ich laufe Amok.

«Papaaa! Wo bleibst du denn?», ertönt eine ungeduldige Stimme aus dem Dachgeschoss.

«Mome-heent!», ruft Volker nach oben und zischt mir zu: «Jetzt ist keine Zeit für lange Diskussionen. Charlie wartet.»

Die Küchentür wird schwungvoll aufgestoßen, und Lotte tritt heraus. Auf rosa Gummihandschuhhänden balanciert sie ein Tablett mit Gläsern, eine Flasche mit Apfelsaft und eine mit Wasser. «Was ist denn das für ein Geschrei? Seid leise, sonst weckt ihr noch die arme Marie auf.»

Irritiert wandert mein Blick von den aberwitzigen rosa Gummihänden zu den bunten Luftballons auf ihrem knielangen T-Shirt hinunter zu den buntlackierten Zehennägeln – jeder in einer anderen Farbe.

«Hallo, Liebchen!» Sie strahlt mich mit offenem Mund an und zwinkert mir übertrieben heftig zu wie eine Figur aus einem absurden Theaterstück. «Na, war's schön mit –?»

«Ja, ja», unterbreche ich sie eilig, bevor sie auch noch verrät, dass ich John nach Hause gefahren habe. Volker würde garantiert einen bösen Kommentar dazu abgeben.

Lottes Andeutungen scheinen aber auszureichen, um Volkers Phantasie zu beflügeln. Zumindest verdüstert sich seine Miene, seine grünblauen Augen verengen sich zu Schlitzen, und die Nasenflügel beben wie bei einem zum Kampf bereiten Raubtier.

In dem Moment knarrt die Tür zum Wohnzimmer. Ein weißes Shirt mit Froschkönig-Aufdruck auf langen schlanken Beinen in goldenen Sandalen erscheint. Benommen reibt sich Marie die Augen und wirkt dabei wie eine zum Leben erwachte Porzellanpuppe mit vom Schlaf geröteten Wangen.

Mit zwei Schritten bin ich bei ihr. «Marie, geht es dir gut? Und dem Baby?»

«Ja. Warum?» Verständnislos blickt sie mich aus ihren großen goldbraunen Augen an. «Ich bin vor dem Fernseher eingenickt und stehe nur etwas neben mir.»

Lotte drückt Volker das Tablett in die Hand. «Los, ab damit. Die Jungs haben Durst.»

«Papaaa!»

Dem Schrei folgt ein beängstigend lautes Splittergeräusch, das uns zusammenschrecken lässt.

«Was ist da oben los?» Mein verstörter Blick wandert von Lotte zu Volker.

Der halbnackte Starzahnarzt zuckt mit den Schultern, dreht sich um und zieht wortlos mit den Getränken ab.

Lotte schiebt mich und Marie ins Wohnzimmer. «Du musst dich ausruhen, kleine Mama», flüstert sie leise, dirigiert uns beide zur Couch und verrät mir nun den Grund für den Tumult. «Wir richten die Räume im Dachgeschoss her und das Kinderzimmer auch gleich mit. Die Zeit vergeht ja wie im Flug, es sind noch nicht mal die Wände gestrichen.»

Marie greift nach der sandfarbenen Decke auf dem Sofa, ich schnappe mir die Fernbedienung, um den noch immer laufenden Fernseher auszuschalten. «Willst du dich nicht lieber in Charlies Kinderzimmer ins Bett legen, Marie? Dort ist es doch viel bequemer als auf der durchgesessenen Couch.»

Beinahe unmerklich schüttelt sie den Kopf und sinkt anmutig auf die Polster. Alles, was diese madonnenhafte Schönheit tut, ist graziös, leise und zart, so als ob sie niemanden stören möchte. Aber gerade deshalb befürchte ich ständig, etwas falsch zu machen.

«Hier unten ist es zwar auch nicht totenstill, aber doch etwas ruhiger», behauptet Lotte, legt fürsorglich die Decke über den kaum sichtbaren Babybauch und streicht Marie beruhigend über das dunkle Haar. Dann packt sie mich am Arm und zieht mich aus dem Zimmer. Im Flur beginnt sie erneut zu flüstern. «Marie hatte Schmerzen …»

«Was?», raune ich alarmiert und sehe mich schon ins Krankenhaus düsen. «Warum habt ihr mich nicht verständigt?»

«Beruhige dich, Liebchen, wie sich herausgestellt hat, waren es nur starke Blähungen. Wahrscheinlich hat sie nur zu viel Tee getrunken und zu wenig gegessen. Oder war es andersrum? Na, egal. Mit etwas Natron war das schnell kuriert. Vielleicht hat sie auch auf den Lärm und die ständige Unruhe reagiert, unsere Marie ist ja sehr sensibel.»

«Na gut», seufze ich erleichtert. In meiner Angst habe ich uns schon in die Notaufnahme düsen sehen. «Dann erfahre ich jetzt endlich, was Volkers Anwesenheit zu bedeuten hat?»

«Er kam zufällig vorbei», behauptet sie, als wäre es das

Normalste der Welt, dass mein Exmann halb nackt durch unser Haus turnt. «Na ja, und wenn er schon mal da ist, kann er die Jungs bei den Arbeiten unterstützen. Zu dritt geht's doch viel flotter –»

Ich kann nicht glauben, was sie da erzählt. «Ach, und dass die Zimmer fertig werden müssen, fällt euch urplötzlich am Samstagabend ein? Während des Essens war jedenfalls nicht die Rede davon, dass noch heute Nacht mit den Umbauten begonnen wird.»

«Wir haben beschlossen, dass Charlie und Marie so bald wie möglich einziehen sollen, um die Miete für das Appartement in Schwabing zu sparen … Los», flüstert sie und winkt mit der rosa Gummihand. «Komm mit in die Küche, Brote schmieren.»

«Brote schmieren?», wiederhole ich, dem Luftballonshirt hinterhertrottend. In der Küche kann ich mich dann aber nicht mehr beherrschen. «Lotte, warum ist Volker wirklich hier?», schnauze ich sie an. «Seit der Scheidung ist er noch nie rein *zufällig* vorbeigekommen.»

Lotte übergeht meine Frage einfach. Sie ist damit beschäftigt, den Inhalt des Kühlschranks zu inspizieren. Was ziemlich skurril aussieht. Sie taucht halb in das Innere ab, sodass ich nur noch ihren üppigen Po und die rosa Gummihände sehe.

Plötzlich fällt mir eine weit plausiblere Erklärung für Volkers Anwesenheit ein. «*Du* hast ihn angerufen, oder?», frage ich lauernd, als sie mit einem Arm voller Lebensmittel wiederauftaucht. Die Kühlschranktür schubst sie mit dem Po an und stemmt sich zusätzlich noch dagegen, damit sie auch wirklich schließt.

«Nicht heute», antwortet sie ausweichend, begibt sich zur Arbeitsfläche und hantiert dort unschlüssig mit Wurst und Käse. «Aber natürlich telefoniere ich regelmäßig mit meinem Sohn. Ach, schönen Gruß noch von Herbert. Und von Juliane.

Sie ist mit einer Freundin über Nacht am Starnberger See auf einer Sommernachtsparty.»

Das ist doch nicht zu fassen, stöhne ich wütend in mich hinein. Sie versucht wieder mal das Thema zu wechseln. Aber inzwischen durchschaue ich ihre Tricks und auch, dass dahinter immer eine Katastrophe lauert. «Das habe ich nicht gefragt, Lotte. Von Julianes Plänen wusste ich übrigens. Sie hat es ja beim Abendessen erwähnt», entgegne ich streng und wiederhole meine Frage. «Was macht dein Sohn hier mitten in der Nacht?»

Volker platzt in die Küche. Immer noch halb nackt, immer noch verschwitzt. «Ist der Imbiss fertig, Mutter? Die Jungs haben einen Bärenhunger!»

Irritiert starre ich ihn an. Auf seiner feuchtglänzenden Stirn kleben Holzspäne. Und seine Hände sind schmutzig wie die eines Handwerkers. Wenn ich es nicht mit eigenen Augen sehen würde, hielte ich es für einen üblen Scherz. Mein Exmann macht sich die hochsensiblen Chirurgenhände schmutzig! Bisher war schon ein harmloser Schraubenzieher gefährlicher als eine Kettensäge.

«Es dauert noch einen Moment», vertröstet Lotte ihn. «Aber ihr könnt euch ja schon mal die Hände waschen.»

Ich will Volker zur Rede stellen, aber er scheint das aufkommende Gewitter zu ahnen und schwirrt eilig ab.

«Jetzt rück endlich raus mit der Sprache. Was will er hier?», herrsche ich Lotte deshalb entnervt an. «Und komm mir nicht mit *zufällig* oder einem nächtlichen Frühjahrsputz-Anfall, zu dem du ihn zu Hilfe gerufen hast. Volker hat noch nie geholfen, wenn Arbeit anstand. Er lässt helfen!», setze ich spöttisch hinzu.

«Ach, wenn du auf meine Gummihandschuhe anspielst, die trage ich nur, damit die Handpackung …»

«Auaaa!»

Ein Schmerzensschrei aus dem Flur lässt Lotte und mich zusammenzucken.

Als Nächstes fliegt die Küchentür auf. Charlie erscheint, gefolgt von Fabian.

«Mama! Soma!» Charlie streckt uns den Daumen seiner linken Hand mit Leidensmiene entgegen. «Einen Verband!»

«Himmel, Gesäß und Nähgarn!», ereifert sich Lotte, tritt zu ihrem Lieblingsenkel, runzelt bestürzt die Stirn und inspiziert die Hand von allen Seiten.

Ha! Das war ja klar, dass sie diese Gelegenheit ausnutzt, um den unbequemen Fragen der Schwiegertochter zu entkommen. Aber ich kann warten.

Obwohl ich weder am Daumen noch an der Hand den kleinsten Kratzer entdecke, bemühe ich mich, mütterlich besorgt zu klingen. «Was hast du denn angestellt?»

«Ich wollte die Wickelkommode … Keine Ahnung, warum das Ding … Na ja, sie ist zusammengekracht … Und der Daumen war da irgendwie …», berichtet er stockend, wie ein Schwerverletzter.

Seine zusammengestotterte Erklärung klingt ziemlich dramatisch. Es fehlen nur die Tränen. Aber ich sehe nicht ein Tröpfchen Blut, so schlimm kann es also nicht sein.

«Besser jetzt als später, wenn das Baby draufliegt», versuche ich ihn zu beruhigen.

Fabian nickt mir zu und rollt genervt die Augen. «Unser Studiosus ist einfach ein Weichei!», spottet er.

Charlie ignoriert die Beleidigung seines Bruders, stattdessen wiederholt er seine Forderung um Erste Hilfe. «Bekomme ich jetzt endlich einen Verband?»

«Und wo genau bist du verletzt?», frage ich nach.

«Er bildet sich ein, der Daumen sei gebrochen», antwortet Fabian, der sich inzwischen zwei von den belegten Broten gemopst hat.

«Oh, oh», murmelt Lotte in bestürztem Ton. Selbstverständlich sind Charlies Hände nicht weniger wertvoll als die seines Vaters. «Gebrochen? Kannst du ihn denn noch bewegen? Wenn nicht, sollten wir ins Krankenhaus fahren und ihn röntgen lassen. Mit so was ist nicht zu spaßen.»

Charlie stöhnt theatralisch auf.

«Na, jetzt übertreibt ihr aber», bremse ich die beiden.

«Finde ich auch», stimmt Fabian mir zu. «Und wenn mich der Depp den Kasten alleine hätte zusammenbauen lassen, wäre das gar nicht passiert.»

«Aber es ist die Wickelkommode für *mein* Kind, und die wollte *ich* zusammenbauen», protestiert Charlie.

«Und ich bin der Onkel», lacht Fabian auf. «Du hättest zumindest auf mich hören und die Verbindungen zusätzlich verleimen sollen. Aber du hältst dich ja immer für schlauer, nur weil du studiert hast.»

«Ich dachte, Volker hilft euch!», mische ich mich in den Streit ein und mustere Lotte. Der Seitenhieb musste einfach sein.

«Das hat er doch bestimmt getan», behauptet Lotte frech und wechselt geschickt das Thema. «Die Schnittchen sind fertig!»

Fabian schnappt sich die Platte und trottet davon.

«Und ich?», fragt Charlie.

«Und du!», fahre ich ihn an, denn jetzt platzt mir endgültig der Kragen. «Du zisch ab zu deinem Erzeuger. Der ist ja schließlich Mediziner – irgendwie.»

Charlie zieht die Schultern hoch und schlurft betont langsam ab.

Lotte blickt mich strafend an. «War das nötig?»

«Dein Liebling lebt ja noch», antworte ich ungerührt. «Aber wenn du mir jetzt nicht gleich sagst, was Volker hier will, kann ich für nichts mehr garantieren.»

Sie dreht sich weg und huscht zur Arbeitsfläche, wo sie die Lebensmittel einsammelt und in die Frischhaltedosen sortiert.

«Er hatte Streit mit Ruth.» Die Worte kommen so leise aus ihrem Mund, dass sie kaum zu verstehen sind.

Streit mit der jungen Geliebten!? Erst vor kurzem hat er noch betont, Ruth sei seine Seelenverwandte, die seine geheimsten Wünsche erahne und seinen Beruf verstehe. Sie wisse, was Inlays sind, und glaube nicht, es handle sich um eine neue Art von Geldanlage. Gleichklang auf allen Gebieten. Harmonie in Reinform, sozusagen. Und jetzt, alles aus? Ende? Vorbei? Ich brauche einen Augenblick, um die sensationelle Neuigkeit zu begreifen. Doch dann kapiere ich: Ruth hat ihn aus der Wohnung geschmissen!

«Aha, dann ist das also sein Koffer im Flur», sage ich und funkle sie wütend an. «Will er etwa zurück in den Schoß der Familie flüchten?» Ein liebeskranker Exmann im Haus fehlt mir noch in dieser verrückten Nacht.

Lotte stemmt die Gummi-Hände in die Hüften. «Das Haus gehört immer noch zur Hälfte ihm.»

«Gut, dass du mich dran erinnerst», entgegne ich kühl. «In meinem Alter vergisst man ja schnell etwas.»

«Bitte, keinen Sarkasmus», verlangt Lotte und blickt mich an, als wäre sie das Familienoberhaupt und ich hier der lästige Besucher.

«Na gut», lenke ich ein. «Bleiben wir sachlich, obwohl mir das zunehmend schwerer –»

«Warum regst du dich eigentlich immer so auf, Rosy?», unterbricht sie mich. «Man könnte meinen, die Welt geht unter. Es ist doch alles in bester Ordnung. Die Familie ist zusammen, wir haben ein Dach über dem Kopf und reichlich zu essen.» Sie hält mir die Platte mit den Wurstbroten entgegen.

Ich verschränke die Arme vor der Brust. «Es mag dich verwundern, Lotte, aber ich finde es nun mal nicht normal, spätabends nach Hause zu kommen und meinem Exmann in die Arme zu laufen, der zu allem Übel wieder hier einziehen möchte. Und das alles, während ich kaum zwei Stunden weg war.» Außerdem sollte ich eigentlich in den Armen von John liegen – wenn sich die Welt nicht gegen mich verschworen hätte!

«Ich wollte nicht …», stottert sie verunsichert. «Na ja, meinen Sohn nachts auf Hotelsuche schicken. Deshalb habe ich ihm vorgeschlagen, hier zu übernachten. Ich meine, warum Geld für ein Hotelzimmer verschwenden. Das Gästezimmer im Erdgeschoss ist doch frei, und wir sind immer noch eine Familie.»

Wie könnte ich das vergessen, nachdem sie diesen Umstand ständig erwähnt und auch sonst bei jeder passenden und erst recht jeder unpassenden Gelegenheit betont. Aber ich weiß ja, wie wenig ich gegen Lotte ankomme. Und gegen das Geldverschwender-Argument gleich zweimal nicht – wo wir doch jeden Cent für die Renovierung brauchen.

«Und wo ist dann mein Vater?», erkundige ich mich.

«Herbert?» Sie versteht offensichtlich nicht, warum ich das wissen möchte.

«Na, der gehört doch auch zur Familie, oder?» Abrupt wende ich mich ab und begebe mich zum Kühlschrank. Ich brauche dringend einen Schlummertrunk, sonst werde ich kein Auge zumachen in dieser Wahnsinnsnacht mit meinem verunglückten Erotikversuch, dem nackten Exmann und dem *schwerverletzten* Kind. Lotte hat doch sicherlich etwas zum Picheln in der Kühlung. Ich entdecke eine halbe Flasche Rotwein, den sie gerne kalt trinkt wie die Spanier ihre Sangria, schnappe mir das Fläschchen und marschiere aus der Küche. An der Tür drehe ich mich nochmal um. «Und bitte, Lotte, würdest du mir vorher Bescheid geben, wenn der nächste ungebetene Gast im Anmarsch ist. Dann packe ich nämlich meine Koffer und ziehe aus!»

18

Als die Kinder noch klein waren, bekam ich zum Muttertag das Frühstück ans Bett. Kaffee und Kuchen (den wir am Vortag zusammen gebacken hatten), unzählige feuchte Kinderküsschen und liebevoll gemalte Glückwunschbildchen. Dazu handgeschnitzte Holzfigürchen von Fabian, Gänseblümchen-Sträuße aus dem Garten und einmal sogar ein Glückskleeblatt, das Juliane in unserem Garten gefunden hatte. Gemeinsam machten wir es uns dann im Bett gemütlich, krümelten mit dem Kuchen, und die Kinder verschütteten Kakao. In den ersten Schuljahren wurde ich dann mit eigenhändig getöpferten Bechern und Vasen beschenkt. Ein, zwei Exemplare davon haben die Jahre tatsächlich unbeschadet überlebt und zieren immer noch mein Bücherregal.

Heute kann ich auf derlei Jubiläumsservice lange warten. Seit einer halben Stunde bin ich wach, höre aber keinen Mucks. War wohl doch zu viel der körperlichen Anstrengung letzte Nacht. Vor lauter Gedanken an John habe ich kaum ein Auge zugemacht. Irgendwie hätte ich erwartet, dass er sich meldet. Dass er mich anruft, nochmal mit Blumen vor der Tür steht oder so.

Das Lachyoga unserer Frühaufsteherin scheint ebenfalls auszufallen. Verständlich. Sie ist schließlich auch Mutter. Ob sie ernsthaft darauf wartet, dass Volker ihr den Kaffee ans Bett bringt? Daraus wird wohl nichts. Da fällt mir ein, dass wir eigentlich dreifach Grund haben, den Muttertag zu feiern. Es sei denn, Lotte zaubert irgendeine alte Bauernregel aus dem Hut, die besagt, dass voreiliges Jubilieren dem ungeborenen Baby Unglück bringt.

Mittlerweile ist es zehn Uhr. Langsam wird mein Durst unerträglich, und einen sauren Rollmops würde ich auch nicht ablehnen. Die halbe Flasche Rotwein hat mir einen Kater beschert. Ich schwanke zwischen Weiterschlafen oder mir selbst ein Katerfrühstück zu machen, als ich das Knarren der Treppenstufen und kurz darauf ein zaghaftes Klopfen vernehme.

«Ich bin wach, kommt rein», rufe ich. Meine Lieben werden mich von den trüben Gedanken an John ablenken. Ein warmes Gefühl von Mutterglück kribbelt im Magen. Es ist doch ganz schön, die Kinder wieder im Haus zu haben, stelle ich fest.

Die Tür wird vorsichtig aufgeschoben, ein beladenes Tablett sichtbar, und dann erscheint Lotte in einem rosa-grün karierten Kleid mit Zipfelsaum, zu dem sie Plüsch-Hausschuhe im Leopardenmuster trägt. «Alles Gute zum Muttertag, Liebchen.»

«Ach, du bist es.» Unabsichtlich ist mir diese nicht sehr freundliche Bemerkung rausgerutscht. «Äh … Entschuldige, war nicht so gemeint. Aber ich dachte …»

«Die Jungs schlafen noch», erklärt sie, als sei das eine Entschuldigung. «Appetit auf Kaffee, Toast und Rührei? Ich möchte mich bei dir entschuldigen …»

Ich schiebe die leere Weinflasche und das Glas auf dem Nachttisch zur Seite, schlucke meine enttäuschten Erwartungen hinunter und bedanke mich. «Das ist lieb von dir, Lotte. Aber ich sollte aufstehen und …»

«Nichts da!» Sie stellt das Tablett ab und begibt sich ans Fenster, um die Vorhänge zurückzuziehen. «Heute lässt du dich mal bedienen. Was hältst du von einer Pyjama-Party?»

Was plant das verrückte Huhn denn jetzt schon wieder, denke ich panisch und frage: «Mit den Kindern?»

«Ne, ne», kichert sie, eilt aus dem Zimmer und erscheint

nach wenigen Sekunden mit einer Flasche Piccolo und zwei Sektgläsern. «Nur wir zwei. Du und ich. Wenn uns die Kinder nicht verwöhnen, mein missratener Sohn eingeschlossen, so ist das noch lange kein Grund, auf eine Feier zu verzichten.»

Beim Öffnen des Fläschchens gibt der banale Schraubverschluss ein kurzes Zischen von sich, was Lotte mit einem fröhlichen «Juhuuu» kommentiert.

Der Sekt perlt ins Glas, ich wage einen zögernden Einwand. «Also, Lotte, ich weiß nicht ... Ist doch sehr früh ... Und dann auf nüchternen Magen ...»

«Man muss alles mal probiert haben, Liebchen.» Freudig überreicht sie mir ein Glas. «Sekt ist gut für den Kreislauf. Und gut gegen trübe Gedanken.» Sie prostet mir vielsagend zu. «Auf uns! Ohne Mütter wäre die Welt ein einziges Jammertal.»

«Auf uns», stimme ich in ihren Toast ein und nehme einen winzigen Höflichkeitsschluck.

Lotte leert ihr Glas in einem Zug und lässt sich dann neben mich in die Kissen plumpsen. «Reich mal das Tablett rüber», fordert sie mich auf, knufft ein Kissen zurecht und schiebt es sich in den Rücken.

Ich platziere folgsam das Tablett zwischen uns – und registriere erst jetzt, dass sie Frühstück für zwei Personen zubereitet hat.

Tja, denke ich erstaunt. Man muss wohl tatsächlich alles mal probieren im Leben. Auch eine Muttertag-Pyjama-Party mit Schwiegermonster.

Die Sonntagssonne scheint uns ins Gesicht, während wir Kaffee mit aufgeschäumter Milch schlürfen und kalten Rührei-Toast mümmeln, der mit (ungeschnittenem) Schnittlauch aus dem Garten belegt ist. Lotte hat wirklich an alles gedacht. Und irgendwie schafft sie es damit tatsächlich, meine Laune zu heben. Sie hat auch etwas Süßes organisiert: eine Schale Mon

Chéri. Um ehrlich zu sein, sind die das Beste am Muttertags-Frühstück. Das Rührei war zu lange in der Pfanne und ist trocken. Dafür ist der Toast so labbrig, als wäre er nur am Toaster vorbeigelaufen. Aber ich will nicht ungerecht sein, der Kaffee schmeckt prima.

«Hmm … also, erzähl doch mal», beginnt sie und beißt herzhaft in ihr Toastbrot. «Wie war's denn gestern Abend? Ich hatte dich nicht so schnell wieder zurückerwartet. Eigentlich dachte ich, du bleibst über Nacht. Habt ihr denn nicht … Na ja, du weißt schon …»

Ich verschlucke mich am Kaffee. Ein Hustenanfall rettet mich vorerst vor der Antwort. «Es war … nett», antworte ich ausweichend.

«Nett?» Sie blickt mich entsetzt an. «*Nett* bedeutet, es war stinklangweilig. Ist John etwa ein miserabler Liebhaber? Das tut mir aber leid.»

Verlegen schüttle ich den Kopf. «Nein, das heißt es nicht. Jedenfalls nicht in meiner Sprache. Außerdem war nie die Rede von Über-Nacht-Bleiben. Ich wollte ihn lediglich nach Hause fahren, weil er zu viel getrunken hat», versichere ich und überlege gleichzeitig, wie ich das Thema wechseln kann. Bei aller Dankbarkeit für den prima Frühstücksservice, aber mein nichtexistierendes Liebesleben oder gar den peinlichen Vorfall von gestern mit Lotte zu diskutieren, fände ich dann doch unangebracht.

Unsere «Pyjama-Party» wird plötzlich durch lautes Scheppern aus dem Erdgeschoss gestört.

«Was war das?», frage ich mehr mich selbst als Lotte.

«Volker!», antwortet Lotte. «Er mag ja ein begnadeter Zahnarzt sein, aber in der Küche benimmt er sich wie 'ne Horde Elefanten auf der Suche nach Wasser.»

Von wem er das wohl hat?

Lotte stemmt sich ächzend aus dem Bett. «Ich werde mal

nach dem Rechten sehen, bevor er noch alles kurz und klein schlägt», verkündet sie und wackelt gemächlich von dannen.

Ich gönne mir ein Mon Chéri und lehne mich in den Kissen zurück. Eigentlich ganz gemütlich, so eine Muttertag-Pyjama-Party, denke ich zufrieden und überlege, vielleicht den ganzen Tag im Bett zu vertrödeln – oder zumindest den halben. Bevor hier die Familie angetanzt ist, habe ich das öfter mal getan. Ich angle nach der Wochenendzeitung, die vom Nachttisch gefallen ist. Ich könnte in Ruhe lesen, den Sekt süffeln und mir zwischendurch ein kleines Nickerchen …

Unvermittelt schwingt die Tür auf. Zwei barfüßige Jungs in Boxershorts und zerknitterten Shirts betreten den Raum.

«Morgen», brummeln sie nacheinander.

Charlie kratzt sich am Hintern – mit der «gebrochenen» Hand. Fabian bohrt im Ohr. Na, über solch wohlerzogenen Besuch am Ehrentag freut sich doch jede Mutter.

«Gibt's heute kein Frühstück?» Fabian gähnt und streckt sich, dass die Knochen knacken.

«Guten Morgen», entgegne ich leicht angesäuert und blicke zur Tür, ob Juliane erscheint. Doch dann fällt mir ein, dass sie erst im Laufe des Vormittags von der Party zurück sein wollte.

«Mmm, mmm», murmelt Charlie, und beide fixieren mit hungrigen Blicken mein Frühstückstablett. Gleich darauf mustern sie mich, als wäre ich eine Rabenmutter von der übelsten Sorte.

Wie unter Zwang meldet sich mein Versorgungsimpuls. Dagegen war ich schon immer machtlos, und wie fremdgesteuert will ich aufspringen. Aber dann überlege ich es mir anders. Muttertag ist nur ein Mal im Jahr, sage ich mir, und den sollte jede Frau ausnutzen. Ich ziehe meinen Fuß zurück unter die Decke und bleibe eisern liegen.

«Na, ihr zwei Selfmade-Helden.» Lotte tänzelt mit schwingenden Rocksäumen ins Zimmer. Zur flapsigen Begrüßung klopft sie ihnen kräftig auf den Rücken. Dann wendet sie sich an Charlie. «Wie geht's dem Daumen?»

Ertappt zuckt er zusammen. «Öhm …»

Lotte grinst mich an und zwinkert mir verschwörerisch zu. «Prima», lacht sie und schubst ihre Enkel vorwärts. «Dann gratuliert eurer Mutter und macht einen Diener, wenn ihr schon mit leeren Händen hier auftaucht.»

Schlagartig fällt den Helden ein, was heute für ein Tag ist. «Ohhh … Mist …»

Mit hängenden Köpfen schleichen sie an mein Bett. Ich bekomme aufrichtige Entschuldigungen und feuchte Schmatzer auf die Wangen. Es fühlt sich an wie früher, als sie noch zur Schule gingen – nur ohne Schnitzereien und Töpfervasen.

Charlie setzt sich ans Fußende. «Tut mir leid, Mama, wir haben kein Geschenk für dich.»

«Was wünschst du dir denn?», fragt Fabian, der neben seinem Bruder steht und nun genüsslich im anderen Ohr rumbohrt. «Ich könnte dir was Tolles schnitzen. Musst nur sagen, was dir gefallen würde.»

«Oooch …», antworte ich gedehnt, und noch ehe mir eine hübsche Ausrede eingefallen ist, klopft es erneut zaghaft am Türrahmen.

Marie lugt vorsichtig herein und zupft verlegen an ihrem Froschkönig-T-Shirt. «Charlie?» Ihr zartes Stimmchen klingt noch dünner als sonst.

Irgendwie sieht sie blass und übernächtigt aus, was zum einen an den dunklen langen Haaren, aber auch an ihrem blassen Teint liegt.

«Immer herein», fordert Lotte sie kichernd auf und lässt sich wieder neben mir in die Kissen plumpsen. Eine Tasse fällt um, und ein Rest Kaffee ergießt sich aufs Tablett, was sie nicht weiter kümmert. «Die Pyjama-Party hat gerade erst angefangen!»

Marie tippelt zu Charlie, legt ihm eine Hand auf die Schulter und wünscht mir lächelnd alles Gute zum Muttertag.

«Gleichfalls», erwidere ich und gebe eine Runde Mon Chéri aus.

Meine Söhne bedienen sich beidhändig, Marie lehnt dankend ab. «Da ist Alkohol drin, oder?»

«Entschuldige, daran hab ich nicht gedacht.» Verlegen wechsle ich das Thema und frage Lotte, was vorhin in der Küche los war.

«Volker hat versucht, die Kaffeemaschine in Gang zu setzen, wusste aber nicht, wie», erklärt sie.

«Oh ja, Kaffee!», stöhnt Fabian, wobei er gedankenverloren die zutage beförderten Bohrergebnisse aus seinem Ohr inspiziert.

Marie wendet sich angewidert ab und entschuldigt sich. «Ich geh mal unter die Dusche.» Sie stößt Charlie leicht an. Der erhebt sich wie auf Kommando, und gemeinsam verlässt das junge Paar meine *Party*.

Lotte gibt mir einen Seitenschubs. «Marie hat Charlie aber gut erzogen», kichert sie leise.

Fabian nimmt Charlies Platz am Bettende ein. «Also, ich wollte nur sagen, dass wir selbstverständlich ein Geschenk für dich haben, Mama.»

«Oh, wie schön», freue ich mich. «Und darf ich erfahren, was es ist, oder gedenkst du mich zu überraschen?»

«Keine selbstgeschnitzte Holzfigur», verrät er mir grinsend, steht wieder auf und verlässt mein Schlafzimmer. An der Tür dreht er sich nochmal um. «Aber trotzdem was Handgemachtes.»

«Na, das klingt ja spannend», rufe ich ihm hinterher.

«Der Pavillon wird dir gefallen», verkündet Lotte, als Fabian außer Hörweite ist und schlägt sich eine Sekunde später auf die Stirn. «Huch, das durfte ich wahrscheinlich gar nicht verraten.»

«Der Pavillon! Meine Güte ...» Vor Rührung muss ich schlucken und kann kaum weitersprechen. «Bist du sicher, Lotte? Die Jugendstillaube war immer mein Lieblingsplatz an heißen Tagen. Sie zu restaurieren wäre wirklich ein ganz besonderes Geschenk. Aber die weiße Lackierung ist mindestens zehn Jahre alt und vollkommen verwittert. Ich habe ja nicht viel Ahnung von dergleichen Arbeiten, aber vermutlich muss man die gesamte Laube erst mal gründlich abschleifen, und das allein dürfte schon Tage dauern.»

Lotte greift nach einer Kirschpraline und wickelt sie beinahe andächtig aus. «Ach was, der Bub hat doch im Moment keinen Job, und wer weiß, ob überhaupt und wann er wieder einen bekommt. Ist doch gut, wenn er sich eine Beschäftigung sucht und nicht untätig rumhängt.»

«Wieso rumhängen?», wundere ich mich. «War nicht von der gemeinsamen Hausrenovierung die Rede, und anschließend wollte er doch nach Amerika? Oder hat er sich das anderes überlegt? Hat er mit dir darüber gesprochen?»

Meine Fragen bleiben unbeantwortet, denn Lotte kaut noch am Mon Chéri, als es wieder klopft.

Auf mein «Ja» öffnet sich die Tür einen Spalt, und der Herr Zahnarzt lugt vorsichtig herein.

«Guten Morgen, die Damen. Darf man eintreten?»

«Nur, wenn du vollständig bekleidet bist, Volker», stelle ich zur Bedingung.

Mit einem breiten Grinsen tritt er ein. «Bin ich doch immer.»

Diesmal stimmt es tatsächlich. In konservativen Hosen aus dunklem Tuch, einem weißem Hemd plus Krawatte und blankgewienerten Schuhen tritt er ans Bett zu Lotte. «Alles

Liebe zum Muttertag!» Ungelenk beugt er sich zu ihr und küsst sie auf die Wangen.

«Und, steht die Küche noch?», fragt die Frau, die in zwei Sekunden so viel Chaos anrichten kann wie eine Schar Kindergartenkinder an einem ganzen Tag nicht.

Lässig schiebt Volker die Hände in die Hosentaschen. «Ich hätte einen Vorschlag», sagt er und übergeht die unangenehme Frage.

Typisch! Darin ist er Weltmeister. Sobald es für ihn unerfreulich werden könnte, weicht er aus, wohl in der Hoffnung, dass sich dann alles von selbst erledigt. Ähnlich wie Lottes Ablenkungsmanöver. Scheint in der Familie zu liegen. Damit hat er mich schon immer auf die Palme gebracht. Besonders in der Zeit, als sein Verhältnis zu Ruth begann, überhörte er meine Fragen nach seinem Zuspätkommen kategorisch.

«Raus damit!», erwidert Lotte aufgeregt.

Ich hebe nur skeptisch die Augenbrauen und rechne mit dem Schlimmsten. Für einen Moment scheint es, als wolle er sich zu uns aufs Bett setzen. Na, das brauche ich dringend. Mir genügt es, dass er mein Schlafgemach überhaupt betreten hat. Der nächste Gedanke lässt mich frösteln. Hat er sich etwa von Ruth getrennt und will mir Avancen machen? Das hört man ja immer wieder. Die junge Geliebte hat genug von dem alten Sack, der sie mit seinen eingefahrenen Gewohnheiten und Macken an den Rand der Verzweiflung treibt, und setzt ihn kurzerhand vor die Tür. Der Streit scheint jedenfalls noch nicht beigelegt zu sein, sonst hätte er doch längst seinen Koffer geschnappt und wäre zurückgeeilt zu der Frau, die ihn angeblich wortlos versteht.

«Falls ihr für den heutigen Tag noch keine Pläne habt, würde ich …» Seine Stimme klingt freundlich-sachlich, aber auch ein klein wenig unsicher.

Die Türglocke unterbricht Volkers Rede.

Lotte springt wie von der Tarantel gestochen auf (im letzten Moment kann ich gerade noch das Tablett zur Seite ziehen) und saust mit einem kichernden «Das muss Herbert sein!» davon.

Ich bleibe zurück.

ALLEIN mit meinem Exmann. Im Schlafzimmer!

19

Ungewollt muss ich an John denken. Wenn er die Szene sehen könnte ... Würde er meiner Erklärung glauben oder die Situation missverstehen? Volker tut das anscheinend. Denn er mustert mich unverwandt, als erwarte er eine Aufforderung – zu was auch immer.

Na super!

Peinliche Stille breitet sich aus. Unbehagen kriecht meinen Rücken hoch. Automatisch ziehe ich die Decke unters Kinn. Nur mit Mühe gelingt es mir, nicht ausfallend zu werden. Dabei würde ich ihn am liebsten hochkant aus meinem Schlafzimmer werfen.

«Hübsch hier», durchbricht Volker das Schweigen. Aufmerksam blickt er sich um und sucht dabei immer wieder meinen Blick.

Ich fasse es nicht! Nicht mal, als wir noch glücklich verheiratet waren, hat er sich dermaßen intensiv für Einrichtung oder Möbel interessiert. Was soll jetzt plötzlich diese alberne Schmeichelei? Hegt er irgendwelche Hintergedanken? Flirtet er etwa mit mir?

«Hmm», brumme ich mit eisiger Miene. Insgeheim frage ich mich, ob er die peinliche Situation absichtlich ignoriert oder so unsensibel ist und einfach nicht spürt, wie unpassend seine Anwesenheit ist.

Unvermittelt schlendert er zum Fenster und befühlt mit fachmännischem Gemurmel die Vorhänge. «Es ist so ... Wie soll ich sagen ...», stottert er.

«Feminin?», zische ich scharf, als wäre ich die Chefin eines Sado-Maso-Etablissements.

Begeistert nickt er mir zu. «Ja, genau! Wirklich sehr feminin.» Er wendet sich wieder um und starrt schweigend aus dem Fenster.

Er muss sofort raus hier, beschließe ich. Und einen Lidschlag später fällt mir das passende Rausschmeißer-Thema ein: «Was von Ruth gehört?»

«Bitte?» Abrupt dreht er sich um. Seinem geschockten Blick nach zu urteilen, könnte man meinen, ich hätte ihm eine unsittliche Frage gestellt.

«Ruth!», wiederhole ich genervt. «Du erinnerst dich? Die Frau, mit der du zusammenlebst. Ihr hattet Streit. Muss ja ziemlich heftig gewesen sein, wenn du mitten in der Nacht mit Sack und Pack hier aufkreuzt.»

«Ach, na ja …» Er windet sich wie ein Aal, fasst sich mit den Fingern in den Kragen, als müsse er ihn lockern, um Luft zu bekommen.

Ha! Ganz offensichtlich sucht er verzweifelt nach einem Weg, der Inquisition zu entkommen.

Ein nicht zu identifizierendes Poltern aus dem Erdgeschoss löst uns aus der Erstarrung.

Erschrocken fahre ich hoch. «Was war das?», frage ich und lasse mich gleich darauf wieder in die Kissen zurückfallen. Egal was da unten vor sich gehen mag, Hauptsache, es treibt Volker endlich aus dem Zimmer.

«Keine Ahnung.» Er hebt die Schultern, blickt Richtung Tür und verkündet schließlich: «Ich geh besser nachsehen.»

«Das wurde aber auch Zeit», seufze ich leise, als ich ihn die Treppen hinuntergaloppieren höre.

Schnell räume ich das Tablett zur Seite und stehe auf. Im Erdgeschoss wird immer noch rumgelärmt, doch ich bezwinge meine Neugier und gehe ins Bad. In meinem ollen Schlafshirt, mit Gammelfrisur und ungeschminkt möchte ich nämlich niemanden mehr gegenübertreten. Volkers Besuch in meinem Schlafzimmer hat meinen Bedarf in dieser Hinsicht hinlänglich gedeckt.

Unter dem heißen Wasser entspanne ich mich. Beim Haareshampoonieren sehe ich das Schlafzimmer-Intermezzo dann von der heiteren Seite.

Doch mein Duschvergnügen dauert keine drei Minuten, dann wird das warme Wasser immer kühler, bis es eiskalt aus dem Hahn läuft. Der uralte Heißwasserkessel schafft es einfach nicht, so viele Erwachsene mit ausreichend Duschwasser zu versorgen. An ein schönes heißes Bad ist zurzeit erst recht nicht zu denken. Die Kinder haben das Heißwasserreservoir unbekümmert verbraucht.

«Tolles Muttertagsgeschenk», schimpfe ich frierend, als ich das Shampoo mit kaltem Wasser ausspülen muss.

Aufgewärmt vom heißen Föhn, begebe ich mich dann nach unten, entschlossen, mir durch den kleinen Zwischenfall von vorhin und das kalte Wasser nicht den Muttertag vermiesen zu lassen. Mein Haar glänzt frisch gewaschen, ich bin dezent geschminkt und dufte nach Lottes Rosenöl. Und ich trage das Kleid, das ich gestern beim Shopping-Bummel erstanden habe.

Unten im Flur stolpere ich beinahe über einen Berg aufgestapelter Ziegelsteine und weiche zurück.

Durch die weitgeöffnete Haustür sehe ich Herberts Wagen mit offener Heckklappe vor dem Haus parken. Fabian entlädt einen Sack Zement. Direkt vor meinen Füßen lässt er ihn aufs Parkett plumpsen, was reichlich Staub aufwirbelt.

«Habt ihr die Absicht, irgendwo eine Wand einzuziehen?», frage ich und bemühe mich um einen gelassenen Tonfall.

Mein Vater drückt mir eine Plastiktüte in die Hand, murmelt: «Die Wäsche … hab ich gestern vergessen», und sucht das Weite.

Fabian angelt ein verschmutztes Taschentuch aus seiner

Hose, die auf Höhe der Knie abgeschnitten wurde, wischt sich den Schweiß von der Stirn und strahlt mich mit frechem Lausbubengrinsen an. «Tatatata: dein Muttertagsgeschenk!»

Einen Augenblick lange hoffe ich, mich verhört zu haben. Doch dann kapiere ich. «Scherzkeks!» Lachend fahre ich meinem Sohn durchs Haar. «Beinahe wäre ich dir auf den Leim gegangen. Also jetzt raus damit, was wollt ihr mit dem Zeug? Und wieso schleppt ihr mir am Sonntag so viel Dreck ins Haus? Ich wollte mich heute eigentlich mal ausruhen und nicht schon wieder den Putzlappen schwingen.»

Inzwischen hat mein Vater eine wunderschöne weißblühende Hortensie aus dem Wagen geholt. «Wo ist Lotte?»

Aus der Küche kommt ihre Stimme. «Wir sind hi-ier!»

Eilig verzieht sich Herbert mit dem Blumentopf, und ich wende mich wieder Fabian zu. «Was geht hier vor?»

Liebevoll legt er seinen Arm um mich. «Eine Überraschung für den Garten, Mama. Und bitte entschuldige den Dreck, aber die Gartentür war von einem Auto zugeparkt, und weil das alles auf die Terrasse muss, ist der Weg über den Flur eben der kürzeste. Ich mach später alles wieder sauber. Großes Ehrenwort.»

Ich atme tief durch und bemühe mich, meine Enttäuschung zu verbergen. «Ich dachte … du renovierst den Gartenpavillon!?»

«Wie kommst du denn darauf?», fragt er. «Das hier wird etwas viel Schöneres. Und du hast es dir schon immer gewünscht.»

«Einen Kubikmeter Ziegel und einen Sack Zement?» Pikiert starre ich auf den Steinhaufen und den Dreck, kann mir aber beim besten Willen nichts darunter vorstellen, und schon gar nichts *Schönes*. «Ich kann mich auch nicht erinnern, mir jemals Steine gewünscht zu haben.»

«Rate!»

Fabian liebt diese albernen Ratespielchen – ich nicht. Doch wenn ich nicht mitmache, fängt er an zu betteln, und schlussendlich gebe ich dann doch nach.

«Also gut», sage ich, um den Vorgang abzukürzen. «Ein Anbau für unsere rapide wachsende Familie wäre durchaus praktisch. Aber mit den paar Steinen kann man ja nicht mal das Fundament bauen.» Kaum hab ich es ausgesprochen, befürchte ich, mein Verdacht könnte sich bewahrheiten. «Oder kommt noch eine Ladung?»

Mein Sohn schüttelt den Kopf. «Nein, alles falsch. Aber ich will dir einen Tipp geben: Essen!»

Ich grüble angestrengt nach. Und dann keimt in mir ein schrecklicher Verdacht. «Etwa einen gemauerten Gartengrill?» Meine Stimme klingt schrill und panisch.

«Treffer!» Er küsst mich begeistert auf die Wange. «Komm mit, ich zeig dir, wo ich ihn bauen will.» Er nimmt mich bei der Hand und zieht mich durchs Haus auf die Terrasse. «Hier!» Aufgeregt zeigt er auf den ausgewählten Platz nahe der Terrasse. «Freust du dich?»

Vor *Freude* fehlen mir erst mal die Worte. «Ja ... äh ... das ist ... zumindest eine große Überraschung», täusche ich dann so etwas wie Begeisterung vor. «Aber wann habe ich mir so etwas gewünscht?» Gespannt blicke ich zu meinen einen Kopf größeren Sohn hoch. Denn ich bin ziemlich sicher, dass dieser Grill auf seiner und Charlies Wunschliste stand. Die zwei braten nämlich für ihr Leben gern Würstel und natürlich Steaks – und zwar so richtig schön dunkelbraun. Echte Männer lieben eben angekokeltes Fleisch.

«Bei Charlies Abi-Feier», antwortet er, ohne nachzudenken. «Das hast du doch nicht etwa vergessen?»

«Nein, wie könnte ich. Es war schließlich ein Großereignis für die ganze Familie», versichere ich und rufe mir den Tag ins Gedächtnis. Charlie hatte sich als Belohnung für sein

Eins-Komma-Fünfer-Abi ein Grillfest mit Kartoffelsalat und Würstel für sich und seine Freunde gewünscht. Mir fällt auch ein, dass Lotte als Überraschungsgast mit von der Partie war und wie sehr er sich darüber gefreut hat. Aber wann ich den Wunsch nach einem gemauerten Gartengrill geäußert haben soll? Keine Ahnung. Plötzlich erinnere ich mich dunkel an den Grillmarathon. Volker legte von Mittag bis zum Abend Unmengen Fleisch und Wurst auf den Rost. Es wurde dann ein zweiter Grill beim Nachbarn ausgeliehen, um möglichst viele Gäste gleichzeitig bedienen zu können. «Ich weiß noch», sage ich nachdenklich, «wie sehr euer Vater gestöhnt hat, dass man für solche Feste einen richtig großen Grillrost benötige und man einen Kamingrill in Terrassennähe bauen könne.»

«Genau, Mama», bestätigt Fabian triumphierend. «Und dann hast du gesagt: Ja, das wäre schön!»

Entgeistert starre ich meinen Sohn an. «Das habe ich doch nur gesagt, damit es keinen Streit gibt.»

«Wieso?» Fabian versteht gar nichts mehr.

Warum muss ich mich in letzter Zeit eigentlich ständig vor einem meiner Kinder rechtfertigen? Ich erkläre geduldig: «Euer Vater hat sich oft aufgeregt, wenn ich ihm widersprochen habe. Und das wollte ich an Charlies Ehrentag vermeiden. Seine Feier sollte doch ohne Querelen ablaufen.»

Fabian kratzt sich in Handwerkerpose am Kopf. «Darf ich die Steine trotzdem verarbeiten?» Er blickt mich mit seinen großen Augen hoffnungsvoll an.

«Aber Schatz, wie sähe denn das aus?», antworte ich milde, um meine Ablehnung möglichst freundlich zu verpacken. «So ein moderner Ziegelgrill passt doch nicht zum Stil unserer alten Villa. Oder hast du vergessen, dass wir in einem Jahr verkaufen wollen?»

«Na und? Aufgebaut ist das Ganze an einem Tag und abgebaut in einer Stunde!» Mein pragmatischer Sohn strahlt mich mit einem umwerfenden Lächeln an, als habe er soeben den Zaubermörtel erfunden.

Sprachlos schnappe ich nach Luft, lasse mich auf die Gartenbank fallen und suche verzweifelt nach neuen Argumenten.

«Happy Muttertag!» Marie tritt aus dem Wohnzimmer zu uns auf die Terrasse und drückt mir nun die weiße Hortensie in den Arm. «Am alten Pavillon ist eine Pflanze vertrocknet», fügt sie erklärend hinzu.

Hinter ihr taucht Charlie auf. Auf einem Teller balanciert er einen mit Sahnetupfern verzierten Erdbeerkuchen in Herzform. «Nochmal alles Liebe, Mama.» Er stellt den Kuchen auf den Tisch, beugt sich dann zu mir und küsst mich auf die Wange.

«Danke, das ist lieb von euch.» Über diese Geschenke bin ich ehrlich erfreut. Mein Blick wandert durch den blühenden Garten. Dort am Ende, eingerahmt von Hortensien, steht die Jugendstillaube im Schatten zweier schlanker Birken. «Ach ja, die Laube», seufze ich verträumt.

Im selben Moment gesellt sich Volker zu uns. «Was ist mit der Laube?»

Ich wittere eine Möglichkeit, den abscheulichen Grillbau zu verhindern. «Fabian wird sie renovieren, sozusagen als Geschenk zum Muttertag. Nicht wahr?» Fragend blicke ich meinen Sohn an.

Er stutzt eine Sekunde, als würde er die Botschaft nicht verstehen, nickt dann aber und erklärt: «Logo, wenn dir so viel daran liegt. Und vorher baue ich den Gartengrill.»

«Ah!» Volkers Augen glitzern verdächtig. «Deshalb also die Steine im Flur. Ich hab mich schon gewundert. Wie vernünftig, dir einen Grill zu wünschen, Rosemarie.»

Meine Geduld ist am Ende. «Nein, ich habe mir keinen

Ziegelgrill gewünscht!», erkläre ich mit Nachdruck. «Und ich möchte auch keinen, denn Fleisch –»

«Fleisch gehört in die Pfanne.» Lotte erscheint auf der Terrasse, Herbert im Schlepptau. «Gebratenes auf offenem Feuer ist krebserregend. Gefällt dir der Kuchen, Liebchen? Haben Marie und ich gebacken. Keine Panik», grinst sie, als sie meine entsetzte Miene registriert. «Die Küche ist schon wieder aufgeräumt, und wir können feiern. Es gab keine Brände oder Unfälle, und alles ist an seinem Platz.»

Langsam wird mir Lotte unheimlich. Sie steht in letzter Zeit einfach zu oft auf meiner Seite. Zerstört oder angezündet hat sie heute auch noch nichts – der verschüttete Kaffee war das einzige Missgeschick.

«Also, meine Lieben», hebt Volker gewichtig an wie der Clanvorstand. «Es hat etwas länger gedauert … Ich musste ewig rumtelefonieren … Offensichtlich werden heute mal wieder alle Mütter der Stadt ausgeführt … Aber dank meiner Kontakte ist es mir gelungen, doch noch einen Tisch fürs Mittagessen zu ergattern … Ich würde vorschlagen, ihr werft euch in Schale, und dann fahren wir los.»

«Und mein Bauvorhaben?» Fabian ist nicht gewillt, so einfach von seinem Plan abzulassen.

«Damit kannst du später beginnen, Sohn. Heute führe ich die Familie zur Feier des Tages aus.»

«Menno», mault Fabian wie ein aufmüpfiger Teenager, widerspricht aber nicht weiter und verzieht sich.

Ich wundere mich über seine Einsicht, und besonders über meinen Exmann. Er lässt plötzlich wieder den fürsorglichen Familienvater raushängen!? Und Ruth? Eins, zwei, drei vergessen? Dazu sein seltsames Benehmen vorhin in meinem Schlafzimmer und wie er jetzt den Hausherrn mimt. Also, bei allem freundschaftlichen Umgang miteinander, ich rieche den Braten doch meilenweit.

Misstrauisch beobachte ich ihn aus den Augenwinkeln. Das Alphamännchen blickt selbstherrlich in die Runde, als wolle er die Mitglieder seines Rudels abzählen.

«Wo ist eigentlich Juliane?», fragt er dann tatsächlich.

Ah! Der Erzeuger hat gemerkt, dass ein Junges fehlt.

«Sie war auf einer Party und hat bei einer Freundin übernachtet, wollte aber gegen Mittag zurück sein», sagt Lotte. «Sie wird bestimmt gleich anrauschen.»

Charlie angelt sein Handy aus der Hosentasche. «Ich versuche mal, sie zu erreichen. In welchem Restaurant hast du reserviert, Papa? Juliane kann doch direkt hinkommen», schlägt er vor.

«Im *Garden*», antwortet Volker. «Das ist ein Wintergarten-Restaurant im Hotel Bayerischer Hof.»

Julianes Handy ist ausgeschaltet, also sendet Charlie eine SMS, und Volker ist zufrieden.

«Diese Handys sind wirklich ein Segen», lächelt Lotte ihrem Lieblingsenkel zu.

Mein Vater nickt mit glänzenden Augen. Was auch immer Lotte sagt oder tut, er ist hellauf begeistert.

Nicht nur die sanftmütige Marie hat Charlie gut im Griff, stelle ich fest. Auch Chaos-Lotte beherrscht diese Disziplin, wenn auch mit anderen Mitteln. Mit was auch immer sie meinen Vater verhext hat, seine Wäsche zu waschen gehört leider nicht ins Programm.

Volker dagegen scheint den betont zärtlich Umgang zwischen meinem Vater und seiner Mutter absichtlich zu ignorieren. Geschäftig drängt er erneut zum Aufbruch. «Trödelt nicht rum, Kinder, der Tisch bleibt nicht ewig reserviert.»

Es dauert eine Weile, bis alle ausgehfein zurechtgemacht sind. Zwei Badezimmer sind dem Ansturm einfach nicht gewachsen. Als endlich alle fertig sind, versammeln wir uns im Erdgeschossflur. Volker hat sich das passende Jackett zur Hose übergezogen. Die beiden Jungs haben sich in saubere Jeans, weiße Hemden sowie Jacketts geworfen. Charlie hat sogar auf seine unvermeidliche Mütze verzichtet. Marie trägt ein ärmelloses weißes Sommerkleid, dazu goldene Sandalen und eine goldene Beuteltasche über der Schulter. Ich habe mein Make-up aufgefrischt, eine Perlenkette umgelegt und die dazu passenden Ohrringe angesteckt.

Bevor wir das Haus verlassen, übernimmt Volker generalstabsmäßig die Fahrtaufteilung. «Charlie, Marie und Fabian fahren bei mir mit, Herbert und Lotte in Rosys Wagen.»

«Wir steigen schon mal ein», sagt Charlie, nimmt seine Marie an der Hand und zieht auch Fabian hinter sich her.

Mein Vater verzieht unwillig den Mund. Offensichtlich möchte er sich nicht *verteilen* lassen. «Kleine Planänderung», gibt er bekannt. «Ich nehme meinen Wagen. Eventuell bleibe ich nach dem Essen nämlich in der Stadt, und Lotte fährt bei mir mit. Wo ist sie übrigens?»

«Sie muss jeden Moment hier sein», antworte ich. «Sie wusste nicht, was sie in ein so feines Restaurant anziehen soll.» Die Bemerkung, dass sie in jedem ihrer Paradiesvogel-Gewänder unübersehbar ist, spare ich mir lieber, sonst bekomme ich noch Streit mit ihm.

«Ich werde nachsehen, ob sie Hilfe braucht.» Entschlossen marschiert mein Vater die Treppe hinauf.

Wir anderen verlassen das Haus und begeben uns zu den Autos. Charlie, Marie und Fabian sitzen bereits in Volkers Mercedes. Der steht einsteigebereit auf der Fahrerseite und trommelt nervös mit den Fingern auf dem Wagendach. Nichts hasst er so sehr, wie sich gedulden zu müssen. In seiner Welt wartet man auf ihn.

«Warum fährst du nicht schon mal los», schlage ich vor. «Du könntest für uns Getränke –» Ich stocke, weil mir Johns Wagen am Straßenrand auffällt.

Er hat ihn also noch nicht abgeholt. Offensichtlich ist er mit Wichtigerem beschäftigt. Aber es gelingt mir, den Gedanken an ihn zu vertreiben. Denn ein dröhnendes Motorheulen lenkt meine Aufmerksamkeit jetzt zur Straßenecke. Ein monströser, schwarzer Geländewagen mit dunkelgetönten Scheiben biegt um die Ecke und hält knapp hinter meinem Wagen. Der Fahrer lässt den Motor nochmal lautstark aufheulen, bevor er ihn abschaltet.

Gespannt richten sich alle Augen auf das schwarze Monster – aus dem meine Tochter und wenige Sekunden später ein breitschultriger Mann um die dreißig steigen. Der muskulöse, mindestens eins neunzig große Fahrer hat nicht ein Haar auf dem Kopf. Der kahle Schädel ist mit Tattoos verziert, Ohren und Hände sind mit schweren Silberringen geschmückt. Auf der Brust prangt eine dicke Silberkette, an der ein Dollarzeichen baumelt. Er könnte einer dieser Bodyguards sein, die man im Fernsehen in Begleitung amerikanischer Popstars sieht. Bevor ich den Eindruck verdaut habe, eilt Juliane mit ausgestreckten Armen auf mich zu.

«Schönen Mamatag!», kichert sie und umarmt mich.

«Danke, mein Schatz.» Ich drücke sie fest an mich, und erst als sie sich wieder löst, fällt mir auf, wie blass sie ist. «War wohl eine lange Party-Nacht?»

Sie übergeht meine Bemerkung, zupft lediglich ihr zerknittertes Kleid zurecht und sieht mich dann fragend an. «Das Empfangskomitee ist aber nicht für uns, oder?» Sie deutet auf ihren Begleiter, der am Wagen geblieben ist. «Ich hab nämlich Mozart mitgebracht!»

20

«Mozart?», frage ich ungläubig. Aber ich verkneife mir jeglichen Kommentar. Meine Kinder durften immer alle Freunde nach Hause mitbringen. Besonders bei meiner Tochter war es mir stets wichtig, sie in meiner Nähe zu wissen und ein wenig Kontrolle zu haben. Bisher gehörten allerdings eher die gutaussehenden Jungs zu Julianes Favoriten. Mozart weckt bei mir eher die Assoziation: die Schöne und das Biest!

Sein extravagantes Aussehen lässt auch Charlie, Marie und Fabian staunen, die bei der Ankunft des schwarzen Wagens wieder ausgestiegen sind. Volker ringt sichtbar um Fassung – was bei ihm selten vorkommt. Er vergisst sogar sein ungeduldiges Trommeln und starrt den Glatzkopf nur entsetzt an. Ich kann ihm seine Panik förmlich ansehen. Das ist wahrhaftig nicht der Mann, den er sich für seine einzige Tochter wünscht.

Juliane winkt Mozart zu sich. «Sei nicht so schüchtern, komm her», fordert sie ihn auf.

Als der schwarzgekleidete Mann auf uns zuschreitet, mustere ich ihn unauffällig. Soweit ich es erkenne, zieren seinen blanken Schädel eintätowierte Noten. Ich überlege, ob sie *Eine kleine Nachtmusik* ergeben. Als er vor mir steht, lese ich auf seinem rechten Arm das eintätowierte Wort *Mozart*. Und auf dem T-Shirt unter seiner Lederweste verkündet ein weißer Aufdruck: *Der tut nix!*

Ich muss lachen.

«Mama, das ist Mike Mozart», stellt Juliane ihn mir vor, deutet auf mich und sagt: «Meine Mutter.»

Der baumlange Glatzkopf nimmt seine schwarze Sonnenbrille ab, streckt mir die Hand entgegen und sagt mit dunklem Bassbariton: «Eigentlich Michael Huber. Mike Mozart ist mein Künstlername.»

Bergseeklare grünblaue Augen sehen mich freundlich an. Seinen weichen Mund umspielt ein schüchternes Lächeln. *Der* tut bestimmt nix!, resümiere ich. Und soweit ich das beurteilen kann, steckt in diesem schwarzgekleideten *Biest* ein sanfter, etwas unsicherer Kuschelbär.

«Freut mich, Mike Mozart», sage ich lächelnd und erwidere seinen warmen Händedruck. «Sind Sie denn auch in der Musikbranche tätig wie Amadeus?»

«Mozart ist DJ, und zwar der beste und coolste in ganz München», antwortet Juliane schwärmerisch. «Wie er Klassik mit Rap und Rock zu einem mega-avantgardistischen Sound mischt, einfach genial.»

«So, so, dann legen Sie also Platten in Diskotheken auf, *Herr* Mozart!?», mischt sich Volker plötzlich ein, der zu uns getreten ist.

Ein lautes «Juhuuu» unterbricht die Befragung des *Herrn* Mozart. Lotte schlendert an Herberts Arm auf uns zu. Sie trägt ein farbenfröhliches Hawaiihemd und die rosa Schlangenlederstiefel zu weiten schwarzen Männerhosen, die in der Taille von einem grünen Gürtel zusammengehalten werden. Mein Vater hat sein volles Haar mit Gel gebändigt und sich in einen dunklen Anzug gezwängt – was er höchst ungern und nur zu ganz besonderen Anlässen tut. Ob er sich mir zuliebe oder für Lotte überwunden hat, bliebe zu klären. Für wen auch immer, in dieser Aufmachung könnte er sofort als Eintänzer auf einem Luxuskreuzfahrtschiff anheuern. Als Paar sind die beiden nicht weniger schillernd als meine blonde Tochter in ihrem modischen lavendelfarbenen Minikleid neben dem schwarzgekleideten Glatzkopf-Mozart.

Volker hasst jegliche optische Auffälligkeiten, was auf Lottes Konto geht. Weshalb er ihre Ankunft als willkommene Gelegenheit ergreift, die ganze Versammlung aufzulösen. «So, nachdem wir vollzählig sind, können wir endlich los! Du fährst bei deiner Mutter mit», wendet er sich an Juliane, lässt Mozart einfach stehen, als wäre er Luft, und stellt damit klar, dass ihr neuer Freund nicht willkommen ist.

Charlie, Marie und Fabian steigen wortlos wieder in Volkers Wagen.

Mein Vater geleitet Lotte zu seinem Auto und öffnet ihr galant die Tür, was sie mit einem kichernden «Vielen Dank, Berti!» quittiert und uns ein fröhliches «Bis später!» zuruft.

«Wohin mitfahren?» Juliane zieht unwillig die Stirn kraus. Ihr Blick wandert von ihrem Vater zu mir. «Wieso ist Papa überhaupt hier?»

«Heute ist Muttertag, und Lotte ist *meine* Mutter, falls du das vergessen hast, junge Dame», weist er sie zurecht.

Juliane zuckt mit den Schultern. «Nee, hab ich nicht. Dann verrate mir doch, wohin du die ganze Sippschaft entführst.»

«Ins *Garden*, zum Brunch! Also steig ein, unser Tisch wartet.» Und zu mir gewandt: «Du kannst mir nachfahren, ich habe ein Navi und weiß, wo man am besten parken kann.»

Das Alphatierchen denkt mal wieder an jeden, amüsiere ich mich über seine Fürsorglichkeit. Besuchern gegenüber benimmt er sich jedoch wie ein ungehobelter Schnösel. Aber ich weiß, dass seine Spießigkeit der anhaltenden Rebellion gegen Lotte entspringt. Immer noch versucht er, seiner flippigen Mutter den wohlgeratenen Sohn vorzuleben, und lehnt alles Unkonventionelle ab. Solange er es verhindern kann, nisten sich in seiner Familie keine unangepassten Individuen ein.

«Danke, Volker, aber das ist nicht nötig», antworte ich mit honigsüßem Lächeln. «Zum Bayerischen Hof finde ich auch allein.»

Er funkelt mich kurz an, als wolle er Alleingänge nicht dulden, zuckt dann aber doch nur die Schultern. «Wie du meinst.» Damit steigt er hocherhobenen Hauptes in seinen Wagen, knallt die Tür zu und braust mit quietschenden Reifen davon.

«Ja, bis gleich!», rufe ich ihm nach und wende mich wieder Mozart zu, der neben Juliane unschlüssig von einem Bein aufs andere tritt. «Sie sind natürlich herzlich eingeladen. Falls Sie keine anderweitigen Verpflichtungen haben», füge ich hinzu und deute auf mein Auto.

«Vielen Dank, Frau Wittgenstein, ich nehme die Einladung sehr gern an!», antwortet er höflich. «Darf ich dann vielleicht die Fahrt übernehmen?»

Angenehm überrascht von so viel gutem Benehmen, nicke ich, mustere dann aber etwas unschlüssig sein schwarzes Monster-Fahrzeug. Dieses Ding mit den wuchtigen Reifen sieht eher nach aggressivem Fahrverhalten aus als nach Gemütlich-durch-die-Gegend-Zuckeln.

Mozart scheint meine Bedenken zu ahnen. «Ich fahre seit zwölf Jahren unfallfrei und bin Antialkoholiker. In meinem Panzer wird Ihnen nichts geschehen», versichert er grinsend.

«Das ist natürlich ein Argument», entgegne ich. «Vor allem, weil ich immer schon mal in einem *Panzer* fahren wollte.»

Wohlerzogen hilft Mike Mozart mir auf den Beifahrersitz und Juliane beim Einsteigen auf den Rücksitz. Während er dann um den Wagen herum zur Fahrerseite marschiert, sind wir für einen Moment allein. Juliane flüstert mir leise zu: «Danke, Mama, dass du Mozart eingeladen hast, seine Mutter lebt nämlich nicht mehr.»

Im Wagen riecht es blumig frisch wie beim Floristen, und als Mozart eingestiegen ist, muss ich mich zurückhalten, um dem mutterlosen *Biest* nicht über den Kahlkopf zu streicheln.

«Entschuldigen Sie, mein Exmann ist manchmal etwas übereifrig», erkläre ich, als Mozart losfährt. «Den Weg zu Münchens berühmtestem Hotel kennt ja wohl jeder. Es sei denn, man ist Tourist.»

Er nickt. «Ich kenne auch das Lokal. Sehr gute Küche.»

Antialkoholiker und Restaurantkenner! Na, das wird Volker sprachlos machen.

Juliane beugt sich zu mir vor. «Papa wird sauer sein.»

Ich drehe mich um, so weit es der Sicherheitsgurt zulässt. «Ach was, der ist nur immer wieder verblüfft, wenn nicht alle nach seiner Pfeife tanzen», beruhige ich sie, wechsle das Thema und frage Mozart: «Wo haben Sie und meine Tochter sich denn kennengelernt?»

Eine rote Ampel zwingt ihn zum Anhalten. «Bei einem großen, internationalen Event, in Italien.»

«Mozart hat dort nicht nur Platten aufgelegt, wie Papa so abfällig bemerkt hat», erklärt Juliane nun. «Er war auch der Organisator der Veranstaltung. Und darüber wollte ich mit dir reden.»

«Über Events?» Scheint ja heute mal wieder ein Tag der Überraschungen zu sein. «Hast du etwa vor, ein Fest zu veranstalten? Das wäre bei dem momentanen Chaos …»

«Nein, nein, keine Party», unterbricht sie mich. «Ich würde gerne … na ja … Ich möchte in Mozarts Firma einsteigen. Er ist nämlich Inhaber der Event-Firma *Mozart meets Rock* mit zehn Angestellten, hat unheimlich viel zu tun und sucht dringend Unterstützung.»

«Von dir?», entfährt es mir irritiert. «Sollst du etwa Platten auflegen?»

Juliane lacht herzhaft auf. «Ach Mama, manchmal bist du wirklich herrlich naiv. Ich höre zwar unheimlich gerne Musik, aber dafür würden meine Kenntnisse nicht ausreichen. Nein, ich würde mich um die Organisation kümmern. Locations buchen, Servicepersonal anheuern, Blumenschmuck … Ach du Schreck, ich hab doch tatsächlich deinen Blumenstrauß vergessen, Mama. Entschuldige, der liegt hinten im Heck.»

«Ah, deshalb duftet es hier drinnen wie beim Floristen», entgegne ich und freue mich, dass mir meine Tochter keine Grillzange schenkt. «Den Strauß nehmen wir einfach mit ins Restaurant. Aber jetzt erzähl weiter», fordere ich sie auf. «Das sind ja tolle Neuigkeiten.»

Während Mozart uns in gemächlichem Tempo Richtung Innenstadt chauffiert, berichtet Juliane ausführlich über die Event-Firma. «Neben Partys für junge Leute organisiert seine Firma Hochzeiten, Jubiläen aller Art und sogar Beerdigungen. Das jeweilige Paket umfasst alles, was für den Anlass nötig ist. Von A wie die Ausstattung der Räumlichkeiten bis Z wie Zelte für Partys mit bis zu fünfhundert Personen.»

«Das klingt nach einem aufregenden, verantwortungsvollen Job», stelle ich am Ende ihrer Ausführungen fest.

«Chef-Assistentin mit kreativen Aufgaben wäre die genaue Stellenbeschreibung», erklärt Juliane voller Stolz.

Ihrem enthusiastischen Bericht nach zu schließen scheint sie weder nach Italien noch an eine Uni zurückkehren zu wollen. Völlig uneingeschränkt kann ich mich aber nicht für meine Tochter freuen. Ich frage mich, ob diese Event-Branche krisensicher ist. Wenn ich an Fabians Situation denke, scheinen mir meine Bedenken gerechtfertigt. Selbst Schreiner haben in diesen schwierigen Zeiten kein Auskommen mehr.

«Wäre das denn ein Aushilfsjob?», frage ich scheinheilig, um nicht wie eine ängstliche Glucke zu wirken.

«Nein, Mama, ein Fulltime-Job. Du würdest dich wundern, wie gut Mozarts Laden läuft», antwortet meine Tochter.

Wir sind am Hotel angekommen. Etwas entfernt in einer Seitenstraße findet Mozart einen Parkplatz und rangiert gekonnt den bulligen Wagen in die Lücke.

Juliane holt den Blumenstrauß aus dem Heck und drückt ihn mir in den Arm. Gemeinsam marschieren wir dann Richtung Hotel.

«Weißt du, was der allerneueste Trend aus Amerika ist, Mama? Scheidungs-Partys! Aus lauter Rache am Expartner haut man kräftig auf den Putz – und belastet damit natürlich seine Kreditkarte, versteht sich.»

Abrupt bleibe ich stehen. «Eine Party nach der Scheidung? Das ist jetzt ein Scherz, oder?»

«Nein, nein, kein Scherz», bestätigt Mozart. «Warum auch nicht. Geschäft ist Geschäft.»

«Wenn ich das gewusst hätte», sage ich nachdenklich. «Dein Vater hätte sich über so eine Party giftgrün geärgert. So als kleine Retourkutsche für seinen Betrug …» Ich grinse hämisch vor mich hin.

«Du hilfst mir also, es Papa schonend beizubringen?» Juliane blickt mich erwartungsvoll an.

Wie mir erst jetzt bewusst wird, hat Juliane von Lotte wohl deren Sprunghaftigkeit geerbt. Erst mit fliegenden Fahnen ab nach Italien, dann eine kurze Super-Model-Karriere (selbst, wenn man dafür auf Schokolade verzichten muss) und jetzt mit Mike Mozart in die Party-Branche. Aber egal was sie vorhat, Hauptsache, die Model-Karriere ist passé. Meine Tochter halb verhungert über einen Laufsteg staksen zu sehen, würde mich auf die Barrikaden treiben.

«Wenn du deinem Vater die ganze Sache so ausführlich erklärst wie mir gerade, versteht er dich bestimmt», versichere ich ihr.

«Pffhhh», schnauft sie trotzig. «Das wär schön. Stattdessen wird er toben, wenn er hört, dass ich mein Studium schmeißen will.»

«Na gut», sage ich, bevor wir das Lokal betreten. «Wenn es nötig ist, greife ich ein.»

«Vielen Dank, Frau Wittgenstein», antwortet Mozart sichtlich erleichtert. «Ich würde Juliane wirklich gerne mit in die Firma nehmen. Aber nicht, wenn sie deshalb Ärger bekommt.»

Juliane drückt mir einen dicken Schmatz auf die Wange. «Du bist die Beste, Mama.»

Wir betreten das Hotel, durchqueren die Halle, laufen an einer kleinen Bar vorbei und landen wenig später im Restaurant.

Im ersten Moment bin ich wie geblendet. Durch die hohen Glasfronten des im Wintergartenstil gebauten Restaurants fällt die Mittagssonne und erfüllt den Raum mit gleißendem Licht. Mit meiner freien Hand beschatte ich meine Augen, um nach Volker Ausschau zu halten. Doch der Maître hat uns bereits erspäht. Höflich erkundigt er sich nach unseren Wünschen.

«Dr. Heller erwartet uns», antworte ich.

Der Befrackte dienert andeutungsweise: «Sehr wohl, zu Dr. Heller. Wenn Sie mir bitte folgen wollen.»

Volker hat uns anscheinend auch gesehen, denn er hebt kurz das Kinn. Zu einem profanen Zeichen wie Handheben würde er sich nie herablassen. Man könnte ja denken, er habe keine gute Kinderstube. Lotte dagegen ist Benehmen oder die Meinung anderer Menschen piepegal. Durch ihre auffällige Haarfarbe sowieso unübersehbar, winkt sie uns mit beiden Armen zu und flötet zur Sicherheit auch noch ein lautes «Juhuuu!» quer durchs Lokal, was dafür sorgt, dass die anderen Gäste ihre Köpfe verdrehen.

Der Empfangschef geleitet uns zum Tisch, verspricht, für meinen Strauß eine Vase zu besorgen, und entfernt sich.

Volker, der sich normalerweise erhebt, wenn Frauen an den Tisch treten, erstarrt wie in Aspik gegossen, als er Mozart erblickt. Offensichtlich hat er nicht mit ihm gerechnet. Ich übergehe sein schnöseliges Benehmen mit einem frechen Grinsen.

Kaum haben wir Platz genommen, eilt ein Kellner herbei, serviert drei große Flaschen Wasser sowie eine Flasche Weißwein und füllt die Gläser.

Ein zweiter Kellner bringt die versprochene Blumenvase, die, bestückt mit dem Strauß, leider zu groß für den Tisch ist, weshalb wir sie auf einem Beistelltisch platzieren. Über dem ganzen Hin und Her vergehen einige Minuten, dann kann endlich angestoßen werden.

«Nun denn.» Mein Vater erhebt sein Weinglas. «Wollen wir auf das Wohl der Mütter unter uns trinken!» Er zwinkert Lotte zu und flüstert: «Und falls wir nicht mehr fahren können, mieten wir uns im Hotel ein Zimmer.»

Lotto kichert mädchenhaft und läuft doch tatsächlich rot an. «Psst, Berti, die Kinder.»

«Auf dich, Mama», prosten mir meine Kinder zu.

Volker erhebt sein Glas auf Lotte und gönnt auch mir ein knappes Nicken.

Nach dem Toast sind wir dann erst mal mit der Speisekarte beschäftigt. Es dauert eine Weile, bis neun Personen sich entscheiden, ihre Meinung kurzfristig wieder ändern, weil der Nachbar etwas Interessanteres auf der Karte gefunden hat, und nach endlosen Diskussionen immer noch nicht wissen, worauf sie Appetit haben. Schlussendlich bestellen wir auf meinen Vorschlag hin das Muttertagsmenü: Sauerampfer-Süppchen, gegrillte Meeresfrüchte und für Marie eine Portion Buttergemüse. Zum Nachtisch für alle: Tarte au Chocolat.

«Dann gibt es heute doch noch was vom Grill!», bemerke ich launig, um die angespannte Stimmung zu lockern.

Fabian entschlüpft tatsächlich ein Schmunzeln. Lotte kichert laut. Allerdings glaube ich, dass sie sich im Geiste längst mit meinem Vater im Hotelzimmer vergnügt. Auch Juliane und Mozart grinsen, nachdem wir sie aufgeklärt haben. Nur Volker scheint meinen Scherz überhaupt nicht angebracht und schon gar nicht komisch zu finden. Er entschuldigt sich kurz zum Händewaschen.

Kaum ist unser Miesepeter abgezogen, fragt Lotte unseren ungewöhnlichen Gast aus. «Sie sehen so aus, als hätten Sie einen interessanten Beruf?»

Mozart nickt verbindlich und liefert uns einen Kurzbericht seiner Tätigkeit und der Firma.

Lotte ist hellauf begeistert. Schwärmerisch verdreht sie die blaugeschminkten Augen. «Discjockeys waren zu meiner Zeit die Helden der Nacht. Da gab es ein Nachtlokal in Schwabing ...»

Lottes Hippie-Erinnerungen werden von Volkers Rückkehr unterbrochen. Freudestrahlend blickt er mich an, beugt sich zu mir und flüstert: «Weißt du, wen ich auf dem Weg zur Toilette getroffen habe?»

«Einen Patienten?», tippe ich. Immerhin praktiziert er seit fünfundzwanzig Jahren, da begegnet er vermutlich auch am Nordpol jemandem aus der unübersichtlich großen Patientenschar.

«Herrn Ansbach!»

Im ersten Moment glaube ich, mich verhört zu haben. «Unseren Makler?», vergewissere ich mich.

«Genau den», bestätigt Volker und reibt sich die Hände. «Er sitzt draußen an der kleinen Bar. Habt ihr ihn beim Reinkommen nicht gesehen?»

«Nein, er kam wohl nach uns», antworte ich.

Volker mustert mich prüfend, als glaube er mir nicht. «Ich hätte ihn ja gerne an unseren Tisch gebeten, aber er ist in weiblicher Begleitung! Warum gehst du nicht kurz raus, ihn begrüßen.»

«Ah, das ist bestimmt seine Mutter», sage ich leichthin, und ich hoffe sehr, dass sie noch lebt und bei bester Gesundheit ist.

«Nein, das kann ich mir nicht vorstellen», antwortet Volker mit spöttischem Blick. «Dem Altersunterschied nach könnte sie eher seine Tochter sein.»

Seine Tochter? Ich sehe wieder die peinliche Szene in Johns Wohnung vor mir. Und mir ist, als schließe sich eine unsichtbare Hand um meinen Hals, die mir langsam die Luft abdrückt.

21

Im ersten Impuls will ich an die Bar marschieren, um mich selbst zu überzeugen. Volker hat sich das bestimmt nur ausgedacht. Was sollte John auch in einem Hotel zu suchen haben? Oder hat er tatsächlich eine Geliebte, mit der er sich mangels eigenem Bett in einer noblen Suite vergnügen will?

Doch gerade als ich aufspringen will, servieren zwei Kellner das Sauerampfersüppchen wie Cappuccino in dünnwandigen weißen Porzellantassen.

Erleichtert atme ich auf. Zumindest für die Dauer der Vorspeise bleibt mir eine letzte Galgenfrist. Aber wenn mir keine glaubwürdige Ausrede einfällt, warum ich John nicht begrüßen sollte, wird mir der steinige Weg nicht erspart bleiben.

«Papa, können wir noch Brot bekommen?» Fabian schnappt sich das letzte Stück Baguette aus dem silbernen Brotkorb. «Ich werde sonst nicht satt. Das Süppchen ist was für Püppchen.»

Marie legt ihren Löffel zur Seite. «Ich finde es sehr lecker.» Anmutig tupft sie sich den Mund mit der Serviette ab. «Und genau die richtige Menge. Wenn ich zu viel esse, bekomme ich nur Sodbrennen.» Sie hält sich die Hand vor den Mund und stöhnt dezent auf.

Charlie lächelt seine Freundin liebevoll an, räumt aber leise ein, dass er auch noch eine Portion verdrücken könnte.

«Du kannst meinen Nachtisch haben», bietet Marie ihm daraufhin an.

Beim Anblick der beiden Verliebten seufze ich heimlich und rühre lustlos in meiner Suppe.

«Schmeckt es dir nicht?», fragt Lotte, die direkt neben mir sitzt.

Ich nicke abwesend und starre ratsuchend in das Tässchen. Wer war nur auf die Schnapsidee mit dem Mittagessen im Hotel gekommen? Ach ja: Volker! Eigenmächtig hat er die ganze Sache arrangiert. Ob er wusste, dass John hier sein würde? Besitzergreifend, wie Volker ist, traue ich ihm so eine Gemeinheit durchaus zu. Genau aus diesem Grund habe ich ihm auch nichts von meiner damaligen Beziehung mit John erzählt. Nur Lotte wusste ... Moment! Ist sie vielleicht die Verräterin?

Ich mustere sie aus den Augenwinkeln und überlege, ob ich sie drauf ansprechen soll.

«Lotte!» Ich gebe ihr einen kleinen Seitenschubs.

Lotte deutet die Signale mal wieder nach ihrem Gusto. «Die Flasche ist leider schon leer, Liebchen», kichert sie, fordert ihren Sohn am Tischende auf, noch Wein zu bestellen, und liefert ihm auch gleich die Begründung. «Muttertag ist ein triftiger Anlass für ein zweites Fläschchen, oder?»

An jedem anderen Mütter-Bejubelungstag würde ich ihr zustimmen. Heute ist mir aber ganz und gar nicht danach. Obwohl ich mit Sicherheit Grund genug hätte, mich zu betrinken. Wer kann schon von sich behaupten, nach über zwanzig Jahren ein zweites Mal auf die Jugendliebe reingefallen zu sein? Wenn das kein Rekord ist. Und zwar ein ganz trauriger! Je länger ich darüber nachdenke, desto mieser geht es mir. Ich bin kurz davor, zu heulen und zu schreien und mit Gläsern zu werfen, das ganze Frust-Programm eben. Leider muss ich mich aus Rücksicht auf meine Familie zusammenreißen. Also verhalte ich mich gesittet, wie es sich für eine werdende Großmutter gehört, und nehme mir ein Beispiel an der werdenden Urgroßmutter. Die spricht nämlich den nächsten Toast aus.

«Auf Marie, das Baby und eine schmerzfreie Geburt», erklärt Lotte, als ihr Glas wieder voll ist.

Marie bedankt sich zaghaft lächelnd. «Hauptsache, es kommt gesund zur Welt.»

«Na, wenn das kein Grund ist», findet Lotte, leert ihres in einem Zug und fordert Volker auf nachzuschenken.

Nachdem auch ich ein zweites Glas Wein intus habe, bessert sich meine Laune. Erheblich. Ich nehme noch einen großen Schluck und beschließe, John und seine Gespielin noch vor dem Hauptgang zu begrüßen. Nüchtern betrachtet (was mir gerade zunehmend schwerfällt), hat er mir keine Versprechungen gemacht. Oder? Meine Gedanken schweifen ab zu dem wundervollen Moment, als ich gestern in seinen Armen lag. Ich höre, wie er mir zärtliche Worte ins Ohr flüstert. Wie er immer wieder betont, wie glücklich er sei, dass wir uns wiedergetroffen hätten – und dann seine Ex aufgetaucht ist. Wenn er jetzt mit ihr da draußen an der Bar sitzt, genügt mir das als Erklärung.

Ich wappne mich, den Tatsachen ins Auge zu sehen, will mich erheben und tapfer losmarschieren, als mir mein Töchterchen einen Schubs verpasst.

«Mama, nun sag doch endlich auch mal was», zischt Juliane mir ins Ohr.

«Wozu?», frage ich unschuldig.

Sie blickt mich vorwurfsvoll an. «Hast du denn nicht zugehört?»

«Äh … Entschuldige, Schatz, worum geht's denn?», frage ich, bemüht, interessiert zu klingen.

«Papa glaubt, Mozart habe keine Lust auf *richtige* Arbeit, würde tagsüber lieber schlafen und nachts dann mal eben ein paar Platten auflegen», antwortet sie wutschnaubend.

Ich kippe den Rest meines dritten Weinglases hinunter und sende Volker einen strengen Blick ans andere Tischende.

«Ich wusste gar nicht, dass du so viel Ahnung von der Event-Branche hast», fordere ich ihn heraus. «Scheucht Ruth dich neuerdings durch die Nachtclubszene?»

Meine Kinder starren mich schockiert an. So angriffslustig kennen sie mich nicht. Und noch vor knapp einer Stunde habe ich erklärt, auf Charlies Abi-Feier gelogen zu haben, um Streit zu vermeiden.

Volker tupft sich den Mund ab, faltet dann seine Serviette umständlich zusammen und lehnt sich dabei gelassen in seinem Stuhl zurück. «Wie so ein lächerlicher Job aussieht, kann sich doch jedes Kind vorstellen. Dazu muss man sich nicht die Nächte um die Ohren schlagen. Dergleichen Aushilfsjobs sind allenfalls für Studenten akzeptabel. Einen angemessenen Lebensstandard kann man damit bestimmt nicht finanzieren.»

Der feindselige Ton ihres Vaters lässt Juliane hochgehen. «Du hast doch keine Ahnung, Papa», fährt sie ihn an. «Auch ein Studium schützt heutzutage nicht vor Arbeitslosigkeit.»

«Da muss ich Juliane aber zustimmen», mischt sich mein Vater nun ein und prostet Lotte zu.

«Papperlapapp», ist Volkers unflätige Antwort auf Julianes These. «Ein Studium ist nach wie vor die beste Voraussetzung für eine Karriere. Und deshalb werde ich auch niemals dulden, dass du als Telefontante in so einer Larifari-Firma endest. Wenn du das vorübergehend machen möchtest, um ein wenig Taschengeld zu verdienen, bitte schön, aber –»

«Pffhhh», unterbricht Juliane verächtlich schnaufend seinen Vortrag. «Wie willst du mir das bitte schön verbieten? Wir leben nicht mehr in der Steinzeit, ich bin volljährig und kann tun und lassen, was ich will. Mama denkt übrigens nicht so rückständig wie du! Und du solltest froh sein, dass ich mit dir über meine Pläne rede. Andere Kinder brechen einfach ihr Studium ab und scheren sich nicht die Bohne um die Wünsche ihrer Eltern. Aber mir liegt eben was an eurer beider Meinung.»

Mozart hat Julianes Tirade schweigend zugehört. Er wirkt kein bisschen verärgert, obwohl Volkers Feinseligkeit doch vornehmlich gegen ihn gerichtet ist. Seine Gelassenheit wird mir langsam unheimlich. Warum verteidigt er sich nicht? Er lächelt nur freundlich und legt seine Hand auf Julianes, als wolle er sie beruhigen. Eine liebenswürdige Geste, die aber bei ihrem Vater die Sicherung durchbrennen lässt.

«Freut mich, dass Sie sich so gut amüsieren, junger Mann», geht Volker nun zum Direktangriff über.

Friedenstaube Lotte schüttelt entsetzt den Kopf. «Volker! Du vergreifst dich im Ton!»

Der gerügte Sohnemann verschränkt abweisend die Arme vor der Brust. «Ich sorge mich nur um das Wohl meiner Tochter.»

Mozart, der fünf Plätze entfernt vom *besorgten* Vater sitzt, wendet sich ihm mit freundlicher Miene zu. «Dafür bewundere ich Sie, Dr. Heller», sagt er verbindlich. «Aber Ihre Sorgen sind unbegründet, meine Firma schreibt schwarze Zahlen. Ich weiß also genau, was ich tue.»

Die Besonnenheit, mit der Mozart meinem Exmann Kontra gegeben hat, scheint zu wirken. Jedenfalls erkenne ich eine leichte Verunsicherung in Volkers Gesicht.

Mir hat Mike Mozart die Hoffnung zurückgegeben, dass nichts so schrecklich ist, wie es sich im ersten Moment oft darstellt. Es gibt sicher eine plausible Erklärung für die junge Frau an Johns Seite. Wenn sie tatsächlich jung ist. Ich würde Volker jede Übertreibung zutrauen, nur um mir eins auszuwischen. Wild entschlossen, die Wahrheitsfindung nicht länger aufzuschieben, lege ich meine Serviette auf den Tisch – als die Hauptspeise serviert wird.

Nachdem die leckeren Meeresfrüchte verspeist sind, Teller

und Fingerschalen abgeräumt wurden, entschuldige ich mich für einen Moment und verkünde, nun Herrn Ansbach begrüßen zu wollen.

Volker kann sich nicht beherrschen, mir «Meine Empfehlung an den Herrn Makler» auf den Weg mitzugeben.

Ich ignoriere diese alberne Provokation und verlasse hocherhobenen Hauptes den Tisch.

John erblicke ich sofort an der kleinen Bar, an der wir beim Reinkommen vorbeigelaufen sind. Zögernd schreite ich auf ihn zu. Er sitzt auf einem Barhocker mit dem Rücken zu mir und trägt ein weißes Hemd zu einer schwarzen Jeans. Dicht neben ihm eine junge Frau, für die das Prädikat «Blonde Sirene» erfunden worden sein muss. Das Haar fällt wie glattgebügelt über die Schultern, wirkt aber etwas stumpf – sie sollte den Friseur wechseln. Und den Designer am besten gleich mit. Der übergroße Ausschnitt ihres pink-violetten Oberteils ist eindeutig unpassend für ein Mittagessen. Ihre Melonenbrüste springen ja beinahe auf den Teller. Außerdem sehen ihre Lippen nach einer Extraportion Silikon aus, ihre Augen sind ordinär stark geschminkt, und sie glitzert selbst in diesem Schummerlicht wie die Auslage von Cartier. An ihren Ohren hängen diamantbesetzte Kreolen, groß wie Armreifen, und am Hals eine Kette mit Herzanhänger, der direkt zwischen ihren Brüsten baumelt. Ob die Klunker echt sind, kann ich natürlich nicht beurteilen. Aber auffallend protziges Geschmeide ist meist nur billiger Tand.

Mein Herz rast vor Wut und Enttäuschung. Doch ich bringe ein verbindliches Lächeln zustande und trete mit einem höflichen «Hallo, John» an die Bar.

Überrascht dreht er sich um. «Äh, Rosy … Hallo!» Sein Blick flackert nervös. «Was für ein Zufall, vor einer halben Stunde war ich bei … äh, in Pasing, um meinen Wagen abzuholen.» Er rutscht vom Hocker und stellt mir die üppige

Blondine vor. «Darf ich bekannt machen: Ki … äh, Frau Mäusken. Und das ist Frau Wittgenstein.»

Wie bitte? Ich bin *nur* Frau Wittgenstein für ihn? Und seinen Wagen hat er nicht bei *mir*, sondern ganz unverfänglich in Pasing abgeholt?

Johns distanziertes Benehmen wirkt wie eine eiskalte Dusche auf mich. Schlagartig bin ich wieder stocknüchtern – im doppelten Sinn.

Die Blondine reicht mir die schmale Hand, an der ich keinen Ehering sehe. Also ist sie nicht irgendeine Kundin von außerhalb, denn das ist die einzige Erklärung, die mir spontan zu seiner Verteidigung einfällt.

«Ach bitte, nennen Sie mich doch Kitty», säuselt sie so klebrig süß, dass ich sofort das Bedürfnis verspüre, mir die Hände zu waschen.

Beherrscht ringe ich mir ein knappes «Angenehm» ab und entziehe ihr eilig meine Hand. So weit kommt's noch. Ich duze mich doch nicht mit einer *Kitty*! Aber Sirenen müssen wohl so heißen.

«Und Sie sind eine Kundin von John?», fragt die Blondine, als würden wir über Star Friseure sprechen.

«Ähm … ja, so ähnlich», stottere ich.

«Wir haben uns gerade ein göttliches Objekt angesehen.» Aufgeregt klimpert sie mit den künstlichen Wimpern. «Ein Panoramablick über die ganze Stadt. Und bei diesem herrlichen Wetter heute bis zu den Alpen. Wirklich himmlisch. Ein richtiges Liebesnest, nicht wahr, John?»

Liebesnest!? Noch deutlicher hätte sie mir ihr Verhältnis zu John nicht unter die Nase reiben können.

«Herrliches Wetter, so, so! Hier drinnen ist es aber ziemlich dunkel», antworte ich frostig und suche Johns Blick. Wieso sagt er nichts? Er muss doch spüren, dass ich auf seine Erklärung warte.

John vergräbt nur stumm die Hände in seinen Hosentaschen und zieht die Schultern hoch, als müsse er sich gegen Schläge schützen. Offensichtlich fühlt er sich unwohl. Ein weiteres Indiz für sein schlechtes Gewissen. Würde er sich hier aus beruflichen Gründen mit dieser Melonenbrust-Blondine treffen, müsste er sich nicht so seltsam benehmen.

Tja, das ist eben typisch Mann! Selbst wenn man sie in flagranti erwischt, spielen sie noch die Unschuldigen. Fehlt nur noch der blöde Spruch: *Es ist nicht so, wie es aussieht!* Doch wenn er glaubt, ich verabschiede mich gleich wieder ohne eine Erklärung, hat er sich geschnitten.

Als wären John und ich gute alte Freunde, frage ich im Plauderton: «Wie geht's denn Carolin?», und beobachte Kitty gespannt aus den Augenwinkeln.

Der gefriert das Lächeln auf dem rosaschimmernden Silikonmund. Anders ausgedrückt: Sie ist eifersüchtig!

Das bestätigt meine schlimmste Vermutung.

John zuckt bei meiner Frage fast unmerklich zusammen. «Wir sind eigentlich gerade im Aufbruch, aber wenn du dich einen Moment zu uns setzen …», stammelt er ausweichend.

Du meinst wohl «verlustieren gehen», würde ich ihn gerne anschreien.

«Bemüh dich nicht», unterbreche ich ihn mit fast versagender Stimme. «Meine Familie wartet auf mich.» Halb im Weggehen wünsche ich noch einen schönen Sonntag.

John hat also eine andere. Ach was, eine. Er hat zwei, oder drei, oder eine für jeden Tag. Wer weiß das schon genau. Wahrscheinlich nicht mal er selbst. So verdattert, wie er gestern bei Carolins Auftauchen war, hat er keinen Überblick über seine Amouren. Ich schätze, der Mistkerl hat auch gelogen, als ich ihn nach Kindern gefragt habe. Dass Carolin keine von ihm wollte, sagt noch lange nichts, wenn das überhaupt stimmt. Er gehört garantiert zu den Männern, die sich aus jeder Situation mit faustdicken Lügen rauswinden und an deren Tür eines Tages der halberwachsene Nachwuchs klopft.

John Ansbach, der Gigolo! Der ewige Junggeselle. Der skrupellose Verführer. Suse hat mich ja gewarnt. Aber ich romantisches Huhn bin wieder auf ihn hereingefallen. Habe mir eingebildet, von Amor noch eine Chance zu bekommen. Dabei war ich für John nichts weiter als eine neue Kerbe in seinem nicht existenten Bettpfosten. Ich könnte mich ohrfeigen. Doch was würde das ändern?

22

Niemals hätte ich geglaubt, dass der abgedroschene Begriff «ein Häufchen Elend» eines Tages auf mich zutreffen würde. Nicht mal während der Trennungsphase von Volker habe ich so viel geweint. Jedenfalls nicht an einem Stück. Seit Tagen wage ich mich nur noch mit Sonnenbrille aus dem Zimmer. Der letzte Blick in den Spiegel war ein Schock. Meine Augen haben sich in zwei rote, zugeschwollene Schlitze verwandelt. Meine Haut ist mit roten Flecken übersät. Niemand aus der Familie zweifelt an meiner Erklärung, dass mich zugleich eine Pollenallergie, tränende Augen und eine Bindehautentzündung plagen.

In dieser bedauernswerten Verfassung liege ich im abgedunkelten Schlafzimmer und leide. Mit starrem Blick fixiere ich mein Handy auf dem Nachttisch. Nein, ich werde es nicht einschalten, egal wie oft Lotte mich dazu drängt. Wenn John mir etwas zu sagen hat, muss er persönlich antreten. Aber solange ich dem gemeinen Mistkerl keinen Erklärungsbesuch wert bin, was das Mindeste wäre, wird es auch kein Telefongespräch geben.

Allein der Gedanke an die peinliche Situation im Restaurant lässt mich erneut losheulen. Es ist ein schmerzhaftes Schluchzen, das meinen ganzen Körper schüttelt und mich mein Gesicht in die nassgeweinten Kissen pressen lässt. Wie konnte ich nur zum zweiten Mal auf ihn hereinfallen? Während er mir unsterbliche Liebe vorgaukelt, platzt seine Ex dazwischen, und kaum vierundzwanzig Stunden später vergnügt er sich mit einer Kunstblondine, die wie ein Dolly-Buster-Klon aussieht. Wie konnte ich nur so dumm sein? Ich bin doch eine intelligente Frau von fast fünfzig, die noch dazu in Kürze Oma wird. Wie gut, dass wir uns nur geküsst haben. Ich würde mich nie wieder im Spiegel anschauen können.

«Liebchen!»

Eine leise Stimme holt mich aus dem düsteren Tal des Liebeskummers zurück in die graue Realität.

Mühsam richte ich mich auf und blinzle in die Richtung, aus der die Stimme kam.

Lottes pinkfarbener Schopf lugt durch den Türspalt. Mit halbgeöffneten Augen sehe ich, dass sie wieder dieses alberne Schwesternhäubchen auf dem Kopf trägt.

Nachdem sie keine Antwort von mir erhält, tritt sie langsam an mein Bett, setzt sich zu mir und mustert mich besorgt. «Hör mal …», sie schnuppert in den Raum. «Hier muss mal gelüftet werden, und du brauchst dringend eine Dusche.» Sie beugt sich zu mir und schnüffelt kurz an meinen Haaren. «Die sind auch längst überfällig. Und wenn du im Bad bist, leg eine von meinen Gesichtsmasken auf, damit du wieder wie ein Mensch aussiehst.»

«Wozu?», brumme ich unwillig, lasse mich zurück in die Kissen fallen und lege meine Hand auf die Augen.

So schnell gibt Lotte aber nicht auf. Schemenhaft sehe ich durch meine Finger, wie sie in ihrer Kaftantasche wühlt und eine kleine Packung hervorholt, die sie mir dann vor die Nase hält. «Augentropfen!»

Mein klägliches «Danke» erstickt im nächsten Seufzer.

Seit Tagen spielt Lotte die hingebungsvolle Krankenschwester, versorgt mich mit homöopathischen Mittelchen oder Hühnersuppe, die angeblich Tote aufweckt. Es muss sich um chinesische Tote handeln, denn die Suppe stammt eindeutig vom Lieferservice. Den Geschmacksverstärker habe ich schon am Geruch erkannt.

«Außerdem musst du was essen», ordnet Schwester Lotte

nun auch prompt an. «Worauf hast du denn Appetit? Vielleicht einen vitaminreichen Gemüseeintopf? Marie ist gerade dabei, für die ganze Familie zu kochen. Ich brate noch ordentlich Speck dazu. In Sahne eingelegten Matjeshering kann ich dir ebenfalls anbieten. Gut gegen Kater jeder Art – auch Liebeskater.» Sie zwinkert verständnisvoll.

Mir entschlüpft ein unwilliger Grunzlaut, den Schwester Lotte fälschlicherweise als Zustimmung auffasst.

«Sehr vernünftig.» Aufmunternd tätschelt sie mir die Wangen. «Und nun komm raus aus deinem Schmollwinkel. Du kannst dich doch nicht ewig verkriechen. So langsam muss diese *Entzündung* doch mal ausgeheilt sein. Die anderen glauben mir längst nicht mehr, dass du krank bist.»

Vorsichtig blinzele ich unter der Hand hervor. «Mir ist nicht nach Suppe, eher nach Alkohol.»

Lotte geht nicht auf meine Wünsche ein, sondern schlurft mit raschelndem Gewand durchs Zimmer, um Vorhänge und Fenster zu öffnen. Dann wackelt sie zurück an mein Bett, zieht ein Kuvert aus ihrer Kaftantasche und lässt es auf die Bettdecke fallen. «Das ist für dich gekommen.» Gespannt fixiert sie mich.

Ich ahne schon, dass sie nicht geht, bevor ihre Neugier befriedigt ist. Also greife ich nach dem Kuvert und öffne es. Es enthält eine Karte in Form eines roten Koffers, der sich aufklappen lässt. Es ist die Einladung zu Suses Ladeneröffnung.

Suse hat eine klare schwarze Schrift gewählt, die auf rotem Grund Ort und Zeit des langerwarteten Ereignisses verkündet.

«Freitag, neunzehn Uhr», lese ich murmelnd, und handschriftlich hat Suse notiert: «Ich erwarte dich!» Plötzlich bin ich hellwach, schäle mich unter der Decke hervor und setze mich auf. «Das ist ja heute! Wann war der Brief in der Post?»

Lotte antwortet nicht, lässt nur versonnen das Stethoskop vor ihrem Busen kreisen.

«Ach, ist ja auch egal», sage ich und steige aus dem Bett.

Lotte sieht mir begeistert zu. «Prima! Und wie wäre es nachher mit einem Shopping-Bummel?»

Ich habe nicht die geringste Ahnung, wovon sie spricht. «Du meinst in den Supermarkt?»

«Nein, ich spreche von Klamotten! Du hast doch bestimmt nichts Passendes anzuziehen, für so ein schickes Event, oder?», fragt sie lauernd.

«Ich besitzt jede Menge schöner Sachen», entgegne ich. «Und das neue Kleid.»

«Oooch.» Sie verzieht den Mund genau wie Herbert. «Das ist ja ganz nett, aber ich finde, du solltest unbedingt deinen Stil verändern.»

Ich mustere sie verwirrt. «Wie, verändern?»

Treuherzig blickt sie mich an. «Na ja, es könnte nicht schaden, deine Weiblichkeit mehr zu betonen, dich etwas peppiger zu kleiden.»

Zweifelnd ziehe ich die Stirn kraus. Wenn Lotte peppiger sagt, meint sie garantiert: schrill! «Einen Stilwechsel kann ich mir nicht leisten. Wir sind quasi pleite und benötigen jeden Euro für die Renovierung», spiele ich die Geldkarte aus.

«Darüber mach dir mal keine Gedanken, Liebchen», antwortet sie vergnügt. «Ich hab den Zahnarzt angepumpt.»

«Angepumpt?»

Sie greift in die andere Kaftantasche, zieht eine Kreditkarte heraus, hält sie einen Moment wie eine Trophäe nach oben und drückt dann ein Küsschen drauf. «Ich hab ihm klargemacht, dass er uns beiden ein richtiges Muttertagsgeschenk schuldig ist! Das Essen im Restaurant war ja nicht gerade persönlich.»

«Ja, wenn das so ist!» Vielleicht hege ich alberne Rachegelüste, aber der Gedanke, Volkers Geld zu verprassen, erfüllt mich plötzlich mit belebender Freude. Und dann ist da ja auch noch die Scheidungs-Party, die er mir eigentlich schuldet. «Gib mir eine halbe Stunde und eine Tasse Kaffee, danach können wir los.»

Der Shopping-Bummel hat meine Laune erheblich gebessert. Ich habe ein cremeweißes Seidenkostüm und dazu passend ein Paar weiße, halbhohe Riemchensandalen erstanden. Lotte wollte mich natürlich zu einem kunterbunten Blumenkleid überreden. Doch bevor ich mich dazu hinreißen lassen würde, müsste erst die Isar austrocknen.

Unten im Flur werfe ich einen letzten Blick in den Spiegel, zupfe noch ein paar Härchen zurecht und lege etwas mehr Lippenstift auf. Dann ist es Zeit, loszufahren und meiner Freundin zur neuen Existenz zu gratulieren. In dem Moment schreitet Lotte in einem schrillen Muster-Mix-Kleid mit Schlapphut auf dem Kopf die Treppe herunter.

«Nanu?», frage ich erstaunt. «Bist du auch verabredet?»

«Ja, mit dir!», antwortet sie, als stünde es außer Frage, dass sie mich begleitet.

Mir fehlen mal wieder die Worte – wie immer, wenn sie mir vollendete Tatsachen präsentiert.

«Gefällt dir etwa mein Kleid nicht?», fragt sie irritiert, als ich sie nur stumm anstarre.

«Na ja …», stottere ich, nach einem harmlosen Grund suchend, sie abzuwimmeln. «Damit würdest du sämtliche Gäste und auch Suses Designertaschen in den Schatten stellen.»

«Hmm!» Sie überlegt einen Moment. «Da hast du vielleicht recht. Das wäre nicht nett Suse gegenüber. Schließlich geht's heute Abend um Taschen. Ich gehe mich schnell umziehen. Dauert nur 'ne Minute.» Damit flitzt sie nach oben.

Ich gebe mich geschlagen. «Na gut, dann leg mal einen

Gang zu, damit wir nicht zu spät kommen», treibe ich sie an. «Denn das wäre genauso unhöflich.»

Während ich auf sie warte, öffnet sich plötzlich die Tür zum Gästezimmer, und Volker erscheint in Jeans und Pulli. Er lehnt sich lässig an die Wand. «Oh! Wieder gesund?», fragt er und mustert mich eingehend von Kopf bis Fuß.

Seit dem Essen am Sonntag im Hotel sind wir uns nicht mehr begegnet. Und zu meiner Erleichterung hat er mich auch nicht mehr in meinem Zimmer besucht.

«Wie du siehst», antworte ich lässig. «Und bei dir? Noch keine Neuigkeiten von Ruth?»

Er zuckt kaum zusammen, hat sich aber sofort wieder unter Kontrolle. «Wo wollt ihr denn hin?» Seinem bequemen Outfit nach zu urteilen, scheint bei ihm ein Abend vor dem Fernseher auf dem Plan zu stehen.

«Geht dich nichts an», knurre ich unfreundlich. Wenn er weiter so dämliche Fragen stellt, werde ich ausfallend.

«Kann Herbert uns begleiten?», ertönt jetzt Lottes Stimme aus der oberen Etage.

«Logisch!», rufe ich zurück und beobachte mit Vergnügen, wie sich Volker schmollend ins Zimmer verzieht.

«Verdammt! Wer brüllt denn da unten rum?», erschallt es darauf aus dem Dachgeschoss. «Marie braucht Ruhe! Sie hat zwei Stunden nur für euch in der Küche gestanden.»

«Entschuldigung», rufe ich halblaut, während ich mich in die erste Etage zu Lotte bemühe.

Die Tür zu ihrem Zimmer steht wie immer weit offen. Nur nachts wird sie geschlossen. Zu allen anderen Zeiten ist sie ständig besuchsbereit, für jeden – auch in Unterwäsche, wie im Moment. In einem hüftlangen schwarzen Unterrock dreht sie sich vor dem Spiegel und kichert in ihr Handy. «Also dann bis später, Bertilein.» Sie busselt dreimal in die Luft und klappt das Handy zusammen.

«Täusche ich mich, oder hast du vorhin nicht was von einer Minute gesagt?» Verwundert mustere ich das Chaos in ihrem Zimmer.

Seit die Uroma in spe dem jungen Paar die beiden Zimmer im Dachgeschoss überlassen hat, wohnt sie beengt in Charlies ehemaligem Kinderzimmer. Da entsteht natürlich unweigerlich mehr Unordnung. Aber der Klamottenberg auf dem Bett und die herumliegenden Schuhe zeugen eindeutig von einem Probiermarathon. Mit Platzmangel hat das nichts zu tun. Und wie ich aus der leisen Hintergrundmusik schließe, hat sie die Absicht, noch länger rumzutrödeln. Sobald sie nämlich ihren heißgeliebten Bob Dylan auflegt, vergisst sie die Zeit.

«Ich weiß», gesteht sie schulterzuckend, und zupft den Spitzenbesatz am Dekolleté zurecht. «Tut mir auch wirklich leid. Aber plötzlich habe ich mir nicht mehr gefallen. Es dauert also noch ein winziges Sekündchen.»

Ich versuche sie erneut anzutreiben.

Doch ohne Hast dreht sich Lotte vom Spiegel weg, nimmt ein Kleid vom Klamottenberg auf dem Bett und hält es sich vor den Körper. Das wiederholt sie mit diversen Oberteilen, Hosen und Röcken, die sie aber alle unentschlossen wieder zurückwirft. Unzufrieden stemmt sie dann die Arme in die Hüften. «Es ist zum Verrücktwerden, irgendwie finde ich mich heute nicht schön.»

«Liegt es vielleicht daran, dass du noch im Hemdchen rumturnst?», frage ich und versuche ihr einen Tipp zu geben. «Wie wär's, wenn du die schwarze Hose anziehst? Ich finde, die steht dir sehr gut.»

«Das hat eher etwas mit meiner Ausstrahlung und nichts mit den Klamotten zu tun», klärt sie mich auf. «Wenn man sich selbst nicht gefällt, strahlt man auch keine positiven Signale aus. Eine ungeheuer wichtige Voraussetzung für einen gelungenen Abend. Verstehst du?»

«Nicht genau», antworte ich.

«Aus dem Esoterisch in Normalsprache übersetzt heißt das: Liebe dich selbst, dann bist du die Ballkönigin!», erklärt Lotte und lässt sich auf den Klamottenberg fallen.

«Und, wird das heute noch was, Ballkönigin, oder brauchst du noch ein Schönheitsnickerchen?», frage ich ungeduldig.

Es dauert weitere fünfzehn Minuten, bis sie sich tatsächlich für die schwarzen weiten Männerhosen entscheidet. Dazu schlüpft sie in ein Hemd mit schwarz-weißem Zebramuster, und als Farbklecks wählt sie die rosa Stiefel. Die wiederum passen gut zur Haarfarbe, meint sie.

Nachdem sie eine klobige Männeruhr und reichlich Silberringe angelegt hat, stemmt sie die Hände in die Hüften. «Gut so?»

«Mir wäre es zu viel Schmuck», wende ich vorsichtig ein. «Aber Hauptsache, du gefällst dir jetzt.»

«Stimmt!», antwortet sie, legt die Uhr wieder ab, schaltet den nervig-näselnden Mr. Dylan aus, und wir können endlich los.

«Hast du auch nichts vergessen?», frage ich beiläufig, wie man Kinder abfragt, ob sie auch alle Schulhefte eingepackt haben. Ich habe nämlich keine Lust, auf halber Strecke umkehren zu müssen.

Sie bleibt stehen, überlegt, schlägt sich dann mit der flachen Hand auf die Stirn, ruft «Stimmt!» und läuft zurück.

Wie ich an den Schritten höre aber nicht in ihr Zimmer, sondern ins Bad. Na, hoffentlich ändert sie jetzt nicht ihr gesamtes Make-up, stöhne ich und ärgere mich über mich selbst. Hätte ich doch nur meinen Mund gehalten. Doch nach kaum einer Minute erscheint sie wieder – frisch parfümiert.

«Danke, dass du mich erinnert hast», grinst sie. «Eine Frau sollte das Haus niemals ohne Duft verlassen.»

«Ich meinte eigentlich eine Handtasche oder so», antworte

ich genervt. «Man hat doch immer ein paar Kleinigkeiten, die nicht in eine Hosentasche passen.»

«In Männerhosen schon.» Kichernd klopft sie mit beiden Händen auf die Hose. «Außerdem beabsichtige ich, bei deiner Freundin eine neue Tasche zu erstehen», verkündet sie, während sie aus dem Garderobenschrank eine weiße Jacke hervorholt. «Am Eröffnungstag muss die Kasse klingeln. Das bringt Glück.»

«Gegen diese esoterische Weisheit wird keine Geschäftsfrau etwas einzuwenden haben», bestätige ich nun doch versöhnt, hake mich bei ihr ein und ziehe sie mit.

Als wir endlich im Wagen sitzen und Richtung Innenstadt fahren, möchte Lotte wissen, was vergangenen Sonntag im Hotel eigentlich genau passiert sei.

Im ersten Impuls bin ich versucht, ihr mein Herz auszuschütten, doch dann entscheide ich mich dagegen. Ich muss den Tatsachen ins Augen sehen. Im Grunde war das Ganze doch nichts weiter als ein kurzer Flirt. Aus. Ende. Vorbei. Ich bin nicht die erste Frau, der das passiert. Frauen in meinem Alter ist eben keine späte Liebe vergönnt. Wozu also noch endlos darüber debattieren? Das macht mich nur melancholisch.

«Es war ein nettes Essen», sage ich und bemühe mich um einen leichten Plauderton. «Ich fand es schön, mal wieder einen Muttertag mit der ganzen Familie zu verbringen.»

«Wer spricht denn vom –» Lottes Einwand wird vom Läuten ihres Handy gestoppt.

Wie ich ihrem Gezwitscher entnehme, ist es mein Vater, der fragt, wo wir bleiben.

«Wir sind in einer Sekunde da, Bertilein. Bussi.» Sie klappt das Gerät mit einer lässigen Handbewegung zu und blickt mich erwartungsvoll an. «Also?»

«Ich kann es versuchen, aber ob ich es in einer Sekunde

schaffe, wage ich zu bezweifeln. Normalerweise benötige ich um diese Uhrzeit für die Strecke fünfzehn Minuten», erwidere ich mit ernster Miene. Mit Ausflüchten zu antworten habe ich ja von ihr gelernt.

Sie schubst mich freundschaftlich an. «Schon verstanden, Liebchen, du willst nicht darüber reden. Aber was machst du, wenn er dir über den Weg läuft?»

«Gas geben!»

Die alberne Plänkelei führen wir noch eine Weile fort, bis ich in die Hohenzollernstraße einbiege. Vor dem *Le Bagage* tritt mein Vater bereits ungeduldig von einem Bein aufs andere. Als er uns anfahren sieht, strahlt er über das ganze Gesicht und winkt uns mit hocherhobenen Armen zu.

Ich halte direkt vor ihm an und lasse Lotte aussteigen. «Parkplatz kann ich alleine suchen.»

Das hat Lotte aber nicht mehr gehört, denn sie springt aus dem Wagen und saust ohne Antwort davon.

Im Rückspiegel beobachte ich, wie sie meinem Vater um den Hals fällt. Die beiden sind ein Paradebeispiel für das Gerücht, man könne sich in jedem Alter Hals über Kopf verlieben. Tja, knurre ich, so viel Glück hat eben nicht jeder. Aber das interessiert mich alles nicht mehr. Mein letzter Versuch war definitiv der allerletzte!

An der nächsten Straßenecke spielt mir das Schicksal einen Trosthappen in Form eines Parkplatzes zu. Immerhin.

Auf dem Weg zum Laden nehme ich mir ganz fest vor, nicht mehr an diesen Immobilienmakler zu denken und mich zu amüsieren. Wie hat Charlie gesagt? Makler sind schlimmer als Kakerlaken! Und wer will mit diesen Viechern schon etwas zu tun haben?

Vor Suses Geschäft pusten ein paar Raucher dicke Wolken in die warme Abendluft. Innen drängelt sich eine Schar illustrer Gäste auf knapp einhundert Quadratmetern. Schwülwarme Luft schlägt mir beim Eintreten entgegen. Dem hohen Geräuschpegel nach scheint das aufgestylte Publikum in aufgekratzter Champagnerlaune zu sein. Kaum jemand beachtet die traumhafte Kollektion: Die Handtaschen sind wie wertvolle Museumsstücke in weißen Regalen oder beleuchteten Glasschaukästen ausgestellt. Ich dagegen sehe mich aufmerksam um.

In der fast durchgehend schwarz gekleideten Menge entdecke ich sofort Lotte, deren Haarfarbe unübersehbar heraussticht. Neben ihr mein Vater, der vom Tablett einer Serviererin zwei Sektgläser nimmt.

Als Lotte mich sieht, winkt sie mir aufgeregt zu. «Juhuuu!»

Ich winke zurück und durchforste das Publikum nach Suse. Nach kurzem Suchen erblicke ich sie in der hinteren Ecke des Ladens im Gespräch. Ich versuche, mich durch Handzeichen bemerkbar zu machen, aber sie ist wohl zu sehr ins Gespräch vertieft, um es zu registrieren. Vorsichtig schlängle ich mich mit mehrfachem «Entschuldigung» durch die Geladenen.

Einige Schritte weiter nehme ich unvermutet einen herbfrischen Duft wahr, der mich automatisch zusammenzucken lässt. Nein, das ist unmöglich, denke ich. Meine Sinne täuschen mich.

Ich beruhige mich mit der Tatsache, dass es unzählige grauhaarige Männer mit Kurzhaarschnitt geben muss, die das gleiche Aftershave benutzen. Eilig will ich meinen Weg fortsetzen, um mich möglichst unauffällig an dem Graukopf im hellen Anzug vorbeizudrängeln. In der Sekunde höre ich trotz des Lärmpegels eine vertraute Stimme meinen Namen flüstern.

«Rosy!»

23

Geschockt bleibe ich stehen. Mein Magen verkrampft sich. Mein Hals kratzt. Panikgedanken rasen durch meinen Kopf wie Lichtblitze. Ich will ihn nicht sehen. Und schon gar nicht mit ihm reden. Ich will mir keine dünnen Ausreden oder Lügen anhören. Ich will nicht lächeln müssen, wenn mir zum Heulen zumute ist. Doch es ist längst zu spät. Langsam, mit klopfendem Herzen drehe ich mich zu ihm um.

«Wie schön, dich zu sehen.» John lächelt unsicher.

Beiläufig zwinge ich mich zu einem kühlen «Hallo», bemühe mich, seinem Blick auszuweichen, und wende mich sofort wieder zum Gehen. «Entschuldige, ich muss unbedingt meiner Freundin gratulieren.» Ich drehe mich weg und gebe vor, mich nach der Gastgeberin umzusehen.

Sanft legt er seine Hand auf meinen Arm. Seine graublauen Augen flackern unsicher. «Kommst du zurück?»

Stumm starre ich ins Leere.

«Rosy, bitte!»

Wozu?, denke ich. Wenn er unschuldig wäre, hätte er mich längst zu Hause aufgesucht! Er hätte mich um Verzeihung bitten und nichts unversucht lassen müssen, mich zurückzuerobern. Aber er hat sich nicht blicken lassen. Genau diese Situation habe ich schon mal vor zweieinhalb Jahrzehnten erlebt. Ich war ihm damals und auch heute nicht die Mühe wert. Stattdessen taucht er hier auf. Ich frage mich, wer ihn eingeladen hat.

«Bitte, Rosy», wiederholt er eindringlich. «Gib mir eine Chance, dir alles zu erklären. Glaub mir, es ist alles nur ein Missverständnis.»

Aber etwas in seinem aufrichtigen Blick und seiner weichen Stimme verunsichert mich. Anscheinend meint er es ehrlich. Und je länger er mir in die Augen sieht, umso unsicherer werde ich und fühle auch die alte Vertrautheit wieder. War mein kopfloses Weglaufen im Hotel vielleicht doch übertrieben? Könnte es tatsächlich eine Erklärung für das Auftauchen seiner Ex und die Sirene im Hotel geben? Doch einen Wimpernschlag später wird meine Aufmerksamkeit auf eine Blondine gelenkt, nach der sich alle umdrehen. Kein Wunder. In dem hautengen, postgelben Schlauchkleid mit bauchnabeltiefem Ausschnitt ist sie auffälliger als eine blinkende Neonschrift auf nächtlicher Landstraße.

Die fleischgewordene Lüge steuert direkt auf uns zu. Wer diese *Dame* eingeladen hat, ist logisch.

Ich falle in einen Gefühlsabgrund, schimpfe mich eine unverbesserliche Romantikerin, ein gutgläubiges Schaf, ein blindes Huhn. Betrüger ändern sich eben nicht!

Ich bereue zutiefst, ihm auch nur eine Minute meiner Zeit geopfert zu haben. Aber ich schlucke meinen Zorn hinunter und werfe ihm stattdessen seinen eigenen Spruch hin. «Reden wird oft überschätzt!», sage ich kühl und beeile mich zu entkommen.

Dem blonden Gift möchte ich nämlich unter gar keinen Umständen begegnen. Zudem steht mir der Sinn auch nicht danach, die Tolerante zu spielen und fröhlich mit meiner jüngeren Nachfolgerin zu plaudern. Diese Disziplin hat mich genug Kraft gekostet, als ich Ruth kennenlernte. Aber damals fühlte ich mich verpflichtet, mich der Kinder wegen nicht wie eine hysterische Ziege zu benehmen.

«Es war ein Fehler hierherzukommen, ein großer, großer Fehler», knurre ich beim Slalom durchs Gewühl vor mich hin.

Suse empfängt mich mit fragendem Blick. «Was ist los,

Rosy? Wieso kommst du so spät?» In ihren Worten schwingt Verwunderung mit. Verspätungen ist sie nicht von mir gewohnt. Wenn wir verabredet sind, warte ich normalerweise auf sie.

Ich entschuldige mich, umarme meine Freundin und gratuliere ihr ganz herzlich. «Liebe Suse: Möge der Laden immer so gut besucht sein wie heute und die Kasse überquellen.»

«Danke, Rosy, das hoffe ich natürlich auch», entgegnet sie mit einem Blick auf die Gästeschar. «Aber schätzungsweise ist heute die Hälfte der Anwesenden nur Partyhopper und nicht ein potenzieller Kunde darunter.»

Mit gesenktem Kopf konzentriere ich mich ganz auf Suses Geplauder und vermeide jeglichen Blickkontakt mit den Gästen. «Ich glaube an deinen Erfolg», beruhige ich sie. «Mach dir keine Sorgen. Der Laden ist ein Juwel im Umkreis von zehn Kilometern. Außerdem habe ich dir deine erste Kundin mitgebracht!»

Suse zieht mich hinter eine spiegelverkleidete Tür, wo sich die Kaffeeküche verbirgt. Ein fensterloser, schlauchartiger Raum, an dessen rechter Seitenwand ein hoher Stehtisch mit zwei Hockern zum Verweilen einlädt. Eine Hängelampe über dem Tisch verbreitet warmes Licht. An der schmalen Stirnseite befindet sich ein eingebautes Spülbecken, daneben zwei altmodische schwarze Herdplatten.

«Du sprichst aber nicht von der aufgetakelten Blondine, die dein John mitgeschleppt hat?», fragt sie, während sie aus dem Regal über der Spüle zwei Gläser und aus dem Kühlschrank eine Flasche Prosecco holt. «Dem habe ich übrigens keine Einladung geschickt, in der Annahme, du würdest ihn sowieso mitbringen», erklärt sie beim Einschenken.

«Er ist nicht *mein* John und auch nicht mein Begleiter. Ich bin mit Lotte hier, meiner Exschwiegermutter. Du hast sie ja letzte Woche im Vorbeilaufen gesehen. *Sie* beabsichtigt übrigens, deine Kasse klingeln zu lassen», antworte ich. «Du hast John also nicht eingeladen?»

Suse schüttelt den Kopf. «Nein, ich dachte ja, du würdest ihn … Na egal, erzähl mir lieber, was er getan hat, dass du so stinksauer auf ihn bist.»

Zögernd gebe ich ihr eine Zusammenfassung der hässlichen Geschichte. «Na ja, und seit dieser grauenvollen Begegnung im Hotel habe ich John nicht mehr gesehen. Ihn hier anzutreffen, hat mich ziemlich geschockt.»

Spontan nimmt sie mich in den Arm. «Was für ein grässliches Erlebnis, Rosy. Das tut mir ehrlich leid. Wenn du willst, schmeiße ich die beiden –»

Ein Klopfen an der Tür unterbricht unsere Unterhaltung.

Gleich darauf grinst Lotte uns an. Sie hat ein volles Glas in der Hand und prostet uns zu. «Ach, da habt ihr euch versteckt. Ich wollte zur Geschäftseröffnung gratulieren, Frau Mandel, und Ihre erste Kundin sein.» Sie schließt die Tür hinter sich und sieht mich neugierig an. «Hast du dich schon mit John unterhalten, Rosy?»

Wütend starre ich an ihr vorbei ins Leere.

Suse übernimmt die Antwort für mich. «Ich glaube nicht, dass Rosy jemals wieder ein Wort mit diesem Typen wechseln möchte. Oder?» Sie blickt mich fragend an.

«In diesem Leben nicht mehr», schnaufe ich zornig und lasse mich auf einen der Hocker nieder. «Auch nicht geschäftlich. Sobald der Villenverkauf wieder aktuell ist, suche ich mir einen neuen Makler.»

«Eieiei!» Lotte schüttelt den pinkfarbenen Schopf. «Wer nicht miteinander spricht, kann auch keine Missverständnisse aufklären.»

Das hat mir noch gefehlt, Lotte als Beziehungsratgeber. «Also, ich verstehe ganz genau, was es bedeutet, wenn ein Mann mit einer anderen Frau ausgeht», fauche ich gekränkt.

«Finde ich auch ziemlich eindeutig», stimmt Suse mir zu und hebt ihr Glas.

Lotte setzt sich auf den zweiten Hocker und nimmt einen großen Schluck aus ihrem Glas, bevor sie mich eingehend mustert. «Muss am Vollmond liegen.»

Ich zucke stumm mit den Achseln. Ihre esoterischen Weisheiten können mir erst recht gestohlen bleiben, die helfen mir auch nicht weiter.

Aber Suse, die schon so manche Entscheidung nach dem Mondkalender getroffen hat, reißt interessiert die Augen auf. «Stimmt, es ist ja Vollmond. Deshalb habe ich die Eröffnung doch auf heute gelegt.»

«Tja», schnauft Lotte. «Und außerdem ist auch noch Freitag, der Dreizehnte. An solchen Tagen treibt es leider auch die Leute aus dem Haus, denen man auf keinen Fall begegnen möchte.»

Was redet sie nur wieder für einen Schwachsinn, denke ich erbost, sage aber nichts und starre desinteressiert auf meine Fingernägel. Vielleicht verzieht sie sich ja wieder, wenn ich nicht auf das Thema einsteige.

«Bist du vielleicht eifersüchtig, Liebchen?»

«Auf die gelbe Sirene?», schnappe ich zurück. «Sicher nicht! Soll er doch glücklich mit ihr werden.»

Suse legt besänftigend den Arm um mich. «Genau. Rosy hat es nicht nötig, mit billigen Schlampen zu konkurrieren oder an diesen Don Juan auch nur einen Gedanken zu verschwenden.»

Lotte leert ihr Glas und stellt es dann geräuschvoll ab. «Und ich habe gedacht, dass ihr jungen Frauen von heute es besser macht als wir.»

«Was soll das denn heißen?», fragen Suse und ich einstimmig.

«Schaltet doch mal euer Gehirn ein», meckert Lotte uns

an. «Wer ist denn so bescheuert und begibt sich absichtlich mit einer neuen Liebe an den Ort, wo er die alte treffen wird? So doof sind nicht mal Männer.»

Konsterniert schaue ich auf. «Sprichst du von John?»

«Von wem denn sonst», entgegnet sie. «Glaubst du wirklich, dass er so dämlich und gleichzeitig so gefühllos ist? Er hat doch hundertprozentig gewusst, dass du hier sein würdest.»

«Kann sein», brumme ich nachdenklich.

«Na ja … Vielleicht …», sagt Suse zögernd, öffnet den Kühlschrank und holt nochmal den Prosecco hervor. «Vielleicht hat Lotte recht. Noch einen Schluck?»

Begeistert hält Lotte ihr Glas hin. «Aber immer. Warum gibst du ihm nicht wenigstens fünf Minuten und hörst dir an, was er zu sagen hat, Rosy?» Sie beugt sich zu mir und schaut mich eindringlich an. «Ich hole ihn her, und dann unterhaltet ihr euch in aller Ruhe, ja?»

Damit ist wohl klar, dass Friedenstaube Lotte hinter Johns Anwesenheit steckt. Aber die Vorstellung, mit ihm alleine in einem Raum zu sein, jagt mir einen kalten Schauer über den Rücken. «Nein!»

«Also, ich glaube nicht, dass er dich anlügen wird», sagt Lotte beiläufig und schaut Suse konzentriert beim Einschenken zu.

Doch ich kann die Zwischentöne deutlich hören. «Lotte, du weißt doch was! Raus mit der Sprache.»

Mit unschuldigem Augenaufschlag zieht sie eine Schnute. «Oooch. Nichts Genaues. Und ich will mich da auch nicht einmischen. Aber wenn du dir seine Erklärung anhörst, bist du hinterher klüger – könnte ich mir vorstellen.»

Suse gießt auch für mich noch ein Glas Prosecco ein. «Na, vielleicht hat sie recht. Es bringt dich jedenfalls nicht um, wenn du ihm fünf Minuten zuhörst.»

«Na los», bedrängt Lotte mich erneut. «Ein paar Minuten. Bist du denn überhaupt nicht neugierig?»

«Also gut», gebe ich schließlich nach und straffe schon mal meine Schultern. «Fünf Minuten, keine Sekunde länger.»

«Bravo!» Lotte rutscht von ihrem Hocker und wuselt aus dem Raum.

«Dann lass ich dich mal allein», sagt Suse. «Ich muss mich auch wieder um meine Gäste kümmern.» Sie umarmt mich kurz und stellt die Flasche auf den Tisch. «Bleib ganz locker, Rosy. Und wenn er dir blöd kommt, kippst du ihm einfach den Prosecco über den Kopf und lässt ihn wie den berühmten begossenen Pudel stehen.» Sie zwinkert mir aufmunternd zu und verlässt die Kaffeeküche.

Kaum bin ich allein, bereue ich meine Zusage. Was soll so ein Gespräch schon ändern?, überlege ich und beschließe, mich einfach davonzustehlen. Im Gewühl dürfte das nicht allzu schwierig sein. Um Lotte muss ich mich nicht sorgen, die schafft es auch ohne mich nach Hause. Sie hat ja Bertilein.

Doch als ich die Tür vorsichtig öffne, steht John direkt vor mir. Wir schrecken beide zusammen und sehen uns einen Moment lang unsicher an.

«Rosy», sagt er dann leise und lächelt wieder auf diese umwerfende Art, der ich kaum widerstehen kann.

Verunsichert senke ich meinen Blick und trete einen Schritt zurück, um nicht wieder schwach zu werden. Trotz der Vorkommnisse empfinde ich seine Nähe als gefährlich.

«Magst du dich setzen, etwas trinken?», frage ich, nicht so sehr aus Höflichkeit denn aus Unsicherheit. Geschäftig nehme ich dann ein Glas aus dem Regal und schenke ein.

John lehnt sich mit einem Arm an den Tisch und beobachtet mich aufmerksam.

Als wir gleichzeitig nach unseren Getränken greifen,

berühren sich unsere Hände. Wie elektrisiert zucke ich zusammen.

Er sieht mich ernst an. «Schon seltsam, dass wir uns wie zwei Teenager aufführen.»

«Findest du?», antworte ich schnippisch und nehme einen großen Schluck Prosecco. Hoffentlich hilft der gegen mein Bauchkribbeln und den starken Fluchtreflex. Nach wie vor würde ich am liebsten verschwinden.

John trinkt ebenfalls und stellt das Glas dann leise ab. «Aber ich gebe zu, das ist zum größten Teil meine Schuld.»

Überrascht wende ich mich ihm zu.

«Na ja, bis auf dein überstürztes Weglaufen am letzten Sonntag.» Er lächelt. «Wenn du geblieben wärst, hätte ich dir alles erklärt.»

«Dazu hast du ja jetzt Gelegenheit», entgegne ich und bemühe mich um einen gelassenen Ton, als ginge es nur um ein geschäftliches Missverständnis.

«Also», beginnt John und holt tief Luft. «Damals habe ich mich …»

«Was soll das werden?», unterbreche ich ihn unwirsch. «Ein Abend der Erinnerungen?»

John reagiert gelassen. «Nein, aber ich möchte dir endlich erklären, warum ich damals so sang- und klanglos abgetaucht bin.»

«Ich bin nicht sicher, ob mich das interessiert.» Abwehrend verschränke ich die Arme. «Was soll das schon bringen, alte Suppen aufzuwärmen.»

«Bitte, Rosy, hör mir zu, denn ich bin sicher, dass du überrascht sein wirst», sagt er.

Jetzt bin ich doch neugierig und murmle: «Meinetwegen.»

«Ich war damals wahrscheinlich noch nicht bereit, mich auf jemanden ernsthaft einzulassen», beginnt er. «Unsere

Beziehung dauerte ein halbes Jahr. Eine lange Zeit für einen Achtzehnjährigen. Das machte mir Angst, und ich fühlte mich eingeengt. Ich wollte Abenteuer, die Welt entdecken, mich austoben. Nenn es, wie du willst.» Er fährt sich durch die Haare. «Vermutlich war ich auch nur unreif und testosterongesteuert, wie alle Jungs in diesem Alter. Aber ich habe mich verändert. Ehrlich. Mir ist klar geworden, was wirklich wichtig ist im Leben. Was *mir* wirklich wichtig ist.»

Ich fixiere ihn mit schmalen Augen. «Trotzdem hast du mich behandelt wie irgendeine Tussi, die du gerade kennengelernt hast. Und es war feige, so einfach unterzutauchen», werfe ich ihm vor. «Wo warst du eigentlich? Das mit dem Segeltörn habe ich dir nämlich nie abgenommen.»

«In Südengland, bei Freunden meiner Eltern. Ich musste einfach raus und habe dort ein Jahr lang in einem Bootsverleih gejobbt. Ich habe geackert wie ein Verrückter, um mir darüber klar zu werden, was ich will.»

«Du hättest schreiben können.»

«Ja, hätte ich», gesteht John kleinlaut und leert sein Glas. «Aber ich brauchte einfach Zeit für mich. Ich hätte dich unglücklich gemacht. Ganz bestimmt. Aber inzwischen ist mir längst klar, was für ein Idiot ich war. Und deshalb bin ich heute hier. Damit mir derselbe Fehler nicht wieder passiert.»

Ich blicke ihn fragend an. «Wieso derselbe Fehler?»

«Ich will dich nicht nochmal verlieren, Rosy. Und diesmal will ich um dich kämpfen», sagt er seltsam bedrückt. «Auch gegen deinen Exmann.»

«Was hat denn Volker damit zu tun?», frage ich unwirsch, denn langsam kapiere ich überhaupt nichts mehr.

«Nun … letzten Sonntag im Hotel … Verdammt, ich weiß nicht, wie ich anfangen …»

«Mach's doch nicht so spannend», sage ich ungeduldig und

frage mich, ob John nicht nur nach Ausflüchten für sein eigenes Verhalten sucht.

«Er hat behauptet, ihr wärt wieder ein Paar. Ihr hättet schließlich drei Kinder zusammen und wärt wieder versöhnt! Ihr wolltet es nochmal miteinander versuchen, er habe sich von seiner Geliebten getrennt und sei wieder ins Haus gezogen», platzt John nun heraus.

Die Nachricht ist so unglaublich, dass mir buchstäblich die Luft wegbleibt. Einen Moment lang habe ich das Gefühl, ersticken zu müssen. Doch dann packt mich die Wut, die ich mit einem großen Schluck Prosecco hinunterschlucke. «Und so einen Schwachsinn hast du ihm abgenommen?», frage ich dann.

John wirft mir einen abtastenden Blick zu. «Warum nicht? Es gibt viele Paare, die ihre Scheidung nach einer Weile bedauern und es nochmal miteinander versuchen. Euer Familienessen im Hotel war für mich ein weiterer Beweis dafür, dass er die Wahrheit sagt. Und gemeinsame Kinder verbinden ein Leben lang, oder nicht?»

«Ja, schon», räume ich ein. «Aber ich versichere dir, er hat gelogen. Volker ist ein besitzergreifendes Alphatier. Er gehört zu den Männern, die sich zwar scheiden lassen, aber niemals ihre Ansprüche aufgeben. Dass er wieder bei uns wohnt, stimmt zwar, aber nur weil Ruth ihn rausgeworfen hat.»

«Das hat Lotte mir auch bestätigt!», entgegnet John. «Wenn sie nicht gewesen wäre …»

«Lotte!», wiederhole ich und muss unwillkürlich lächeln. Ich habe sie ja bereits als Kupplerin verdächtigt. «Das erklärt deine Anwesenheit, aber noch lange nicht das Erscheinen dieser …» Ich verschlucke den Rest, bevor er merkt, wie verletzt ich bin.

«Du meinst Kitty? Sie ist nichts weiter als eine reiche Kundin», erklärt er und fährt dann leicht genervt fort: «Zugegeben, sie ist etwas überkandidelt und anhänglich, aber ich kann mir meine Kundschaft ja nicht aussuchen.»

«Du bist nicht in sie …»

John stutzt eine Sekunde und fängt dann an zu lachen. «Du meinst verliebt? Entschuldige, Rosy, das ist wirklich zu albern. Wie kommst du nur auf so eine absurde Idee?»

«So abwegig finde ich das nun auch wieder nicht», antworte ich und überlege gut, bevor ich weiterspreche. Auf keinen Fall will ich eifersüchtig erscheinen. «Ich meine, man trifft dich an einem Sonntagmittag mit einer … na, sagen wir mal nicht gerade unscheinbaren Frau in einer schummrigen Hotelbar, ihr duzt euch, sie erwähnt ein Liebesnest …» Ich stocke und sehe ihn fragend an.

«Ja, ich gebe zu, da lässt sich ein Strick draus drehen. Die Situation erklärt sich aber, wenn man weiß, dass Frau Mäusken aus Frankfurt kommt und deshalb im Hotel logiert. Ich habe besagtes Penthouse mit ihr besichtigt und sie danach zurück ins Hotel gebracht. Einen abschließenden Drink an der Bar konnte ich nicht ablehnen. Dergleichen fällt bei mir unter Kundenpflege und hat absolut nichts zu bedeuten. Solltest du jemals eine Ware verkaufen wollen, welche auch immer, wirst du merken, dass sich diese Extrabetreuung lohnt. In unserer Branche geht es um sehr viel Geld, da wird intensive Beratung und persönliche Betreuung erwartet. Na gut … möglicherweise … ist Frau Mäusken nicht nur als Makler an mir interessiert», räumt er dann zögernd ein. «Aber dafür kann ich nichts. Und ich schwöre dir, dass ich nichts von ihr will, sie in keiner Weise ermutigt oder ihr irgendwelche Versprechen gemacht habe – außer dem, ihr eine Wohnung zu suchen.» Sein Mund verzieht sich zu einem schwachen Lächeln.

Ich lächle nicht zurück. Irgendwas stört mich noch an seiner Erklärung. Wenn er mich nicht wieder anlügt, wieso ist er dann heute Abend in ihrer Begleitung? «Dann habe ich die Wasserstoffbombe hier wohl nur halluziniert!»

«Okay, Frau Mäusken mitzunehmen, ist der einzige Fehler, den du mir vorhalten kannst», antwortet John bedrückt. «Es war jedoch nicht geplant. Dass ich zu einer Ladeneröffnung gehe, ist mir in einem Gespräch ungewollt rausgerutscht, und sie wurde sofort hellhörig. Sie flehte mich geradezu an, sie mitzunehmen. Handtaschen seien ihre Leidenschaft, sie habe eine riesige Sammlung und würde beinahe wöchentlich eine neue erstehen. Ich konnte einfach nicht nein sagen, ohne sie zu verärgern. Außerdem dachte ich, deine Freundin würde sich freuen, wenn ich eine kaufwütige Kundin anschleppe. Noch dazu eine potenzielle Stammkundin, die unbedingt ihre Platin-Kreditkarte zum Glühen bringen möchte. Oder wie siehst du das?»

«Ja … so erzählt hört sich das natürlich plausibel an», antworte ich, ohne wirklich überzeugt zu sein.

«Aber?», fragt er zurück. «Ich höre doch ganz deutlich ein *Aber* zwischen den Zeilen.» John sucht meinen Blick. «Was kann ich noch sagen, damit du mir glaubst?»

Ich zucke mit den Schultern. Wenn er nicht merkt, dass er mir noch eine ganz entscheidende Erklärung schuldig ist, werde ich ihn nicht darauf stoßen.

«Rosy, sag doch bitte was», flüstert er leise, als ich weiter schweige.

«Also, dann», sage ich, steige vom Hocker und begebe mich zur Tür. «Ich wünsche dir gute Geschäfte.»

John blickt mir nach, als hätte ich ihm einen Eimer Eiswasser über den Kopf gekippt.

«Verdammter Lügner!», fluche ich leise in mich hinein und will die Kaffeeküche verlassen. In dem Moment hat er sich aus seiner Starre gelöst, eilt zu mir und drückt die Tür wieder zu.

«Möchtest du denn gar nicht wissen, warum meine Ex letzte Woche im unpassendsten Moment reingeplatzt ist?», fragt er so dicht an meinem Ohr, dass ich sein Aftershave riechen kann.

«Sagen wir mal, für meinen Geschmack gibt es einfach zu viele Frauen in deinem Leben», antworte ich bemüht gleichgültig. «Und ich habe keine Lust, eine von vielen zu sein.»

«Ja, ich weiß, von außen betrachtet sieht es vielleicht so aus, als hätte ich mich nicht verändert», gibt er reumütig zu. «Aber der Eindruck täuscht. Carolin war wütend auf mich und ziemlich angetrunken. Sie hatte vergeblich auf mich gewartet. Wir waren nämlich zwecks Schlüsselübergabe verabredet, und ich hatte es einfach vergessen. Deinetwegen! Wie du dich vielleicht erinnerst, war ich an jenem Abend bei euch zum Essen eingeladen, ich habe etwas zu tief ins Glas geschaut, worauf du mich nach Hause gefahren hast und wir später auf meinem Sofa gelandet sind. Und das war der schönste Teil des Abends.» Er blickt mich verliebt an.

«Aha, von außen also», entgegne ich reserviert. «Und von innen? Dein Herz ist doch eine Mördergrube.»

John legt seine Arme um mich und zieht mich sanft an sich. «Ganz im Gegenteil. In meinem Herzen ist kein Platz für eine andere Frau. Da gibt es nur dich. Ich liebe dich, Rosy!»

24

Unglaublich, wie schnell die letzten fünf Monate vergangen sind. Die Großfamilie hat sich überraschend friedlich zusammengerauft. Zumindest, nachdem die Renovierungsarbeiten erledigt waren. Sechs Wochen lang mussten wir zwischen Farbeimern, Leitern und Malerfolie leben. Schmutz und Lärm zerrten an unseren Nerven. Nur Lotte war glücklich, sie kann ja gar nicht genug «Leben in der Bude» haben. Singend tänzelte sie durchs Haus, als wäre das Chaos ein Happening. Auf ihren heißgeliebten Bob Dylan musste sie allerdings verzichten. Die Kinder fanden den nasalen Singsang einfach zu ätzend. Marie litt am meisten. Schwangere sind ja bekanntlich besonders empfindlich. Aber dass die Biofarbe giftig gerochen haben soll, fand ich dann doch übertrieben. Lotte war dann ein paar Mal zur Ablenkung Babyklamotten mit ihr einkaufen – auf Volkers Kreditkarte.

Wirklich erstaunlich, wie sehr sich mein Leben in den letzten Monaten verändert hat, denke ich, während ich Wasser für Maries grünen Tee aufsetze. Der Wellnessurlaub mit Suse wurde leider auf unbestimmte Zeit verschoben, weil sie den Laden nicht allein lassen möchte. Inzwischen läuft *Le Bagage* zwar hervorragend, und Suse könnte sich eine Aushilfe leisten. Aber sie findet keine, die ihren Ansprüchen genügt.

Ich schneide gerade eine Biozitrone in Scheiben, als sich die werdende Mutter schwerfällig in die Küche schiebt.

«Guten Morgen», grummelt sie verschlafen, die Hände in Taillenhöhe gestützt. Ihr Bauch ist mittlerweile kugelrund.

«Wie geht es dir?», frage ich besorgt.

Das Baby kommt bald. Wir rechnen praktisch jede Minute damit. Heute würde es uns aber nicht so recht passen. Am späten Vormittag sind wir nämlich mit dem Notar verabredet, um die Villa auf die neuen Besitzer überschreiben zu lassen. Ja, es ist so weit, das Haus wird neue Eigentümer bekommen! Das Anwesen bleibt allerdings in der Familie. Charlie und Marie werden die neuen Hausherren! Wir stehen also im doppelten Sinn in den Startlöchern. Denn wie Marie mir gestern Abend gestand, fühlt sich ihr Bauch hart an, und sie spürt immer wieder ein heftiges Ziehen im Rücken. Das sind die ersten Vorwehen – und es ist wieder mal Vollmond. Nach Lottes Theorie zieht er die Babys ja quasi aus dem Bauch. Marie macht sich aber nicht verrückt. So sensibel sie am Anfang der Schwangerschaft auch war, inzwischen ist sie etwas gelassener geworden. Mittlerweile beruhigt Marie *mich,* wenn ich überängstlich reagiere. Sie ist bestens vorbereitet, hat Wickelkurse und Schwangerschaftsgymnastik hinter sich und natürlich alles Wissenswerte über die Geburt in der Fachliteratur nachgelesen. Charlie war nicht weniger fleißig: Das Kinderzimmer inklusive niedlicher Figurentapete an den Wänden nebst einem weißen Babykörbchen steht bereit. Dazu allerlei Kram, den man braucht oder nicht braucht. Unsere Hippie-Oma träumt natürlich von einer Hausgeburt. Eine natürliche Geburt wäre wunderbar, schwärmt sie ständig, und bei starken Wehen könne sich Marie wie die Indianerfrauen an einem Apfelbaumast festhalten und nach unten pressen. Auf die Weise würde das Kind ganz archaisch und natürlich auf die Erde kommen. Vielleicht sogar in einer Vollmondnacht. Tja, ich lasse Lotte gerne ihre Träume. Aber ich werde es zu verhindern wissen, dass mein Enkelkind ins Gras gepresst wird.

Marie atmet schwer, es klingt beinahe wie ein Keuchen. «So langsam habe ich die Nase voll. Ich komme mir vor wie ein aufgeblasener Luftballon, ich kann nicht mehr liegen, nach dem Essen bekomme ich Sodbrennen, und ich will es jetzt endlich hinter mich bringen.» Liebevoll streicht sie über den Babybauch unter dem weiten, hellgrünen Shirt.

Charlies blonder Wuschelkopf taucht hinter Maries Schulter auf. «Morgen, Baby», grunzt er ihr ins Ohr, drückt ihr dann einen Schmatz auf den Bauch und spricht mit dem Ungeborenen. «Na, willst du nicht langsam rauskommen, mein Sohn?»

«Es ist also ein Junge?», frage ich neugierig, denn eigentlich wollten sie das Geschlecht des Ungeborenen ja nicht vor der Geburt erfahren.

«Nein, wir haben keine Ahnung.» Marie lehnt sich an Charlie an. «Aber Mr. Macho wünscht sich einen Stammhalter, wie alle Männer.»

«Genau!», bestätigt Charlie, klopft sich spielerisch auf die Brust und streichelt dann über Maries Bauch. «Der ist so dick, da könnte auch ein Zwillingspärchen drin sein, oder?»

«Na, vielen Dank», schnauft Marie und schubst ihn lachend.

Das Teewasser ist auf die richtige Temperatur abgekühlt. Beim Aufgießen muss ich unwillkürlich an Volker denken. Er war genauso versessen auf einen Sohn. Die Geschichte wiederholt sich eben, denke ich, und einmal mehr wird mir bewusst, wie schnell die Zeit vergeht. Plötzlich fühle ich mich alt. Oder sind das aufkeimende Omagefühle?

Schlüsselgeräusche an der Haustür und ein darauffolgendes kräftiges «Juhuuu!» reißen mich aus meinen Grübeleien.

Lotte schwenkt die knallgrüne Handtasche, die sie in Suses Laden gekauft hat. Mit «Berti» im Schlepptau wirbelt sie in die Küche. Seit sie letzte Woche bei meinem Vater eingezogen ist, trifft man sie nur noch im Doppelpack.

Dem heutigen Anlass entsprechend, trägt Lotte ihr bestes buntes Kleid, Papa dunkle Hosen und ein weißes Hemd mit

Krawatte unterm Jackett. Nur die unvermeidlichen Sportschuhe (heute in Grün, passend zu Lottes Tasche und ihren grünen Stiefeln) verraten den flotten Oldie. Angesichts meiner bunten Sippe wird der Notar den heutigen Termin sicher nicht so schnell vergessen.

Mein Vater überreicht mir eine prallgefüllte Plastiktüte.

«Schmutzwäsche?», frage ich scherzend.

«Das mache ich doch jetzt!», antwortet Lotte und lacht. «Da drin ist das bestellte Fleisch und Maries Tofuwürstel für unser Grillfest. Wir wollen doch feiern, wenn alles unter Dach und Fach ist.»

«Danke», flüstere ich gerührt, und mit einem Mal ist mir tatsächlich ganz feierlich zumute an diesem besonderen Tag. «Fabian wird sich freuen, wenn wir endlich seinen Grill einweihen.»

Charlie kratzt sich nachdenklich am Kinn. «Wieso Grillfest?», fragt er und schlägt sich einen Moment später mit der Hand auf die Stirn. «Scheiße, der Notar! Sorry, aber ich werde zum ersten Mal Vater, und das blockiert meine Denkvorgänge.»

«Blödmann», schimpft Marie lachend. «Wie kann man nur so einen wichtigen Termin vergessen! Schäm dich.» Beim werdenden Urgroßvater bedankt sie sich mit einem Küsschen für die fleischlose Kost. Dann wackelt sie mit Charlie an der Hand davon, um sich anzuziehen. Alleine kann sie kaum noch laufen.

«Ich habe auch eine kleine Überraschung für dich», verkündet Lotte mit seltsam wässrigen Augen. «Du musst es sofort aufmachen.» Sie überreicht mir ein bunteingewickeltes Päckchen mit roter Schleife.

«Aber mein Geburtstag ist doch erst nächsten Monat», entgegne ich verwundert.

«Das ist ja auch ein Dankeschön für deine freundliche

Aufnahme, Liebchen! Nicht jede Schwiegertochter hätte eine verrückte Alte wie mich bei sich einziehen lassen.»

Da hat sie mit Sicherheit recht, aber das behalte ich lieber für mich. Gespannt nehme ich die Schleife ab und reiße das geblümte Geschenkpapier ab. «Wow!», entfährt es mir, als ich den Deckel des schwarzen Lackkartons abnehme. Es sind Stilettos aus dunkelrotem Veloursleder!

«Los, anprobieren», fordert Lotte. «Ich hoffe, sie passen – damit du endlich aus deinen unsexy Slippern rauskommst. Suse hat mir beim Aussuchen geholfen. Sie meinte, rote Pumps wären in dieser Saison *der* Trend.»

Gespannt beobachten mich die Umstehenden, wie ich, zum ersten Mal im Leben, in ein Paar provokant hohe Schuhe steige. Sie passen tatsächlich und sind sogar ganz bequem.

«Was für ein schönes Geschenk, danke, Lotte. Und sie gefallen mir sehr», versichere ich, halte mich an der Arbeitsplatte fest und wage ein paar Schritte. «Ob ich darin weit gehen kann, bezweifele ich allerdings.»

Sie winkt lachend ab und hakt sich bei meinem Vater unter. «Du musst ja nicht in die Berge damit marschieren oder in den Supermarkt zum Großeinkauf. Aber vielleicht am Arm eines Mannes in ein tolles Restaurant.»

«Von welchem Mann ist hier die Rede?» Juliane tapst barfüßig, im halblangen Schlafshirt und mit verstrubbelten Haaren in die Küche. «Hey, coole Schuhe. Sind die neu?»

«Nagelneu», verkündet Lotte und schiebt mich aus der Küche. «Du setzt dich jetzt an den Esstisch und lässt dich heute mal verwöhnen. Ums Frühstück kümmern wir uns.» Übermütig zwinkert sie mir zu. «Wer weiß, vielleicht spaziert auch gleich dein Kavalier herein, dann kannst du die Schuhe gleich einlaufen.»

Nur zu gerne füge ich mich und nehme am Tisch Platz – ziehe aber vorher lieber die Pumps aus.

Zwanzig Minuten später haben Lotte, Juliane und Fabian den runden Esstisch mit allem beladen, was die Küche hergibt.

Wir verteilen uns auf die angestammten Plätze. Fabian erscheint mit einer Miniausgabe des Pavillons, in Zellophan gehüllt.

«Mein Abschiedsgeschenk, Mami», sagt er und überreicht mir das Präsent. «Von mir selbst gefertigt. Es ist eine Keksdose.»

«Abschiedsgeschenk?», wundere ich mich. «Das klingt ja so endgültig. Du hast doch versprochen, deine Reise nach Amerika würde höchstens ein paar Wochen dauert.» Mein Glucken-Gen habe ich also immer noch.

«Na, mal sehen, in gut drei Monaten ist ja Weihnachten, vielleicht bin ich da schon wieder zurück», beruhigt er mich.

Volker gesellt sich wie üblich als Letzter zu unserem Samstagsfrühstück, umweht von einer aufdringlichen Aftershave-Wolke. «Was gibt's Neues?» Er setzt sich an die Stirnseite des Tisches und kontrolliert mit der Hand den Sitz seiner Gelfrisur.

Die Kinder starren ihn vorwurfsvoll an.

«Ist irgendwas?», fragt er verunsichert und streicht sich erneut übers Haar.

Typisch. Veränderungen verdrängt er nur zu gerne. Und gerade der heutige Tag bedeutet eine massive Veränderung. Möglicherweise erinnert sich Volker aber auch an damals, als die Villa von seinen Großeltern auf uns überschrieben wurde, und nun versucht er, seine Gefühle zu verbergen.

Zugegeben, ein bisschen mulmig ist mir auch. Nicht nur wegen dieses bedeutsamen Tages. Ich atme tief ein und blicke in die Runde. «Ich möchte gerne etwas sagen.»

«Au ja, eine Ansprache», ermuntert mich Juliane, die sich mittlerweile umgezogen, frisiert und geschminkt hat.

«Wie ihr vielleicht bemerkt habt», hebe ich an und werde prompt von Charlie unterbrochen, der mit Marie im Schlepptau zurückkommt.

Als ich erneut ansetze, verlangt Fabian von Lotte lautstark den Schinken, mein Vater will die Schüssel mit Rührei, Juliane den Zucker für ihren Joghurt und so weiter. Bis jeder seinen Teller beladen hat und in sein Wunschbrötchen beißen kann, vergeht eine Weile. Doch dann kehrt endlich Stille ein.

«Hmm … Also, was wolltest du denn jetzt sagen?», fragt Juliane, während sie ihren Joghurt löffelt.

«Eigentlich ist es eher eine Erklärung», beginne ich erneut.

Tassen werden abgestellt, das Geräusch von klapperndem Besteck verstummt, und alle Augen richten sich gespannt auf mich.

«Wow. Klingt nach einem Geheimnis! Spannend. Leg los, Mama», sagt Juliane aufgekratzt. Sie zieht die Beine hoch, umfasst sie mit den Armen und blickt mich aus großen türkisblauen Augen an, wie sie es als kleines Mädchen oft getan hat, wenn ich ihr Gruselgeschichten vorlas.

«Nun, vor Urzeiten habe ich mal die große Liebe kennengelernt», deute ich an. Aus heutiger Sicht ist es unwichtig, warum es mit John und mir damals nicht geklappt hat. «Wenn die Dinge damals anders gelaufen wären, wäre sicher mein ganzes Leben anders verlaufen. Und ich hätte diese drei wunderbaren Kinder nicht bekommen!»

Volker legt geräuschvoll sein Buttermesser auf den Teller, schaut mich mit hochgezogenen Brauen an, sagt aber kein Wort.

Ich nehme einen Schluck Kaffee, um nachdenken zu können, wie ich den Rest der Geschichte erkläre.

Doch bevor ich weiterreden kann, klingelt es Sturm.

Juliane springt auf. «Das muss Mozart sein!», verkündet

sie aufgeregt und bittet halb im Rausgehen: «Kann ihn einer reinlassen, ich möchte mir noch schnell die Zähne putzen.»

«Um diese Uhrzeit kann es doch nur der Postbote sein», behauptet Volker neunmalklug – ohne auf seine Uhr zu sehen.

Lotte übernimmt das Türöffnen.

Wie ich an der dunklen Stimme erkenne, ist es weder der nette Glatzkopf mit den eintätowierten Noten noch der Postbote.

«Es ist für mich!», teile ich der Runde mit und freue mich königlich über Volkers dummes Gesicht.

Es ist John!

«Guten Morgen.» Er strahlt mich mit seinem umwerfenden Lächeln an, streckt mir beide Hände entgegen und schaut mir tief in die Augen. «Koffer schon gepackt? Ich kann es kaum erwarten, dass –»

Lautes Reifenquietschen lässt uns zusammenschrecken. Vor dem Haus hält ein schwarzer Geländewagen. Juliane stürmt mit wehenden Haaren an uns vorbei auf die Straße.

Meine Tochter ist immer noch so verliebt wie vor fünf Monaten, stelle ich fest und bitte John ins Haus.

Als wir das Esszimmer betreten, richtet sich gerade alle Konzentration auf Marie, die noch blasser um die Nase ist als sonst.

Augenblicklich werde ich panisch. «Alles in Ordnung, Marie?»

Sie erhebt sich schwerfällig. «Ich hab nur zu viel Tee getrunken oder so. Mach dir keine Sorgen, Rosy, ich war gestern bei der Kontrolluntersuchung. Das Baby kommt bestimmt nicht vor dem errechneten Termin. Ich leg mich einfach noch ein bisschen hin. Dann bin ich zum Notartermin wieder okay. Bestimmt.» Gestützt von Charlie, wackelt sie hinaus.

«Charlie, du holst mich bitte sofort, wenn du Hilfe benötigst», rufe ich den beiden besorgt hinterher.

Kaum haben die werdenden Eltern den Raum verlassen, sind John und ich der Mittelpunkt.

Volker begrüßt John zwar mit Handschlag, aber spürbar frostig, als treffe er auf einen Widersacher, mit dem er im Morgengrauen zum Duell verabredet ist.

Ich versuche, die etwas peinliche Situation durch hektisches Hausfrauengehabe zu entkrampfen, fordere John auf, Platz zu nehmen, biete Kaffee und Frühstück an.

Volker verlässt den Raum, angeblich um zu telefonieren. Garantiert mit der aktuellen Geliebten. Es ist die neue Dentalhygienikerin aus seiner Praxis, die – welch Überraschung! – zwanzig Jahre jünger ist als er. Lotte hat berichtet, dass die beiden zusammenziehen wollen. Wird aber auch langsam Zeit. Charlie und Marie sollen ihr junges Familienglück in diesem Haus ungestört genießen können.

John reagiert gelassen auf Volkers ungezogenes Benehmen und setzt sich auf den freien Stuhl neben Lotte. «Ich habe etwas für dich», verkündet er, blickt sie an und zieht einen Umschlag aus seiner hellen Anzugjacke.

Mit hochroten Wangen schnappt sich Lotte ihn.

Irritiert beobachte ich, wie sie dem Kuvert einen Brief entnimmt. Während sie ihn liest, beginnt sie, bis über beide Ohren zu strahlen, als stünde in diesem Brief das Rezept für ewige Jugend.

«Was ist das denn für ein ominöses Schreiben?», frage ich neugierig, als sie keinerlei Erklärung abgibt.

«Was schreibt er?», drängelt dann auch Herbert ungeduldig. «Nun sag schon, Lottchen.»

Anscheinend weiß mein Vater mehr als ich.

Lotte starrt unverwandt auf den Brief. Als sie zu Ende gelesen hat, murmelt sie nur fassungslos vor sich hin: «Ich kann es gar nicht glauben. Es ist einfach zu schön, um wahr zu sein! Es ist doch wahr, John?»

Mein Blick wandert zu John. «Klärst du mich vielleicht auch mal auf?»

«Es handelt sich –», beginnt er, wird aber gleich von Lotte unterbrochen, die ihm um den Hals fällt.

Übermütig quietscht sie: «John, ich weiß gar nicht, wie ich das jemals wiedergutmachen kann.»

«Ach was», wehrt er ab und zwinkert mir schelmisch zu. «Bleibt alles in der Familie.»

Nun reißt mir aber der Geduldsfaden. «Wenn mir nicht gleich einer von euch erklärt, was hier los ist, fliegt der Toaster durchs Zimmer», drohe ich lachend.

«Toastest du mir vorher noch eine Scheibe?», scherzt John. «Dafür gebe ich dir einen ausführlichen Bericht.»

Ich stecke zwei Scheiben Brot in das Gerät und lausche dann seinen Erläuterungen.

«Wie mein Kollege in Madrid herausgefunden hat, läuft gegen diesen Gerhard bereits ein Verfahren wegen Betrugs», erklärt John. «So leid es mir tut, Lotte, du bist einem Heiratsschwindler ins Netz gegangen! Aber die gute Nachricht ist …» Er macht eine kurze Pause, um Butter auf seinen Toast zu schmieren. «Was dir dieser Anwalt in Ibiza erzählt hat, war falsch. Die Einspruchsfrist gegen den von dir unterzeichneten Immobilienvertrag beläuft sich auf vier Jahre. Dabei ist es nicht relevant, dass nur Gerhard als Eigentümer eingetragen ist. Du, als Unterzeichnerin, hast Einspruchsrecht und kannst den Vertrag rückgängig machen. Die Einzelheiten klärst du am besten mit dem Anwalt. Seine Visitenkarte liegt im Umschlag.»

Mein Vater hat beim Zuhören die Fäuste geballt. Jetzt zieht er die Stirn kraus und knurrt mit finsterer Miene: «Wenn dieser Gerhard, der betrügerische Saukerl, jemals wieder bayerischen Boden betritt, sollte er vorher seine Knochen nummerieren!»

«Ach, Bertilein», schnurrt Lotte und schmachtet ihn verliebt an. «Das ist ja so süüüß von dir.»

Wir sind alle sprachlos. Was für eine phantastische Neuigkeiten: Lotte bekommt ihr Haus auf Ibiza zurück!

«Juhuuu!», lacht sie mit Freudentränen in den Augen. «Die Familie hat jetzt ein Feriendomizil! Den nächsten Urlaub verbringen wir alle auf der Insel. John ist natürlich auch eingeladen. Das muss begossen werden.»

Ich kann gar nicht so schnell die Gläser auf den Tisch stellen, wie sie eine Flasche Champagner hervorzaubert und sie Herbert in die Hand drückt.

Als der Korken knallt, klopfe ich mit dem Löffel gegen mein Glas. «Nun will ich aber endlich loswerden, was ich euch die ganze Zeit sagen wollte. Voilà», sage ich knapp und deute auf John. «Dieser Mann ist nicht nur der neue Mann an meiner Seite, sondern auch mein neuer Chef!» Ich blicke in überraschte Gesichter. «Er ist tatsächlich gewillt, mich in seiner Firma einzustellen.»

Mein Vater verzieht unwillig den Mund. Er scheint das für einen schlechten Scherz zu halten. «Du willst tatsächlich als Maklerin arbeiten? Lotte hat etwas in dieser Richtung angedeutet. Ich dachte, das wäre nur so eine Laune.»

«Keine Laune, sondern mein völliger Ernst», antworte ich und blicke zu John. «Ab nächste Woche bin ich offiziell angestellt. Die Probezeit habe ich bereits hinter mir. Und letzten Monat habe ich auch schon den ersten Verkauf erfolgreich abgeschlossen!»

John zieht einen weiteren Briefumschlag aus der Innentasche seines Jacketts und überreicht ihn mir mit feierlicher Miene. «Deine erste Provision!»

Normalerweise läuft die Bezahlung natürlich online. Aus dramaturgischen Gründen habe ich John gebeten, ausnahmsweise einen Scheck mitzubringen. Obwohl ich weiß, wie hoch der Betrag ist, öffne ich das Kuvert mit zitternden Fingern. Die ansehnliche Zahl auf dem Scheck und die Erinnerung an meine erste Kundin zaubern mir ein breites Lächeln ins Gesicht. Es handelte sich nämlich um keine Geringere als Kitty Mäusken! Ihr Interesse an einem Penthouse war letzten Endes doch größer als ihr Interesse an John. Und als John dann *das* Traumobjekt für sie gefunden hat, behauptete er, wieder zwei Termine gleichzeitig zu haben, und schickte mich zur Besichtigung. Den Vertrag wollte Kitty dann auch mit mir abschließen. Da war sie mir plötzlich sehr sympathisch. Gut, ich gestehe, dass ich ziemlich eifersüchtig war. Aber welche Frau wäre das nicht gewesen. Kitty gehört zu den Geschlechtsgenossinnen, die Männer zum Anbeißen und wir Frauen zum Abgewöhnen finden, weil sie einem Normalo-Mäuschen wie mir den Mann mit einem Augenaufschlag ausspannen könnte. Aber nicht John!

Stolz schwenke ich den Scheck durch die Luft. «Das beweist ja wohl meine Qualifikation für diesen Beruf!»

Schweigen breitet sich aus. Tja, die Überraschung scheint gelungen. Oder war ich nicht diplomatisch genug? Zu spät. Da müssen sie jetzt durch. Die Schonzeit für unselbständige Kinder und Exehemänner ist vorbei. Dass Lotte und ich den jungen Eltern anfangs mit dem Baby helfen, versteht sich von selbst. Doch für mich beginnt eine gemeinsame Zukunft mit John. Beruflich und privat!

«Klasse, Mama!», ertönt eine helle Stimme hinter mir. Kurz darauf betritt Juliane in Mozarts Begleitung den Raum. Sie hält mir ein silbernes Paket mit roter Schleife entgegen. «Eine Kleinigkeit zum Neuanfang. Ich bin gespannt, ob ich das Richtige erwischt habe.»

Unbeherrscht reiße ich die Verpackung auf. Beim Anblick der dunkelblauen Ledertasche mit langen Riemen zum Umhängen fehlen mir erst mal die Worte vor Rührung. «Perfekt, einfach perfekt, meine Süße», bedanke ich mich dann. «Auch die Größe stimmt. Woher wusstest du, dass ich eine Businesstasche für Akten und Unterlagen brauchen werde?»

«Soma hat mir einen Tipp gegeben», antwortet sie. «Und in Suses Laden –»

«Mamaaa!», gellt plötzlich ein Panikschrei durchs Treppenhaus. Die Stimme gehört eindeutig Charlie.

Augenblicklich lasse ich die neue Tasche fallen, springe vom Stuhl hoch und rase, zwei Treppen auf einmal nehmend, ins Dachgeschoss – gefolgt von der ganzen Familie.

Charlie erwartet mich mit banger Miene an der Tür zu dem kleinen Schlafzimmer. «Maries Fruchtblase ist geplatzt!»

«Tut mir so leid, Rosy», stöhnt Marie, als ich zu ihr ans Bett trete. «Ihr werdet ohne mich zum Notartermin …» Sie stockt. «Aaaah.»

«Vergiss den Notar», entgegne ich voller Sorge. «Du und das Baby, ihr seid jetzt das Wichtigste. In welchen Abständen kommen die Wehen?»

«Weiß nicht genau», antwortet sie, und im nächsten Moment verkrampft sich ihr ganzer Körper.

«Egal, wir fahren sofort in die Klinik. Charlie, wo ist der Koffer mit den Sachen für Marie und das Baby?»

«Ich rufe den Notar an und verschiebe den Termin», höre ich Johns ruhige Stimme.

Dankbar wende ich mich um. «Ja, bitte, sei so lieb.»

«Das ist ja wohl meine Sache», mischt Volker sich sofort ein. «Immerhin ist das eine Familienangelegenheit!»

«Kein Streit!», ruft Friedenstaube Lotte die Kontrahenten zur Ordnung. «*Ich* übernehme das. Schließlich bin ich die Stammesmutter.»

«Wie aufregend», ruft Juliane dazwischen. «Bald bin ich Tante! Es darf Tante Jule zu mir sagen.»

«Pah!», grummelt Fabian. «Mich darf es Onkel Fabi nennen. Und wenn's ein Bub wird, kriegt er von mir ein Schweizer Messer als Taufgeschenk.»

Wie ich schemenhaft aus dem Augenwinkel sehe, quittiert die Soma dieses Ansinnen mit einem Klaps auf seinen Rücken. «Eine Waffe! Du hast sie wohl nicht alle!»

«Doch nur zum Schnitzen», verteidigt sich *Onkel* Fabi.

«Ruhe!», herrscht Charlie seine Geschwister an. «Noch ist es nicht so weit. Also verzieht euch, ihr macht Marie nervös.»

Maulend trottet die Sippe ins Erdgeschoss. Nur John bleibt bei uns und schnappt sich Maries Koffer.

Gestützt von Charlie und mir, bringen wir die werdende Mutter nach unten.

Inzwischen hat Volker seinen Wagen vorgefahren. Als wir aus dem Haus treten, empfängt er uns mit der hektischen Ankündigung: «Ich übernehme den Transport!»

«Warum laufen wir nicht?», schlägt Lotte mit hochroten Wangen vor. «Das fördert die Wehen, dann geht die Geburt viel schneller vonstatten. Bis zur Klinik ist es nur ein guter Kilometer. Ich schätze zwanzig Minuten.»

«Zu Fuß!?», platzt Charlie entsetzt heraus, als wäre seine geliebte Soma jetzt komplett durchgeknallt und habe vorgeschlagen, das Kind auf der Straße zu gebären.

Marie verzieht leise stöhnend das Gesicht. Entweder sie findet die Idee genauso aberwitzig, oder sie spürt eine Wehe.

«Wir fahren!», beende ich die unsinnige Diskussion mit mütterlicher Strenge und schiebe Marie nebst Charlie zu Volker ins Auto.

Fabian steigt zu Juliane und Mozart in den schwarzen Panzer, John fährt mit Lotte bei meinem Vater mit.

Im Konvoi düsen wir in die Pasinger Klink. Volker telefoniert auf dem Fünf-Minuten-Weg mit dem zuständigen Gynäkologen (quasi von Kollege zu Kollege), der uns dann tatsächlich am Noteingang erwartet.

Marie wird in einen Rollstuhl verfrachtet. Begleitet von einem aufgelösten, koffertragenden Charlie, entschwinden sie Richtung Kreißsaal. Die nicht weniger aufgelöste Sippe wird zur Aufnahme geschickt, um die Formalitäten zu erledigen.

Volker drängelt sich vor. Die Anmeldung überlasse ich ihm aber gerne. Dabei kann er sich ordentlich wichtig machen und seine Nervosität überspielen. Wie ich in den letzten Wochen nämlich bemerkt habe, hat er mächtig Angst davor, Großvater zu werden. Er tut gerade so, als stünde er dadurch mit einem Fuß im Grab. Zugeben würde er seine Ängste natürlich nie.

Nachdem die Formalitäten erledigt sind, trottet die gesamte Truppe in die Cafeteria. Wir verteilen uns auf mehrere Tische und warten und warten und warten …

Schweigend, mit spannungsgequälten Gesichtern, hält sich jeder an seinem Getränk fest, stopft pappige Sandwiches oder klebrige Schokoriegel in sich hinein und blättert in den herumliegenden Zeitschriften. Mozart versorgt uns rührend mit frischen Getränken. Zwischendurch wandern die Kinder durch die Gänge, Volker lenkt sich durch den Besuch bei einem Kollegen ab, der sich auf Unfallchirurgie spezialisiert hat, und ich mache mit John einen kurzen Spaziergang um den Block.

Stunden später, als die Sonne bereits untergeht und wir immer noch warten, beugt sich Lotte zu Herbert. «Ein Joint zur Entspannung wäre jetzt genau das Richtige …»

Volker hat es anscheinend gehört. «Mutter!», rügt er sie entsetzt. «Allein der Gedanke ist unpassend.»

«Wieso?» Sie schüttelt den rosa Strubbelkopf. «Inzwischen behandelt man auch Krebspatienten mit Cannabis. Wir würden hier im Krankenhaus also kein bisschen auffallen.»

Lotte und nicht auffallen!? Diese absurde Behauptung lässt außer Volker alle kichern. Mein Vater drückt ihr ein Küsschen auf die Wange. Wer weiß, ob Lotte ihm nicht statt des Abendbrots täglich einen dicken Joint serviert.

Volker ist beleidigt und erhebt sich wortlos.

«Ach, wenn du schon stehst, besorge uns doch was zum Anstoßen», weist Lotte ihren Sohn hoheitsvoll an, als sei er ihr persönlicher Butler.

«Soma, beschwörst du damit kein Unglück?», fragt Juliane kopfschüttelnd. «Wir wissen doch gar nicht, ob das Baby schon da ist.»

Die gesamte Familie mustert Lotte, neugierig auf ihre Antwort.

Lottes entspannter Miene nach zu schließen, nimmt sie Julianes Vorwurf mit Humor. «Mein kleiner Zeh –»

Wir erfahren nicht mehr, was es mit Lottes Zeh auf sich hat, denn sie wird von Charlie unterbrochen, der keuchend angelaufen kommt, sich einen freien Stuhl schnappt und erschöpft draufplumpsen lässt. Er sieht ziemlich mitgenommen aus.

«Alles in Ordnung, mein Sohn?» Volkers besorgte Stimme durchbricht die Stille.

Charlie schnauft einige Male tief durch, blickt dann von Lotte zu mir und sagt: «Rosemarie, Charlotte!»

«Ja?», antworten wir einstimmig.

«So heißt euer erstes Enkelkind!», verkündet mein Sohn und strahlt nun stolz in die Runde. Dann sprudelt es nur so aus ihm heraus: «Das Baby hat blonde Haare, blaue Augen, wiegt fast vier Kilo … ich hab die Nabelschnur durchgeschnitten … Marie geht es gut … und überhaupt war das der absolute Oberhammer … einfach Wahnsinn …»

Lotte springt auf, reißt Charlie vom Stuhl hoch und drückt und küsst ihn. «Das habt ihr gut gemacht, Kinder! Berti, wir sind jetzt Urgroßeltern», wendet sie sich dann an meinen Vater und fällt ihm schluchzend um den Hals.

Ich beobachte sie sprachlos. Mein Großmutter-Gefühl lässt auf sich warten. Obwohl ich keine Ahnung habe, wo man das spüren soll. Es ist ja mein erstes Enkelkind. Ich übe quasi noch.

«Würdest du ausnahmsweise mal Oma zu mir sagen?», flüstere ich John albern ins Ohr. «Damit ich weiß, wie sich das anfühlt.»

«Alles, was du willst, *Omi*», flüstert er zärtlich. «Hauptsache, du ziehst endlich bei mir ein.»

Überwältigt von Glücksgefühlen, füllen sich meine Augen mit Tränen. «Versprochen!»

rororo

Ein Jahr geht zu Ende. Ein neues Leben beginnt.

Seit sie dreizehn war, feierte Nicole Silvester mit ihrem besten Freund Julian. Jahr für Jahr erzählten sie sich ihre Vorsätze und geheimen Wünsche, sie waren der Mittelpunkt jeder Party und immer füreinander da. Bis zu jener schicksalhaften Neujahrsnacht ...

Seitdem ist Nicoles Leben völlig aus den Fugen geraten: Beruflich steckt sie in einer Sackgasse, ihre Ehe mit Dom kriselt gewaltig, und dann taucht Aidan auf, der Mann, der ihr einst das Herz brach. Nicole beschließt: Im neuen Jahr wird sie ihr Leben endlich wieder in die Hand nehmen. Doch wie soll sie das schaffen, wo Julian nicht mehr da ist, um ihr beizustehen?

rororo 25989

MIX
Papier aus verantwortungsvollen Quellen
FSC® C083411

Das für dieses Buch verwendete FSC®-zertifizierte Papier *Lux Cream* liefert Stora Enso, Finnland.